海角鹭鸣

龚志华 / 著

中国环境出版集团 · 北京

图书在版编目（CIP）数据

海角鹭鸣 / 龚志华著. —北京：中国环境出版集团，2023.3
ISBN 978-7-5111-5396-8

Ⅰ. ①海…　Ⅱ. ①龚…　Ⅲ. ①长篇小说—中国—当代　Ⅳ. ①I247.5

中国版本图书馆 CIP 数据核字（2022）第 247684 号

出 版 人　武德凯
责任编辑　范云平
封面设计　彭　杉

出版发行　中国环境出版集团
（100062　北京市东城区广渠门内大街16号）
网　　址：http：//www.cesp.com.cn
电子邮箱：bjgl@cesp.com.cn
联系电话：010-67112765（编辑管理部）
010-67112739（第三分社）
发行热线：010-67125803，010-67113405（传真）
印　　刷　北京鑫益晖印刷有限公司
经　　销　各地新华书店
版　　次　2023 年 3 月第 1 版
印　　次　2023 年 3 月第 1 次印刷
开　　本　890×1240　1/32
印　　张　7.75
字　　数　180 千字
定　　价　49.00 元

目录

Contents

第一章 金牌规划师

李明哲怎么也没想到：自己好不容易才来到这片相思树林，终于下定决心推翻自己的规划方案，想要为当地居民做件好事，而就在此时此刻，却让自己和妻女陷入被当地人围攻的险境。

“你在说什么？请讲普通话。”李明哲张开双臂，把妻子和女儿护在身后，盯着领头的那个阿伯，虽然竭力保持着镇定，但声音还是显得有点“虚”。

领头阿伯见状，更加来劲，上前一步用手指着李明哲的鼻子，劈头盖脸又是一顿“狂喷”。李明哲看着那张离自己不到一米，上下翻飞、满是黄黑牙齿的嘴，除了那几句人人皆知的闽南语“口头禅”，其他的一概没听懂。他不由自主地往后退了一小步，皱了皱眉头，无奈地看着领头阿伯，还有他身后那三个和他一样满脸愤怒的老年男人。

“阿伯，你先别急，你们可能搞错了，我们是来帮你们的。”这时，李明哲的妻子钱丽君上前一步，先用闽南话叫了一声“阿伯”，然后用带闽南腔的普通话，十分礼貌地向领头阿伯解释，同时，她的一只手把七岁大的女儿熙悦“藏”在自己和李明哲的中间，而此时，熙悦也比刚才镇定了许多，她瞪着两只水汪汪的大眼睛，等着看几位“爷爷”的反应。

领头阿伯上下打量着钱丽君，露出疑惑的表情，转头看向身后一位村干部模样的人。“小姐，我们没搞错，你们这次来，是不是想改这边的规划？”“村干部”瞟了一眼领头阿伯，上前一步把阿伯轻轻扒拉到一边，虽然语带客气，但用眼镜蛇般的目光，死死盯着李明哲和钱丽君。

李明哲终于从“村干部”带着浓郁口音的普通话中，明白了对方的来意，他稍稍松了一口气，客气地对他说：“阿伯您好，我是这个旧村改造项目的规划师，我叫李明哲，我们这次来，是为了完善我之前的规划方案，改善大家的居住环境……”

“你别瞎扯了。”没等李明哲把话说完，“村干部”不耐烦地大手一挥，粗鲁地打断李明哲，“我们找的就是你，你别在我们这边捣乱了，我明确告诉你，我们这边不欢迎你，立刻、马上给我走，再不走，我们对你们不客气啦！”

“你这歹仔，敢来我们村里捣乱。”“对，马上走。”“再不走，让你们走不了。”……其他三人也跟着“鼓噪”起来，一时间，各种听得半懂和完全听不懂的声音在李明哲的耳朵里响作一团，让他应接不暇，也把他的思绪“炸”回到了一个多月前……

那时的他，无论如何都不会预想到今天的凶境。彼时，他刚刚圆满地完成一个大项目，与此同时，凭借两年前做的一个项目，又拿了一个省内重量级的规划设计大奖，真可谓是“双喜临门”。当他手握用红绸子包裹着的奖杯，踏进鹭城“金牌规划师俱乐部”招待晚宴现场时，在喜庆红火的色彩和激动人心的乐曲的烘托之中，他的人生第一次真切地享受到“美梦成真”的快感。

李明哲清楚地记得，十三年前，自己如愿考进心仪已久的鹭城大学城市规划系，当他一个人拖着半人多高的行李箱，艰难地沿着火车的阶梯下到站台时，蓦然发现摩肩接踵的人群像要去跨越龙门的鲤鱼一般，争先恐后地涌向火车站的出站口，那一刻，他感受到了这个东南沿海开放城市的节奏之快，振奋过后他暗暗下定决心，一定要在这个城市里站稳脚跟，成就一番事业，成为令人敬仰的“成功者”，就像自己从小到大都是当之无愧的“学霸”一样。经过这么多年不知疲倦的学习和实践，他终于在而立之年有资格成为这个象征着成功的“金牌规划师俱乐部”的成员，并且只用了两年的工夫就成为其中的佼佼者，这是令人何等兴奋的荣耀时刻啊。

李明哲暗暗握了握手中的奖杯，踌躇满志地看了看宴会厅门口显示屏上那几个金色大字——金牌规划师，自豪又自信的笑容浮现在他的脸上，他迈着轻快的步伐，在服务员们钦羡的目光中，阔步走进了宴会厅。

此刻的宴会厅里，已是一片欢声笑语，身着正装的人们，手里端着酒杯，三三两两地站在一起说着话，每个人的脸上都洋溢着愉悦之情。李明哲站定，放眼寻找着熟人，突然他觉得手里的奖杯被人从侧后方捅了一下，他慌忙用另一只手托住，飞快地转过身去。“明哲，了不起啊，又拿一杯。”只见大学同学曹志军正笑眯眯地看着自己。

“志军啊，你少来啦，哪有你了不起啊，我的曹大老板……”李明哲重新露出笑容，特意拉长了语调，顺势抬手愉快地拍了一下曹志军的胳膊。

曹志军哈哈一笑：“什么大老板啊？最多就是个打杂的，和你这个大师没法比啊。”他说着扫了一眼李明哲手里握着的物件。

在大学期间，曹志军和李明哲除了是同班同学，还是室友，每天的常态就是说说笑笑打打闹闹，但同时，他们又互不服气。李明哲成绩优异且浑身散发着一股傲气，而曹志军广泛交友自得于左右逢源之中，二人表面上嘻嘻哈哈，内心却相互较着劲。李明哲把这种关系定义为互相促进的良性竞争，自然也就乐在其中。“大师能值几个钱啊？曹老板出个价吧。”李明哲继续和他开着玩笑。

曹志军听罢，收起了笑容，认真地对他说：“说真的，这一次，还真有一个机会，可以让我们兄弟联起手来，做件大事。”

“哦？”李明哲不动声色，等着他交代。

曹志军以为他在装糊涂，索性挑明了说：“明哲，听说芗州市何厝的旧村改造项目，当地市领导点名让你去做规划，是真的吗？”

这是李明哲第一次听说这个项目，他有些惊讶，因为他确实不知道曹志军所说的事情，同时也非常疑惑：曹志军的消息来自何方？

“你真不知道啊？”曹志军看出李明哲不是假装，也有些吃惊，但很快，他就恢复了笑容，“明哲，你来帮我吧，怎么样？我是诚心邀请，我们兄弟联手，总比你给林老板卖命强。”

李明哲收住笑，稍稍迟疑之后立刻辩解道：“林老板对我挺好的……”

“你就别装了，”曹志军飞快地接过他的话，“这么多年了，你难道还没搞清楚吗？他就是把你当枪使，到现在连个合伙人都没给你，同学们都在为你打抱不平……”

“我现在挺好的，我们去找座位吧。”李明哲硬生生地打断曹志军，有意无意地抬了抬手里的奖杯，转头看向厅内，不再理会他。曹志军讨了个没趣，盯着李明哲的侧脸，脸涨得像个紫茄子。

正当两人各怀心事的时候，一位精神矍铄的老者朝他们快步走来，老远就冲他们招着手：“明哲，志军，来，你们的座位在这边，和我坐一起。”

“周教授。”两人几乎是同时回答，又几乎是同时迎了上去。李明哲心中满是欢欣。周教授是李明哲大学期间系里最受欢迎的老师，不仅因为他仪表堂堂，浑身上下散发着儒雅的气质，更让人心生景仰的是，他是市里甚至省里最知名的城市规划专家，在给他们上课时，娓娓道来又风趣幽默，就像一位你可以永远信赖的长者，正在将他一生所学无私地奉献给学生们。李明哲之所以对规划设计如此痴心，很大程度上来源于周教授的言传身教，在他的心中，周教授是当之无愧的

“超级偶像”和“人生导师”。而且，这个金牌规划师俱乐部就是在十年前由周教授一手创办的，李明哲能取得今天的成就，这其中很大的动力来自对这个俱乐部的向往。

两人几乎是同时握住周教授的左右手，周教授的脸上也是乐开了花：“你们来得正好，走，活动马上要开始。”于是，李明哲和曹志军一左一右拥着周教授，在众人羡慕的目光中走到主桌旁，坐了下来。

“明哲，祝贺你又获得了一个大奖，按照这个速度，用不了多久，你就会成为我们金牌俱乐部里获奖最多、也最年轻的规划师了，真是了不起啊！”刚一落座，周教授就迫不及待地开始表扬李明哲。

李明哲脸一红，开心地说：“谢谢老师的栽培和鼓励。”

“主要还是靠你自己的努力，”周教授看上去十分兴奋，满面红光，“俗话说，‘师傅领进门，修行在个人’，我这么多学生中，你最让我放心啦。”

此时，坐在周教授另一边的曹志军欠了欠身子，端起了圆桌上的茶杯，喝了一大口，也不咽下去，鼓着腮帮子一边轻轻地漱着口，一边假装认真地听周教授讲话。

“当然啰，志军也相当不错。”周教授转头同样不吝送上表扬，“你们这一届同学当中，你应该是第一个自立门户的吧？”

曹志军连忙把口中的茶水咽下，脸上立马露出灿烂的笑容：“哪里哪里，还是明哲厉害，代表我们同学最高的专业水准，一步一步地继续向您靠拢。”

周教授哈哈一笑对他说：“志军，你准备准备，等明哲分享结束后，你也上台讲讲，就讲你的创业心得，毕竟，这也是很多金牌规划师想要选择的道路。”周教授说完，手一扬，郑重其事地拍了拍曹志军的肩膀。

李明哲听罢心中十分不快。在他的印象中，加入俱乐部的这两年里，都是自己代表新锐规划师上台分享经验，以曹志军的专业水平，如果不是他会来事儿，为俱乐部出钱又出力，他根本没资格入选，现在反而也要上台演讲，他除了讲怎样讨好甲方，还能讲什么呢？这不是拉低了“金牌”的成色吗？李明哲用指尖轻轻推了推放在桌子上那还没有机会展示的奖杯，低头端起面前的茶杯，默默地喝了起来。曹志军见状，脸上笑意更浓，对着周教授连连点头道：“好的好的，谢谢周老师，那我就厚着脸皮给师弟师妹们分享分享。”说完，他还不忘瞄上李明哲一眼。

周教授顺着曹志军的眼神把脸转向李明哲，当他发现李明哲的脸上挂着不自然的表情，微微一笑，眼睛里充满了慈爱，就像看着一个刚刚受了委屈的孩子：“明哲，听说你们接了芗州一个大型旧村改造的项目，我还听说，这个项目很有示范意义，当地领导又十分重视，对你来说，又是一个获奖机会啊。”

李明哲听完心中一惊，暗忖为什么这件事情都传开了，自己却一无所知呢？“我不知道啊？刚刚志军也这么说，您是听谁说的？”

“你不知道吗？”周教授看看曹志军，很快又看回李明哲，脸上露出不解之色，“是你们林老板跟我讲的，他还请我多鼓励鼓励你，说这个项目对公司十分重要，希望你尽快完成，他还向我保证，一定不会亏待你的。”

“是吗？”李明哲听完还没作出反应，曹志军却抢先喊了起来，随后，他似乎觉察到了自己的失态，对着李明哲一笑，幽幽地说道：“恭喜你啊。”

而此时的李明哲，并没有如两位所预料的那样表现出欣喜的样子，反而流露出难以名状的复杂表情。

说起这个林老板，李明哲对他是既有感恩又颇多埋怨。

李明哲大学刚毕业的2009年，国内房地产开发正逐步从“野蛮生长”转向“合规合法”，各级政府对城市规划越来越重视，这让各个大学城市规划专业的毕业生成了“香饽饽”，作为重点大学的优秀毕业生，李明哲自然收到了很多单位伸出的橄榄枝，这其中有市级规划部门，也有国有规划大院，但他最终选择了林老板的私人企业，很重要的原因是他实习的研究所正是林老板和周教授共建的，周教授虽然没明说，但话里话外对林老板信任有加，再加上林老板当着周教授的面许诺将他作为重点培养对象，保证让他很快就开始上手项目。这让李明哲比别的同学得到了更多的锻炼和展现机会，才过了五年，他就成为公司的首席规划师，这一度成为一段佳话，在同学和同行之间流传，让李明哲初尝少年得志的美妙滋味。

然而，接下来的四年，就像是开过了花的铁树，李明哲的职位纹丝不动，收入也增长缓慢，只能眼睁睁地看着一些原先不起眼的同学一点点地超过自己，成为他们公司的合伙人甚至获得更高的职位。更可恶的是，这其中有两次，李明哲鼓足了勇气去找林老板摊牌，但都被他轻松化解，最后只是象征性地加了点薪水。因此，升职加薪这件事情，可以说已经成为李明哲心中不愿提及的“痛点”。

不过现在，这个“痛点”终于有望消除。就在这个刚刚结束项目的立项之初，林老板主动提出：做完这个项目就把他提为合伙人，工资也会大涨。而刚才周教授的说法，似乎也印证了林老板的承诺。想到这里，李明哲看了看正在主席台上发表着激情演讲的周教授，又看了看坐在一旁伸长脖子盯着主席台的曹志军，他的脸上重新绽放出惬意的笑容。

这种惬意的感觉，在李明哲站在回家电梯里的时候，变得更加强烈。他一手抓着依然被红布裹着的奖杯，一手拎着一个精美的蛋糕盒，仰头盯着电梯门上方的楼层显示数字，嘴巴里念念有词：“快点，快点……”电梯门叮咚一声刚刚开启，他就侧身飞速冲出电梯，几步来到自己家门口，一边快速而有节奏地敲着门，一边大声地嚷嚷道：“悦悦，快开门，看爸爸给你带什么回来了。”

旋即，屋内传出了女儿熙悦欢快的声音：“爸爸回来了，我去开门。”李明哲赶忙把蛋糕盒提到脸前，躬起身子，摆好架势，准备着给女儿来个大大的惊喜。

果不其然，熙悦一打开大门，看到爸爸的笑脸和精美的蛋糕盒，立即欢叫起来：“呀！生日蛋糕，今天谁过生日啊？”

“没人过生日，就是专门买给你和妈妈吃的，快拿去给妈妈看。”李明哲笑着捏了捏熙悦的小圆脸，抬腿进屋，一边关门一边乐呵呵地看着女儿抱着蛋糕跑到妻子钱丽君身边。熙悦把蛋糕放在餐桌上，并没有马上打开，而是端起旁边的一个水晶玻璃碗，像小鸟一样飞回到爸爸身边：“爸爸，你看，我和妈妈为你做的水果冰沙，好不好看？”

“你这个女儿，不愧是你前世的情人，听说你做完了一个项目，终于可以回家过周末了，非要给你做一个好吃的。”钱丽君站在熙悦身后，笑盈盈地对李明哲说。当她看到熙悦的脸上满是骄傲，又自豪地补充道，“这可都是悦悦亲手做的，我只帮忙打打下手，你女儿厉害吧？”

“悦悦真厉害。”李明哲蹲下身，开心地捏了捏悦悦的小脸，“这动手能力，比爸爸做模型都厉害……”他看着女儿那张像盛开的莲花一样的笑脸，特别是那双清澈如冰泉的黑眼睛，一股歉意涌上心头，而且让他惊讶的是，这一次的浓烈程度远超以往。

这么多年来，每次接了项目，李明哲就会开启一段“空中飞人”加“闭关修炼”的日子，能在女儿醒着的时候见到都变成了一种奢望，而且，就算是偶尔在一起，他的心思也完全在规划方案的设计中，根本没办法分心去陪女儿。他还记得，女儿小的时候，好多次想找他玩或者想跟他说话，都被他给敷衍过去，甚至有那么一两次，被正心烦意乱的他有些暴躁地凶了回去，女儿哭过几次之后，就不敢在他做事的时候靠近他了。其实，起初每一次发完火，当李明哲停下手头的工作，在妻子的提醒之下，他也会感到一丝后悔，会对女儿有些歉意，但下一次遇到同样的情况，他的火气还是会不期而至，完全不受自己的控制。没过多久，当他发现女儿变得越来越“乖”的时候，他觉得这种家庭氛围正是他想要的：自己拼命工作，实现理想的同时赚钱养家，妻子充当“贤内助”的角色，把女儿照顾好，一家人其乐融融，生活、事业蒸蒸日上。当然，李明哲在每次项目完成之后，都会买礼物和妻女庆祝一番，也算是对她们的“补偿”，而每一次享受着家庭喜庆的氛围时，他也就心安理得地认为这一切都是那么自然和美好。

然而这一次，也许是接二连三的荣誉让他觉得阶段性实现了目标，也许是想到林老板终于要给自己升职加薪，往后的日子会变得更加轻松自如，当一直紧绷着的神经松弛下来之后，他突然觉得以前对妻子和女儿关心太少，特别是看着表现得如此乖巧懂事的女儿，让他突然想起自己的童年，那时的他同样是别人眼里最懂事的孩子，但现在回头想想，那当中藏着太多委屈和痛苦。

"可是，她的生活环境比我小时候的要幸福得多啊，她不应该像我小时候一样才对啊。"有个遥远而又真切的声音仿佛正在对李明哲喊道。

钱丽君眼见父女二人大眼瞪小眼，一个怅然若失，一个不知所措，觉察到李明哲的异样，关心地问道："明哲，你今天是怎么了？"李明哲回过神来，连忙调整好情绪，站起身搂着女儿和妻子走到餐桌旁坐了下来，笑眯眯地看着她们。

"爸爸一定有什么好消息要宣布。"熙悦率先欢叫起来，钱丽君也用期待的眼神看着李明哲。

"当当当当。"李明哲见成功地调动了妻女的情绪，颇为得意地把奖杯外面的红绸子揭开，露出那尊精美的金色奖杯。"哇，你又拿奖了？明哲。还是省级金奖，太棒了。"钱丽君兴奋地叫了起来，拿起奖杯仔细看着。"这个奖杯怎么不是水晶的？黄黄的，真土气。"一旁的熙悦却是一脸嫌弃。"我还是喜欢水晶的，多好看啊。""对对对，下次我让他们换个水晶的，好不好啊？""这还差不多。"熙悦撇了撇小嘴，仰起小脸高兴地说。

李明哲看着可爱的女儿，欢喜之余，越发觉得妻子为这个家付出了很多，也牺牲了很多。现在想想，多亏钱丽君对自己展现了足够的理解和支持，虽然偶尔也会有抱怨，但在女儿面前，从来都是全力为自己解释，这才保住了女儿对自己的爱，也把女儿教育得如此体贴大人。于是，他郑重地从包里拿出一个礼物盒，双手递给钱丽君，温情地说："丽君，这是送给你的。"

在钱丽君的印象中，大学毕业之后，除了结婚和女儿出生的时候，李明哲就再也没有如此郑重地给自己送过礼物，特别是最近这两年，丈夫仿佛着了魔一般，主动接了很多项目，将几乎全部的精力都放在了工作上，更无暇顾及这个家，很多时候，面对回到家中或沉默寡言或倒头便睡的丈夫，她也会觉得十分委屈，甚至很想找个借口和他大吵一架。

"你今天是怎么了？怎么还给我买礼物啊？"钱丽君柔声说道，缓缓伸出双手去接礼物。正在这时，熙悦调皮地抢过礼物，三两下就拆开了包装纸，打开盒子，从里面拿出一条亮闪闪的项链，"好漂亮啊，我也要。"熙悦大叫着，爱不释手。

熙悦这番如哪吒横空出世般的操作，让刚要重温恋爱感觉的夫妻俩只能又一次相视而笑，"等你长大了，给你买。"李明哲将脸转向女儿，笑得合不拢嘴地对她说。"好了，悦悦，别闹了。"钱丽君一边笑着制止女儿，一边拿过项链，眼睛随着项链的晃动，变得明亮起来，"怎么买这么贵重的东西？"

"不能让你这个大户人家的小姐，再跟着我受委屈了，我们也该奢侈一把了。"李明哲惬意地把身子靠到椅背上，故作神秘地说道。

“我知道了，”没等钱丽君回应，这一次又是熙悦抢先叫了起来，“爸爸一定还有更好的消息要宣布。”

“你个‘小人精’，什么都知道。”李明哲坐正起来，大声宣布，“告诉你们，我要成为公司合伙人了。”

“太好了，明哲，你终于如愿以偿了。”钱丽君激动地俯身拉住了他的手。“公司合伙人是什么啊？”熙悦一脸懵懂地问道。“你爸爸升职了。”钱丽君放开李明哲，兴奋地转身对熙悦说。

“那爸爸以后是不是可以多陪陪我和妈妈了？”熙悦也瞬间高兴起来。李明哲一愣，想了想笑道：“应该是吧，一些项目可以交给别人做了。”

“耶！”熙悦高兴得跳了起来，“太好了，太好了，爸爸有时间陪我玩了……”

李明哲看着熙悦，转头与妻子对视了一下，眼睛变得湿润起来。从今往后，一定要腾出更多的时间放到家庭里。他在心里暗暗说给自己。

一块修剪整齐的大草坪上，熙悦正带着比自己小两岁的表弟钱一帆欢快地跑来跑去，玩着追逐的游戏，一条漂亮的小狗在他们之间卖力地穿梭着，仿佛想要引起他们的注意，加入快乐的行列。

正值鹭城的初夏，天气非常好，郁郁葱葱的草木和五颜六色的花朵将和煦的阳光映衬得分外明媚，让人心旷神怡。然而，此时的李明哲却没有多少好心情，他坐在一栋豪华别墅花园里的一张长桌旁，远远地看着孩子们和狗，眉头紧蹙。本来，他想在这个难得有空的周末，一家人去郊区玩上两天，但无奈钱丽君早就约好了到娘家聚餐，虽然万分不情愿，但熙悦也想和表弟一起玩，他只得同行。

李明哲的岳父老钱坐在主位，他悠闲地用两个指头捏起他那只专属的如铜钱大小的功夫茶杯，“叽”的一声，重重地将里面清亮的茶汤一口吸尽，陶醉般地发出一声惬意的轻叹，随后，他眯眼看了看右手边的李明哲，轻轻地摇了摇头，面露不快之色。“小川，公司最近还好吧？”他转过头去，用夸张的语气问坐在自己左手边的儿子。

“阿爸，你就放心吧，公司一切正常。”钱小川心领神会，也用夸张的语气回答着，说完，还不忘乜斜一眼李明哲。“那就好，那就好。”老钱显然对儿子的表现相当满意，不住地点头微笑，俯身麻利地续水泡茶，看都不看李明哲一眼。

当然，李明哲很快就注意到了父子俩唱的这出戏，面对如此明显的“挑衅”，他早已习以为常，在心中冷冷地笑了一声。

在李明哲眼里，老钱是个名副其实的土老板，半个文盲，赶上了二十世纪九十年代末国内第一波房地产“热潮”，不知道通过什么关系，搞了一块地，开发了几年，赚了一笔钱，接着又弄了一块地，如此这般，二十来年下来，混来混去，还是个“小老板”。李明哲时常会想：这个“暴发户”发迹的那个时候，如果城市规划像现在这样受重视，他这样的人一点机会都不会有，更不可能像现在这样颐指气使、人五人六的一副模样。

还好，钱丽君完全没有像她爸。

钱丽君是李明哲的同班同学，大一刚入校的时候，她和李明哲一样，是全系同学眼里的“明星”，李明哲是因为成绩优秀、气质出众，而钱丽君则是因为长相甜美外加是本地富家女，引得男生们疯狂地追求。当时的李明哲虽然也对钱丽君有好感，但从小就深入骨髓的自尊让他刻意与她保持着距离，他当时感觉钱丽君好像也在刻意回避着自己，每次碰面，她的眼神总是在他的眼睛周边游荡，每当目光快要交汇的时候，她都会飞快地将眼睛移开，仿佛什么事情都没发生。

就这样，两人若即若离地保持着正常的同学关系，直到进入大二后系里组织的那次中秋晚会。参加晚会的同学大多是外地同学，本地同学大都回家与自己的家人团聚，偌大的会场只有稀稀拉拉的二三十人，昏暗的灯光让主持人都打不起精神。在这清冷的氛围中，李明哲的思乡之情愈加强烈，他一反常态，主动上台唱了一首许巍的《故乡》，唱到最后，眼角的泪珠黯然划过脸颊，引来台下一片啜泣之声。当李明哲走下台回到角落里的座位，正在努力平复着自己情绪的时候，一只纤细的小手托着一张纸巾出现在他的眼前，他抬头看去，发现钱丽君正深情地看着自己，二人目光交汇，沉浸在彼此的眼神里，她再也没有逃离。

从此以后，两人确立了恋爱关系，也由此在校园中留下一段佳话，但钱丽君一直不敢告诉家人，特别是自己的父亲，因为她知道父亲一直在物色门当户对的亲家。直到毕业前夕，钱丽君才鼓足勇气把李明哲带到家人的面前，希望能得到父亲的祝福。当时，李明哲为了能与恋人顺利走到一起，也做了充分的思想准备，他收起自己的傲气，表现出最大的善意和忍耐，然而，见面的过程从始至终，老钱丝毫没有给他留半点颜面，甚至当众奚落嘲讽他，最后，在发生激烈争执之后，李明哲拉着钱丽君扬长而去，差点没把老钱气得心脏病发作。

正是有了这次经历，李明哲更加坚定了自己的目标，那就是一定要出人头地，狠狠地打脸那些瞧不起自己的人。这可以说是支撑他近乎疯狂工作的动力源泉，当然，这也是他心中极不情愿被触及的“痛点”。想到这里，李明哲不由得撇了撇嘴，心中的冷笑再也没藏住，清晰地浮现在了脸上。

其实，老钱虽然手上一直在忙活，但眼睛余光一直在观察着李明哲，李明哲的冷笑让他十分恼火，但他不想再起冲突，让自己花了好几年才和女儿缓和下来的关系再次变得紧张。他给钱小川的茶杯里续上茶水，笑容可掬地对坐在长桌对面的老伴说：“老余啊，小川接班这一年来，干得不错，再锻炼锻炼，我就能完全退休了。”

老余笑而不语，端起手边的小茶杯，轻轻地抿了一口。

“阿爸，这是好事啊。”钱丽君笑着对老钱说，“你就应该好好调养身体，少去应酬，更不能喝酒了。”说完她向旁边的李明哲暗暗使了个眼色，李明哲马上心领神会，但又不想就此“投降”，他装出一副关心的样子对老钱说：“是啊，您是应该减少应酬活动，多让年轻人去冲冲。”

“有些应酬还是免不了的，在地产界混了半辈子，这张老脸还是有人认的。”老钱并没有听出女婿话中有话，摆了摆手，骄傲地回应。

“阿爸，你的面子就是公司最大的资产啊。”钱小川不失时机地恭维道。

老钱更加得意，哈哈大笑。

李明哲看着父子俩像说相声一样地互相捧逗，实在没忍住内心的厌恶和轻视，一丝不易察觉的嘲笑挂上嘴角。

老钱敏锐地捕捉到这个表情，他强忍心中的不悦，以长辈特有的姿态对他说："明哲，听说你刚完成一个项目，奖金一定不少吧？"

"项目奖金还行吧，养家糊口没问题。"李明哲不卑不亢地回道。

"光养家糊口可不行啊。"老钱假装为李明哲打抱不平，脸上却挂着胜利者的微笑，"这个林老板不厚道啊，做完一个大项目，最少应该给个大红包吧。"

"是啊，奖金少了怎么激励员工啊，在我们公司，这么大的项目，最少十万奖金起步。"钱小川"善解人意"地接着话。

李明哲正待回怼，钱丽君立刻用手轻轻地拍了拍丈夫的大腿，自豪地对大家宣布："阿爸，林老板已经说了，这个项目做完，明哲就要升为公司合伙人了。"

"哦，是吗？"老钱盯着有些得意的李明哲，努力寻找语言来打压。

"明哲，恭喜你啊。老钱，孩子们有了出息，都是我们的福气啊。"岳母老余眼见着气氛变得剑拔弩张，赶忙打起了圆场。

李明哲笑着对岳母说："其实也不算什么，就算当上公司合伙人，赚的钱也不能和小川比。"

这句话，让现场刚刚有所缓和的气氛又变得紧张起来，"都是一家人，不用比来比去，你们看孩子们玩得多开心啊。"老余赶紧把大家的注意力引向草地上那两个无比开心的孩子。

李明哲的脸上，终于也露出了"胜利者"的微笑。

李明哲的笑容，在新的一周开始上班的时候，彻底绽放开来。从踏进公司大门的那一刻起，遇见的所有人都向他送上太阳花一般的笑脸和热情祝贺，有些熟悉的老同事，甚至半开玩笑地称呼他“李总”，虽然感觉有点怪，但李明哲在心底里却无比受用。

“李老师早。”当李明哲轻快地“飘”到自己的办公室门口时，他的助理规划师张小强，已经早早站在办公桌边，笑脸相迎。

“小强你也早。”李明哲愉快地和他打招呼。在李明哲眼中，张小强是难得的好帮手。他五年前从鹭城大学毕业来应聘，同样在周教授的研究所实习过，李明哲第一面就选中了这位同门师弟，就是因为他的眼睛里闪烁着和自己一样的光芒——自信而专注。后面的事实也证明，李明哲的选择是对的，张小强和自己一样，工作起来不惜力，交代的任务往往都能超额完成，更重要的是，他对自己十分崇拜和尊敬，一口一个老师，听起来十分舒适。

“李老师，林老板刚刚打电话过来，让我见到您马上请您到他办公室去一趟。”张小强毕恭毕敬地转告李明哲，说完之后，他稍稍压低声音，笑容满面地说，“恭喜您啊，我是不是应该叫您李总了。”

“诶，什么‘总’不‘总’的，我们之间就别见外了。”李明哲拍拍张小强的肩膀，昂首阔步走进自己的办公室。

李明哲的办公室同时也是他的设计室，一张宽绰的实木大板桌旁边，放置着一个同样硕大的设计工作台，再加上一套鹭城当地办公室内必不可少的泡茶桌椅，整个房间丝毫不显局促，让人一走进来就会觉得眼前豁然一亮。

李明哲和往常一样，一丝不苟地把包里的东西一一放在桌子上。此刻，他反而不急着去林老板那里领取那个迟到的好消息，他缓缓坐下，环视四周，仿佛又看到了自己日日夜夜在这里奋战的身影。“这是你应得的，李明哲。”李明哲长舒一口气，惬意地轻轻闭上眼睛，似乎要让这种美妙的感觉，多一些时间在心中回味。

“丁零零……”电话铃声不解风情地突然响起，将李明哲拉回现实当中，李明哲并没有气恼，反而感觉这个就是自己一直在等的声音，他坐起来清清嗓子，稳稳地拿起电话，用浑厚的嗓音说道：“你好，我是李明哲。”

“明哲啊，你来一趟我办公室。”电话里传出林老板的声音，还是和以前一样，不带任何感情色彩。

林老板的办公室是整个公司风景最好的，整面弧形落地玻璃幕墙外，鹭城最美的岛屿和轮渡码头的风光一览无余。这个不到两平方公里的小岛，是鹭城最出名的旅游景点，与大多数人心目中的荒凉海岛不同，从高处看去，岛上山峦叠翠，一栋栋红顶白墙的古老别墅星罗棋布，与四周形态各异的岩石相映成趣，在岛屿外围洁白的沙滩和粼粼波浪的衬托之下，处处散发着历史的气息和韵味。在岛屿的对面，一幢幢高楼沿着海岸码头伸展开来，既保留了极具闽南特色的骑楼和钟楼，又增添了很多现代化的大厦，与美丽的岛屿隔海相望，仿佛正在进行着一场跨越时空的对话。海面上，稳重的轮渡船和轻盈的快艇在岛屿和轮渡码头之间不停穿梭，串联出一幅动人的和谐画面。李明哲至今依然记得，他第一次走进这间办公室时，那种眼前一亮又似曾相识的感觉，是那么美妙，像极了他与钱丽君初次见面时油然而生的情愫。

此时，林老板正在靠窗的空地上练习高尔夫球推杆，他粗短的双腿紧绷站立，肥胖的双手紧握球杆，夸张地瞪大了双眼紧盯住侧方的洞口，仿佛分分钟就能一杆进洞，把整个世界收入囊中。

“林总，找我？”李明哲在敞开着的玻璃门上轻快地敲了三下，一边愉快地说，一边往里走，眼睛忍不住转向窗外，赫然发现今天的天气出奇地通透，蓝天、碧海、白沙滩、绿树、褐岩、红屋顶，眼前的色彩无比艳丽，这让他的精神变得更加饱满。

“明哲，来来来。”林老板放下球杆，热情地招呼李明哲坐下，李明哲也不客气，一屁股陷进沙发里，用期盼的眼神看着林老板。

“明哲，祝贺你啊，又得了一个大奖，公司也跟着沾光了。”林老板本就不大的眼睛，此时笑成了一条缝。

李明哲对林老板的恭维早就有了足够的免疫力，把恭维奉还给他：“没有林总的支持，甲方也没那么容易搞定，甲方不同意，再好的规划设计都没用，所以说，林总才是核心竞争力啊。”

林老板哈哈一笑，向前探了探身，认真地说道：“明哲，我现在就要兑现我的承诺，让你成为公司合伙人。”

李明哲听完这话，心中一阵欣喜，但不知道为什么，他看着林老板的眼神，忽然觉得不怎么踏实。“谢谢林总。”他坐起身子，小心翼翼地表达着自己的高兴之情。

“这是你应得的。”林老板自顾自地笑着说道，“这也说明我没看错你，我还记得你来面试的时候，刚毕业，话都说不清楚，但我当时就是觉得你能行。”

李明哲看着林老板自我吹嘘的样子，心里“咯噔”一下，不踏实的感觉更加强烈，因为之前他在搪塞自己的时候，也是这个套路。

“这么多年，也要感谢林总的包涵。”李明哲淡淡地回道。

林老板端起茶杯递到李明哲的手边，讪讪地说：“我们之间就别这么客气了，快十年的交情了，来，喝茶。”

李明哲端起茶杯，一饮而尽，把杯子放下，微笑地看着林老板，等着他放大招。林老板笑容僵硬地看着李明哲，小眼睛不自然地转动着。现场气氛有点尴尬。

“明哲，合伙人的事，你放心，我今天就会在公司例会上宣布……”稍稍停顿过后，林老板似乎拿定了主意，他欠了欠身子，缓缓对李明哲说，“你看，这加薪的事……能不能再稍微等一等？”

李明哲刚一听完，心里一股无名之火被“轰”地一下点燃，他的脸腾地一下变得通红，当他正准备反击时，林老板看上去早有准备，他换上一副苦脸，抢先一步说：“明哲，你也知道，公司现在的状况不是很好，现在房地产整体不景气，我也是想到公司这么多员工要吃饭要还房贷，才这样一直苦苦支撑啊。”

“……”李明哲看着林老板，心中十分恼火，但千言万语全部堵在嘴边。

“我知道你也不容易，这样！”林老板大手一挥，仿佛是为李明哲也为自己找到了一条“光明大道”，他拿起早就放在茶桌上的一本项目资料，递给李明哲，用看似商量但毫无商量余地的口吻说，“这个项目，是我们开拓芗州市场的关键一战，可以说，是我们的救命稻草，我决定交给你来做，你放心，等项目一完成，我就马上给你加薪，你看行不行？”

李明哲看着林老板那满脸横肉的笑脸在自己的眼前晃来晃去，恨不得抡圆手臂将自己的手掌深深地印在上面，然而，这种虚幻的快感只维持了一秒钟，他就被林老板硬递过来的资料册带回到现实中，他低头看去，正是那个这两天“久闻大名”的芗州何厝项目。他心中一惊，曹志军不是说芗州市领导点名让自己规划吗？怎么从林老板嘴里得到的信息又不一样了呢？李明哲抬头疑惑地看向林老板，只见他双手合十，脸上露出他那已经演练得十分娴熟的“恳求”之色。

林老板的这副经典模样，直到李明哲把车停进小区地库的车位时，还久久萦绕在他的脑海中，使他始终无法释怀。熄火后，李明哲在车里酝酿了许久，才恨恨地拿起项目资料，推门下车，然后重重地把车门甩上，垂头丧气地走向电梯间。

电梯里，李明哲无精打采地伸手按下楼层按钮，落寞地靠在电梯壁上，他的脑子里一片混沌，实在想不出要怎么面对家人。

“叮咚”一声，电梯门还是如期打开，李明哲迟疑良久，在电梯门即将关闭的时候，才不得已起身用手掌挡开电梯门，向自己家走去。

咚咚咚，李明哲敲了几下门，但门里没有任何声音传出来，惊讶之余，他反而有些庆幸，从包里摸出钥匙，插进锁孔，慢慢把门打开。

果然，家里的灯是黑着的，李明哲暗暗松了一口气，缓缓抬手按下门边的电灯开关。“Surprise！”熙悦和钱丽君突然从沙发后面蹦了出来，欢叫着冲到李明哲面前。

李明哲着实被吓了一大跳，项目资料册差点从手里掉下来。“爸爸，祝贺升职，恭喜发财，红包拿来!”熙悦一边欢快地跳跃着，一边高高地举起一盘点心，冲上来送给李明哲，钱丽君跟在后面笑呵呵地看着。

一时间，李明哲愣在了原地，不知从何说起，而当他看到自己的父母笑盈盈地从房间里走出来，对着自己挥手打招呼的时候，他更是百感交集，“老爸，老妈，你们怎么来了？”李明哲竭力控制着自己的情绪，挤出一丝笑意。

“丽君打电话来说，你成了公司合伙人，让我们过来一起给你庆祝庆祝，我们也很久没过来了，知道你忙。”李明哲母亲快步走到他面前，高兴地说道，语速飞快。“对啊，你们不发话，我们可不敢来打扰你，你现在可是金牌规划师了。”跟在后面的李明哲父亲，也微笑着表达着自己的“不满”。

二老的话，让李明哲感到十分愧疚，内心变得更加煎熬。

李明哲出生在华东中部省份的一个县城里，父母亲都是县里一家印刷厂的职工。母亲是排字工，李明哲还依稀记得上小学之前，经常在排字车间门口等妈妈下班，看着妈妈左手拿着像簸箕一样的字板托，右手从一整面墙的大字盘里，飞快地捡出长条形的铅字，利落地放进字板托中，那手法之快，在当时的他看来，就像是变魔术一样，让他在心中对妈妈充满了崇拜。后来大概在李明哲五六岁的时候，母亲下岗了，据说是激光照排替代了传统的铅字排版，再也不用人工去捡字排字了，于是，原本双职工的家庭只剩下在厂办公室工作的父亲一人的工资支撑。

母亲并没有气馁，很快，她就在家附近租了一个巴掌大的店面，早上做包子稀饭等早点，中午和晚上为食客炒米粉，从此起早贪黑，拉扯着李明哲慢慢长大。李明哲还清楚地记得，每天天还没亮，妈妈就离开家去店面忙碌，到了该上学上班的时间，他和父亲一起到店里，抓上两个包子，就匆匆各自离开，李明哲去学校，父亲去上班；到了中午放学的时候，李明哲会回到店里吃一碗母亲炒的米粉，然后就在店里看书等着下午去学校；下午放学后，李明哲又回到店里写作业看书，长大一点后就开始帮着收钱端碗，直到晚上十点才牵着妈妈的手一起回家。这样的日子一直持续到李明哲十岁的时候，也就是1995年，那一年，国内出现了大规模的国有企业倒闭和转型潮，伴随而来的是下岗潮，本就苦苦支撑的县印刷厂终于也走到了终点，李明哲的父亲也和妻子一样，被买断工龄，加入了“光荣下岗”的行列，自此，一家三口的生活陷入了更大的困顿。总是以厂干部模样示人的父亲，在经历了一段时间的失落之后渐渐转变了角色，开始放下面子到店里帮忙。从此，除了李明哲上课和复习，一家人都围着这个小店转，虽然辛苦，但一家人相濡以沫，时常也能苦中作乐，让简陋的家中充满烟火气息。

失之东隅，收之桑榆。对于李明哲来说，这样的童年和青少年时光，虽然没有办法像其他孩子一样四处玩耍，但母亲和父亲勤劳的身影加上拥有更多的学习时间，让李明哲从小就成绩优异，终于实现了自己的理想，考上了全国顶尖的重点大学，成为父母的骄傲。

进入大学，面对高额的学杂费和生活费，李明哲多次提出去勤工俭学以减轻家里的负担，但都被母亲断然拒绝，争执之后，她含泪说了一句让李明哲永远都不会忘记的话：“小哲啊，爸妈给不了你最好的，但一定能给你我们最好的，我只希望你安心学好本领，放心去追寻自己的理想，不要像我和你爸一样，整天被生活压得喘不过气来，到老了才发现一事无成。”

带着这份沉甸甸的期许，李明哲在大学里发疯似的将全部身心都投入到学业中，即使和钱丽君恋爱之后，他们在一起的地方也几乎都是食堂和图书馆。

大学刚毕业，李明哲就迫不及待地想尽一份孝心，把父母接到环境优美的鹭城，让他们从此不再辛劳，但面对鹭城这么多年一直高位行走的房价，他再怎么往上跳也难以望其项背，他只能退而求其次，每月省下一部分工资寄回家贴补家用，想让父母在老家享享清福。但忙碌了半辈子，父母停不下手里的活，再加上街坊们的强烈要求，他们依旧把店开着，只是不再卖早点，晚上也会早点打烊回家。

直到去年，李明哲才终于攒足了首付款，在鹭城的岛外郊区买了一套两室一厅的房子，把二老接过来一起生活，终于完成了他的一个夙愿。

然而，这也让李明哲的经济状况变得压力重重。李明哲一家三口眼下居住的位于岛内市区的大三房，是老钱为了缓和与女儿的关系，在熙悦出生的时候让他们住的。刚开始，李明哲是拒绝的，但后来看到妻子也很想和娘家恢复正常来往，他也就接受了，但坚持按市场价格支付房租。如此这般，不菲的房租加上不轻的房贷，还有高昂的孩子教育费用，让原本只顾钻研业务的李明哲，对加薪看得格外重。

“爸爸，你看，奶奶带来了我最爱吃的大麻枣，可好吃了。”

熙悦又一次把手里的盘子，高高举到李明哲面前，“老妈……”李明哲突然像个孩子一样，委屈得说不出话来。这也是他从小最爱吃的点心，虽然被称为“枣”，但其实是一种油炸食品，用糯米团炸成色泽金黄的枣子形状，然后在热糖汁里裹上白芝麻，其大如鹅蛋，但拿在手里却轻飘飘的，咬一口，才发现里面是空心的，满嘴瞬间都是焦香酥脆的甜蜜味道，让人回味无穷，“爱不释口”，是家乡远近闻名的名小吃。

大麻枣好吃，制作却十分繁复，光预制糯米团就需要十几道工序，耗时近一个月。当时县里人大多选择去副食店里购买，而妈妈却因为担心外面买的用料不好，始终坚持自己在家制作，每逢年节之前，她都会早早开始准备，保证让一家人和亲朋挚友在节庆时分都能大快朵颐，特别是在李明哲上大学之后，每年寒暑假回到家中，妈妈都会端上一大盘新鲜出炉的大麻枣，坐在一旁看着儿子吃得嘴角挂渣，每当这时，她浑黄的眼睛里都会闪动着心满意足的光亮。

老妈此时注意到了李明哲情绪不对，她连忙伸手扶住他的手臂，紧张地问道：“小哲，你怎么了？”钱丽君也发现李明哲不对劲，赶忙上前一步扶着他的另一只胳膊，担忧地说：“明哲，你没事吧？我们坐下慢慢说。”

“我没事啊，我能有什么事……”面对大家关心的眼神，李明哲努力挤出几分笑，在钱丽君和母亲的扶拥之下，坐到了餐桌旁。

“明哲，有事就说出来，我们给你分析分析。”李明哲父亲关切地说道。“对，有什么一定得说出来，放在心里多难受啊！”母亲也开导他。

“老爸老妈，我真挺好的，你们别管了。”李明哲嘴上还在坚持。

“明哲，是不是单位的事情有变化？”钱丽君似乎猜到了什么，柔声安慰他，“这也没什么的，做不了合伙人，我们再想别的出路，你也该换换环境了……”

“言而无信，猪狗不如！”此时，李明哲彻底爆发，“今天去公司，大家都提前祝贺我，没想到林老板又给我开了张空头支票，只给名头不给待遇，又故伎重施，说要完成一个新项目才给加薪，你们看，就是这个破项目。”李明哲重重地把那本项目资料在桌子上翻开，用力地拍打着。

大家都怔怔地看着李明哲，特别是熙悦，她的两只大眼睛里充满了疑惑，她从来没见过爸爸如此激动。

“哦，是这样啊。”钱丽君舒了一口气，安慰道，“别生气了，反正都是迟早的事嘛。”

李明哲却越发生气，语速不降：“他这套把戏玩得太溜了，一直给你画饼，一直给你画饼，这次实在推托不了啦，又给我来这一招，难怪我那些同学都叫他‘老狐狸’。”说完，李明哲又狠狠地拍了一下桌子。

一时间，大家面面相觑，还是李明哲父亲最先反应过来，他毕竟长期在工厂办公室工作，自诩深谙世事，慢条斯理地为儿子分析起来：“明哲，你也别太生气，就像丽君说的那样，既然已经宣布了，加薪就是迟早的事，至于老板是什么样的，你们认识也不是一天两天了，既然从前能忍，就说明他也不是一无是处，我说得对吧？”

“老李，你少和稀泥，这个林老板确实不怎么样，明显就是把我们儿子当驴啊。”坐在对面的老伴显然不同意他的分析，为儿子抱不平。

“我说老何，这个时候你就别火上浇油了，要从长计议，以大局为重。”

“老李，做事就是要讲信用，这么没信用的人，明哲跟着他，你能保证不吃亏吗？”

……

老两口如此一来一回，互相呛声已经是脸红脖子粗。李明哲哭笑不得：“老爸，老妈，你们就别再吵了吧？”

“哦，对对对，说你的事，哈哈哈。”老李这才回过味来，不好意思地打起了哈哈，老何也拍了拍李明哲的肩膀，冲着儿子和儿媳尴尬一笑。

熙悦这时也仿佛明白了什么，她天真地对李明哲说：“爸爸，要不，你就别去上班了，我保证，一下课就跑回来陪你玩。”

这句话把大家逗笑了，李明哲抱住熙悦，怜爱地捏了捏她的小脸，在这一瞬间，他的眼神变得坚定起来，仿佛已经找到了问题的答案。

第二章 诡异的测绘图

一栋由老宅修葺而成的办公楼里，一间宽敞的展示接待厅中，曹志军指着墙上的一排金色边框大照片，神气活现地介绍着那些自己与领导或知名开发商的合影，一旁的李明哲面无表情地看着照片上的各色人物，只是偶尔礼貌性地点点头，表示自己还没有完全走神。

几个月前，曹志军的公司还窝在一个“豆腐块”写字楼单元里，现在已经拥有了自己的独栋办公楼，虽然位于岛内较偏僻的地段，面积也不大，但这对于才过而立之年的人来说，算是混得很好的了。

而更让李明哲赞赏的是，曹志军毕业即创业，而且他当时创业的时机十分不好，国内经济刚刚经历了2008年世界金融危机的巨大冲击，整个房地产行业遭受了前所未有的打击，房价也告别了二十一世纪以来只涨不跌的神话，国家层面随之出台了一系列的经济刺激计划，让国内经济渐渐站稳了脚跟，但也让很多热钱通过各种渠道进入房地产行业，吹大了房地产泡沫，让房价出现不正常的暴涨，这又使得政府出台相应的限购或限贷等限制措施，就这样，整个房地产行业进入了正反调控的剧烈震荡期，让从业人员变得无所适从，战战兢兢地盯着那根无形而有力的指挥棒，时时都需要做“跟”或“不跟”的选择题。

就是在如此复杂而残酷的行业环境下，曹志军的公司能坚持九年多，而且越做越大，就冲这一点，李明哲觉得他比林老板要强很多，因为，在他看来，林老板之所以能有今天的成就，得益于他入行早，竞争少，眼前是一片蓝海，只要胆子大，敢跳进去，成功的机会就大得多，就算土如他岳父，也能做出一块家族产业，不就是最好的证明吗？当然，林老板的成功也绝对离不开我李明哲的功劳。一想到自己的岳父，李明哲立刻就会自然而然地找到值得自己骄傲的成就，以冲刷掉岳父在他心中造成的阴影，这几乎已经成为一种条件反射。

正在夸夸其谈的曹志军，察觉到李明哲的思绪似乎没跟上来，有些兴味索然，“明哲，我们坐下来，边泡茶边聊吧。”他加大音量招呼李明哲往旁边的泡茶区走去，李明哲的注意力被喊了回来，笑了笑，跟了过去。

或许是为了弥补方才对老同学的怠慢，李明哲抬头看到墙上神龛里供着一尊关公像，饶有兴致地说道："你怎么没供财神啊，你这么爱财，不应该啊。"在他印象中，每一个鹭城人的公司和家里都会有一个神龛，供奉着各路神仙，就像泡茶台盘一样，视为标配，他岳父的公司供奉的就是财神爷，家里供奉的又是大道公，作为新鹭城人，他至今也无法理解老鹭城人为什么会这么喜欢"拜拜"。

曹志军对李明哲的玩笑话，并没有和往常一样嬉笑应对，反而表情严肃地回应："明哲，这种玩笑以后不能开了，这是我们闽南人最忌讳的，我们拜的菩萨可以不一样，但绝对不能对别人的菩萨说三道四。"

李明哲没想到同样是新鹭城人的老同学说变脸就变脸，他也由此更深切地感受到了闽南人对于"拜拜"这件事情的虔诚，一时间不知如何回应是好。

曹志军见此，伸手拍了一下他的肩膀，哈哈一笑："好啦好啦，也没这么严重啦，你知道就好啦，来，来，我们泡茶，尝尝我找到的好茶，绝对好料。"

李明哲无奈地摇摇头，苦笑着慢慢坐进了沙发里。

"明哲，上次我和你说的芗州何厝的项目，林老板应该和你说过了吧？"曹志军一边娴熟地操持着茶具，一边问李明哲。

李明哲在被约来参观之前，早就做好了思想准备，他开门见山地说："对，他昨天刚和我说了，不得不说，你的消息永远是这么灵通。"

"这不是消息灵通，这是常理推断。"曹志军用过来人的口吻开导他，"明哲，你该换换思路了，不能只把眼睛盯在专业上，你想想看，当初你和钱丽君在一起，大家多羡慕你啊，有个好丈人，少奋斗多少年啊，唉，可惜啊，你那么清高，非要自己给自己找苦吃，到现在连个合伙人都没混上……”

“你别给我提这些！”李明哲强硬地打断了老同学的话。

曹志军本想用激将法让李明哲就范，被这一声吼吓得一缩脖子，良久，才讪讪地说：“那，那多和我们这些同学走动走动，你也会发现很多新的机会吧。”

“你说这个项目指定给了我，但林老板并不是这么说的。”李明哲不想多听废话，直入主题。

“你这都不明白啊？”曹志军习惯性地又开始眉飞色舞，瞬间换回了一副指点迷津的模样，“如果告诉你真话，他不就被动了吗？要不怎么叫‘老狐狸’呢？”

“可是，当地领导为什么要指定给我？你又是怎么知道的呢？”李明哲还是不能理解。

“内部消息，千真万确。”曹志军故作神秘，继续启发他，“你再好好想想，你和他们有过什么交集？”

李明哲想了想，不确定地说：“倒是在芗州做过一个项目，可那是三年前的事情了，据我所知，当时的领导已经调走了，新的领导我也不认识。”

“这就对了，”曹志军一拍大腿，恍然大悟，“一定是那个项目建立了好的口碑。”

“那个项目，倒是得了个不大不小的奖。”李明哲身子靠在沙发背上，淡淡地说。

“老同学，来我公司吧！”曹志军凑近李明哲，脸上满是真诚，“我们兄弟一起干，你是合伙人，待遇你说了算。”

李明哲眼见刚刚还充当“导师”的曹志军，这么快就换上了这副“尊容”，内心顿时无比愉快，他抬头看了看楼内四周的装饰，越看越觉得极不顺眼，再仔细观察过后，他很快就找出了这栋老宅办公楼的诸多问题，心里盘算着，如果是由自己来改建，绝对不会出现这么多不人性化的地方。如此看来，这个建筑只是金玉其表，实则败絮其中。

“兄弟，怎么样啊？你给句话吧。”曹志军见李明哲只顾抬头凝神，语带焦急地催促他，同时端起茶壶准备给他面前的茶杯里续茶。

“我考虑考虑，谢谢你啊，志军。”李明哲转过头来，客气地回答道。一时间，曹志军脸上的笑容就像石化了一般，手里捏着的小茶壶，半悬在李明哲眼前，不知要向下还是要向上……

“明哲，我就知道我没有看错你。”无敌海景办公室里，林老板大喜过望，忍不住探身伸手拍了一下坐在旁边的李明哲的后背。

李明哲被拍得咧了咧嘴，他还是第一次见林老板这样失态，看来这个项目对他真的很重要。这也难怪，进入二十一世纪一十年代之后，经历过几波拉风箱般的调控，现在的房地产开发商俨然变成了惊弓之鸟，时刻担心自己会被不知哪一根稻草给压垮，以往闭着眼睛举牌拍地的场景已经一去不复返，他们对拿地和开工变得异常谨慎，地方政府也因此要时刻面临卖地不畅的境地，而规划设计公司作为地方政府和房地产开发商的乙方，自然也时常跟着无米下锅。从这个角度来说，林老板倒是没说谎，毕竟快五十岁的人了，创业不易，一旦失算，可就真的万劫不复了。

“林老板，这次你不会再食言吧？”李明哲虽然心中多了几分理解，但依旧留着几分怀疑，事到如今，他也不再害怕把话挑明。

林老板没想到他会这么直接，一时语塞，但很快他的脸上就恢复了正常，动情地说道：“明哲，我们共事快十年了，经历了多少风风雨雨，你想想看，我什么时候害过你？现在我只是希望，我们能互相体谅，一起渡过难关，你说好吗？”

这几句话让李明哲产生了共情，他专注地看着林老板的眼睛，竟然发现了潮湿的印记，他也有些感动，但尽力让自己显得很平静，语带迟疑地回答道：“好……吧。”

“这就对了嘛!”林老板瞬间又高兴了起来，伸手又给了李明哲的后背重重一击，“来，喝茶，喝茶，今天太高兴了。”

李明哲愉快地接过林老板递过来的茶杯。他之所以拒绝曹志军，除了面子上接受不了，还有就是他认为林老板虽然时有狡猾，但也算是对自己有知遇之恩，而且他相信，有再一再二不会有再三再四，这一次，林老板无论如何，也没有再骗自己的理由和动机。想到这里，他看向窗外令人心旷神怡的海岛风光，“至少，这边的风景比志军那里的好太多。”他在心中说道。

林老板用那双仿佛能洞察人心的小眼睛，在李明哲的脸上来回扫了几圈，小心翼翼地试探：“这个项目的开发商许总，希望在规划中多一些商品住宅，你怎么看？”

“这次的甲方是开发商？”李明哲闻听一怔，因为内心很排斥，他这些天并没有心情翻看项目资料，他一直以为这次是像大多数情况一样，由地方政府来充当甲方的角色。

“你还没看项目资料啊？”林老板不悦。

“这个开发商不简单啊。”李明哲岔开话题。

“对啊，这个许总可是芗州有头有脸的人物，对我们以后的发展很重要啊。”林老板认真地说。

“这也正常，”说到专业问题，李明哲的自信立刻变得由内而外，“这种情况，我们之前遇到过很多，现在还没做测绘图，所以不好说，但无论如何，我都会按照最优的方案来做规划，我们以前一直是这样做的，林老板，你应该很清楚啊。”

“说得也是……”林老板有些吞吞吐吐，“明哲，但是，开发商的诉求，我们是不是，也要照顾一下？”

“林老板，你这次是怎么了？”李明哲疑惑地看着他，“我们之前的规划，哪一次没顾及开发商的诉求啊？但我们也不能全听他们的，这个你最清楚了。”

“我肯定相信你啊……”林老板换上了一脸愁容，像是在征得他的同意，“只是，这个项目关系重大，你设计的时候，可不可以别那么理想化。他们毕竟是我们的甲方，是我们的衣食父母。”

“林老板，我不能同意这个说法。”李明哲越发觉得今天的林老板有点怪，仿佛有什么难言之隐，但他在专业上，从来都是据理力争，“不管我们的甲方是地方政府还是房地产开发商，他们虽然支付了我们费用，但他们的钱不是白给我们的，看中的是我们的专业知识，需要我们的专业指导。用周教授的话来说，他们就是不懂事的孩子，需要我们这些专业的人，去告诉他们什么是好的，什么是不好的，否则，要我们这些规划师做什么？”

林老板看了李明哲好一会儿，叹了一口气，接着说："正好许总要请客吃饭，我们一起去，看看能不能说服他吧。"

"好，没问题，周老师一直教导我说，没有说服不了的甲方。"

李明哲作为金牌规划师的气场，让他在许总做东的豪华包间里，显得异常突出。这种场面，对于李明哲来说，早就司空见惯了，别说是开发商请客，就算是省市级领导主持的宴会，他也参加过好几次。虽然坐在主宾位置的人是林老板，但此刻人们的目光全部集中到了坐在林老板左手边的李明哲身上，这其中，坐在林老板右手边，位居酒桌主人位的许总，更是笑眯眯地上下打量着他，仿佛想从他身上"搜出"自己想要的稀世珍宝一般。

李明哲同样对这位据说叱咤芗州的大老板充满了好奇，因为在规划项目里，房地产开发商作为甲方的情况，不能说没有，但还是比较少见的，要么是有特殊情况，要么就说明这个开发商在当地有着非同一般的能量。让他稍感意外的是，这位来自在大家眼中欠发达地区的大老板，竟然颇有儒雅之风，而且十分年轻，看上去四十岁上下，身材修长，面目端正，穿着打扮十分考究得体，最令人印象深刻的是他的发型，是那种标准的四六分大背头，显得英气勃发。

这形象，至少超过自己见过的百分之九十五的老板和官员，比那土得掉渣的岳父，不知要好上多少倍。李明哲在心中暗挑大拇指，对许总多了几分亲切感。

这时，服务员端上一盘超级大龙虾，引起一片赞叹之声，许总见主菜已上，端起酒杯，不紧不慢地对身边的林老板笑道："林总，这第一杯酒我想敬李总，你不介意吧。”

“当然不介意了，”林老板连忙摆手，眼睛笑成一条缝，“许总这么看得起我们公司的人，我高兴还来不及呢。”

许总端着酒杯向大家介绍：“李总可是我们省里‘说自己第二，没人敢说第一’的金牌规划师，市里的、省里的大奖，拿都拿到手软，我们的项目规划方案上如果签上了李总的大名，那就是最大的卖点啊。”

“过奖了，许总过奖了。”李明哲连忙摆手笑道。

许总举起酒杯越过林老板碰向李明哲的酒杯，豪爽地说道：“李总，我觉得我们十分有眼缘，来，我先喝一个。”说完一饮而尽，博得满堂喝彩。

李明哲举着杯子站起身来：“许总，我自己有个规矩，那就是事情没做完之前不喝酒。承蒙许总这么看得起，我今天就破例喝这一杯，好吧。”说完，他一仰脖干了杯中酒，杯底朝上向许总示意。

“好，好，既然你有自己的规矩，那我们就不勉强你喝酒了。”许总摆手请李明哲坐下，笑着对他说，“我们的项目就仰仗李总了，你这一支笔，画出千万财啊。”许总说完，发出一阵老江湖特有的笑声，那笑声，既让你感觉是在套近乎，又让你很难拒绝，这也引得大家都跟着他笑，包间里顿时弥漫起一派和谐的气氛。

李明哲正待展开自己早已想好的说服工作，一旁的林老板担心破坏这种好气氛，连忙接话：“许总放心，这个项目，我们全公司全力以赴支持许总。”许总笑着点头表示感谢，转头瞄着李明哲，等待他表态。

“许总放心，我一定把这个项目做成示范工程。”李明哲等到众人笑声渐息，十分有把握地说道。

“不光要示范哦，李总。”许总意味深长地看着李明哲说，“不瞒李总说，这个项目呢，我们算是帮政府的忙，大部分都是配套的回迁房，没什么钱赚，所以，还请李总在商品房的部分，多做规划，这样才不至于赔本赚吆喝。李总一定也知道，现在市场不景气，如果都不赚钱，大家都没得玩了。”当发现李明哲没有表示赞同，他转脸问向林老板：“是不是啊？林总。”林老板立刻连连点头应道：“许总说得对，有钱才能大家一起赚。”说完，他转头冲李明哲偷偷使了个眼色。

“成了示范项目，能把房子早点卖出去，许总你自然就把钱给赚了。”李明哲没有理会林老板，自信地对许总说，“房子多了，不一定能赚钱，房子好了，一定能赚钱。”

许总听完，一言不发，等着李明哲继续解释。

李明哲以为许总被自己的话给打动了，精神为之一振，连比带划地继续往下说：“许总你看啊，房子再多，修成筒子楼，肯定没人买，如果我们建成的社区，配套齐全，让人住得很舒服，那房子一定会好卖。您比我更清楚，以现在的市场行情，能把房子顺利卖出去，就是最大的成功，如果同时还能把自己的品牌打出去，那不是两全其美吗？这一点，林老板和我一样，都有深刻的体会。对吧？林老板。”他说完，看向林老板，希望得到他的响应。

林老板尴尬地左右看看，不知如何是好。而此时，许总用他那炯炯有神的大眼睛，像扫描仪一样上下打量着李明哲，虽然眼角还是留着笑意，但脸色似乎阴沉了下去……

李明哲回到自家小区的时候，还不到九点，正是小区中庭里最热闹的时候，小朋友们纵情的欢叫声，将夏日的热浪驱赶到了九霄云外。李明哲一个人信步走在小区的步道上，看着在开阔的中庭广场上欢蹦乱跳的孩子们，心情松弛下来，不再感到那么闷热。

在李明哲一直试图说服许总之后，晚宴的气氛渐渐变得诡异，许总依然时不时地发出爽朗的笑声，但更多的是和林老板把酒言欢，对李明哲颇有敬而远之的味道，酒刚过两巡，菜还没过五味，他就以照顾李明哲休息为借口，草草做了一个“满堂红”，宣布宴席散场。接着，当林老板满脸谄笑地邀请他去夜总会放松的时候，他又欣然应邀，仿佛和林老板“酒逢知己千杯少”，而对李明哲则是“话不投机半句多”。这让李明哲心中很是不爽，但又不便发作，只得带着一肚子气与他们分道扬镳。

平日里，李明哲很少在这个时间点回家，而且大多是直接把车开到地下车库，今天喝了一杯酒只能打车回来，走进小区大门口才发现自己上次下楼已是一个多月前的事了，上一次大门上方灯笼上的字是“欢度五一”，现在已经换成了“端午安康”，而其实端午节也已过去好几天了。

看着小区里有些陌生的景色，李明哲不由得苦笑了一下，他再次将目光投向中庭广场，想从那群正在疯玩的小朋友们身上找到一些克服郁闷的力量。放眼过去，他这才发现领头的小朋友竟然是自己的女儿熙悦，只见她满头大汗，正大声地向五六个和她差不多大的小朋友强调着游戏规则，对违规小朋友一一进行批评教育，那股一丝不苟的劲头，让一旁的大人们看得津津有味。李明哲心头一喜，抑郁之气顿时烟消云散，快步向女儿走去。

直到李明哲走到眼前熙悦才发现，她“呀”了一声，转身就抱住了爸爸的腰，无比开心地仰头问道：“爸爸，你怎么来了？”

这句话让李明哲心里像被针扎了一下，他一时语塞，只好傻笑着摸了摸女儿的头，这个时候钱丽君走上前来，问道：“这么早就吃完饭了？”李明哲调侃地说道：“嗯，马上要开始工作了，所以他们早早地放我回家了。”

“爸爸，你就要开始工作了啊？”熙悦闻听此言，脸上随即“晴转多云”，小声地问道。

面对女儿失望的眼神，李明哲眼睛一转，兴奋地对她说：“悦悦，这个项目，我争取在你暑假前完成，到时，我和妈妈一定带你去外面旅游，好不好？”

“真的吗？”熙悦立即转忧为喜，“爸爸，你说话算数吗？”

“爸爸说话当然算数啦。”李明哲斩钉截铁地回答。

“耶，太好了，我爸爸暑假要带我出去旅游了！”熙悦瞬间变成一只轻巧的小燕子，奔向小伙伴们，第一时间把这个好消息告诉他们，引得李明哲夫妇相视一笑。李明哲自此完全忘却了刚刚酒桌上的不快，在心中摩拳擦掌，恨不得立刻开始工作，完成对女儿的承诺。

就在李明哲把自己关在书房里挑灯研究项目资料的时候，林老板正和许总一干人在夜总会里“放松”。这一次，林老板为了招待好许总真是下了血本，选择了鹭城一家顶级夜总会。这个夜总会建在鹭城市中心的一个湖中绿洲上，此湖与海水相连，据说以前是一片滩涂，有很多白鹭在此栖息觅食，后来为了拓展城市空间，沿海一路修了海堤，这片滩涂就此成为一个“城市内湖”，虽然白鹭不再热衷此地，但人们还是将它取名为“白鹭湖”，这个绿洲自然就被叫作“白鹭洲”。现在，随着城市的进一步扩容，白鹭洲早已被修建成一个中央公园，成为市民休闲娱乐的胜地。季节合适的时候，白天，偶尔还能见到几只白鹭在人们面前舒展翅膀，更多的时候，人们只能通过矗立在湖边的一尊“白鹭女神”石雕，想象着白鹭与人之间和谐相处的美好景象，雕像中，一位长发美女正在湖边梳洗，一只修长的白鹭轻轻停落在她的肩膀上，静静地望着碧绿的湖面。

已是深夜 11 点多了，白鹭洲上几家夜总会和酒吧依旧是灯火璀璨，人头攒动。林老板选的这家夜总会占据了白鹭洲最好的地段，门前停满了豪车，形形色色的男女流连在豪华包间之间，仿佛置身于梦中仙境而不愿醒来。

许总显然对这家夜总会相当满意，在众多服务员职业的崇拜目光注视之中，他引吭高歌，尽情展现着“好想再活五百年”的霸气，一曲终了，整个包厢的气氛如烟花般炸燃。“许总唱得太好了，荡气回肠，荡气回肠！”林老板坐在沙发上高高地举着酒杯迎接着从“麦霸台”上凯旋的许总，许总举起酒杯碰了一下林老板等在空中的酒杯，一个转身潇洒地坐到林老板身边，喝光了杯中美酒，侧身对林老板认真地说：“李明哲的问题，你一定要想办法解决，要保证不能出现任何风险，你明白吗？”

“你就放一万个心吧，我已经做好了万全的计划。许总，我们不要因为他扫了兴，既然你这么给面子，我今天就不醉不休，来，今天谁没喝好，谁就不准回家。”林老板一番亢奋表态，又一次将豪华包间里的气氛推上一个新高度。

林老板公司那亮堂的项目展示厅内，站满了人，大家都伸长脖子，目不转睛地盯着主席台上的林老板，林老板像指挥家一样挥舞着双手宣布：“告诉大家一个特大好消息，芗州何厝项目，在李总的全力争取下，终于正式交给我们公司来做，现在我提议，把最热烈的掌声献给李总。”说完，林老板冲着站在一旁的李明哲使劲鼓起掌来，台下顿时掌声雷动。

李明哲对这种场景再熟悉不过，每次新项目启动大会上，都能欣赏到林老板这番慷慨激昂的表演，他还记得前几年，自己确实每每深受鼓舞，但渐渐就“皮”了，更何况，此时此刻，他的内心烦躁不安，因为自从许总宴会之后，林老板的一系列操作，让他又一次产生了满满的怀疑。

“现在，我们欢迎李总上来给大家讲两句，好不好？”林老板并没有被李明哲阴沉着的脸打击到，继续像婚礼主持人一般把控全场。

李明哲原本懒得说话，但见气氛已经被烘托至此，难以拒绝，只得强装起笑脸，移步上台，他稍微正了正身子，慢条斯理地说道：“该说的，林老板都说了，我只有一句话，那就是尽快把项目完成，做好。”说完，他冲林老板点点头，示意自己讲完了。

林老板显然被李明哲打了个措手不及，尴尬地笑了笑，但很快，他就老练地切换到了正常的频道：“好，有李总这句话，我相信，这个项目一定能圆满完成，大家说对不对？”

“对……”在对李明哲的猜度中，大家的应话显得心不在焉，现场气氛十分尴尬。

林老板只好宣布：“好，散会，大家都去忙吧。”

大家纷纷转身往外走，李明哲更是一分钟也不想逗留，他看都没看林老板一眼，一个箭步跨下台，对身边的张小强挥挥手：“走，我们抓紧时间去研究你的测绘图纸。”

“好的，李……老师。”张小强答应着，却转头看向林老板，见林老板气定神闲地冲自己点了点头，他这才拔腿跟上李明哲。

李明哲办公室里的设计桌上，铺着一张测绘图纸，他俯身仔细地研究着图纸上的内容，张小强坐在侧面，时刻关注着李明哲的面部表情。

小强的图做得真不错，看来以后可以让他开始独立做些项目了。李明哲一边看一边暗自欣慰，但同时，他心中的疑团却等待解开。

参加完许总宴会之后，林老板顺利地与许总签订了芗州何厝项目的规划合同，指定由李明哲担任总规划师。李明哲原本以为马上就要投入紧张的项目前期工作，因为他得到的信息是，这个项目之前出现了一些问题，造成进度严重滞后，目前的情况是拆迁工作几年前就完成了，但开工却遥遥无期，这已经引起了当地居民的强烈不满，给当地政府部门造成了巨大的压力。好在现如今，新来的市领导决定将周边开发成城市新的经济增长点，这个项目也就幸运地进入优先开发行列，随着许总应邀进场救火，这块地终于可以重获新生。但不知道什么原因，这块地需要重新规划，而按照土地开发流程，只有新的规划方案通过了，才能将地皮转让给许总的公司，才可以尽快动工，以解各方之痛。

按常理来说，如此紧急的状态，应该尽快安排李明哲去项目现场，然而，签好合同的当天，他就被派去北京参加一个国际城市规划研讨会，而且会期长达一周。更诡异的是，在他抵达北京的第二天，林老板就打来电话，告知他因为时间紧迫，已经派张小强去何厝项目点勘察制作测绘图纸。

这林老板葫芦里到底卖的什么药？李明哲抬头望向张小强，希望从他眼中看出一些端倪。张小强被李明哲看得心里发毛，“李老师，这图纸有什么问题吗？”他心虚地问道。

“别紧张，小强，你的图做得挺好的。”李明哲为了消除他的误会，笑着补充了一句，“这已经超过很多主任规划师的水平了。”

张小强长吁一口气：“真的啊？谢谢李老师，这都是跟您学的。”

李明哲之所以喜欢张小强，业务能力和钻研精神是一方面，他觉得知道感恩也是很重要的一个方面。“这都是你自己努力的结果，我最多就是帮你把把关。”李明哲用周教授对自己说话的语气，开心地对他说道。

“我一定继续努力，李老师。”张小强此时眼睛一红，十分激动。

“只是……”李明哲看了看张小强，思考着要怎么说出自己的疑虑，这让刚刚放松下来的张小强顿时又紧张起来，他眼巴巴地看着李明哲，等着他发话。

“小强，这图是你亲自勘察测量的吧？”李明哲盯着他的眼睛，不想放过任何一个细微的变化，但语气依然保持柔和。

“是的，是我亲自做的，李老师。”张小强此刻的语气无比坚定。

“哦……”李明哲渐渐释怀，他选择相信张小强，而对之前的疑虑，他觉得或许是自己过度敏感，因为派张小强去现场做测绘图也不是一次两次了，而上周赴京参加研讨会，也让他着实感觉收获巨大，他不仅有机会了解到最前沿的规划理念，还实地参观考察了几个示范项目，在他脑海中，已经有好几个亮点正好可以用到芗州项目上。或许，这真的如林老板所说：去充充电，也是对他的一种补偿。李明哲想到这里，突然觉得自己有些小心眼了。

“那就好。”李明哲轻轻地吐了一口气，愉快地拍了拍张小强的肩膀，“那我们，就开始干活吧。”

“好啊，李老师，您尽管安排任务吧。”张小强显得异常兴奋，仿佛比李明哲更加迫切地想完成这个项目。

在接下去的时间里，李明哲披挂上阵，又一次开启了废寝忘食的魔鬼工作模式。他根据测绘图，查阅了海量资料，既有当地的历史人文和现实环境的情况，也有闽南乃至东南地区的相关文化，他力求保留当地有价值的文化符号，同时，充分比较国内外同类项目的优缺点，这其中就包含北京研讨会期间收集整理的方案，努力找到最能体现当地特色，又最适合居住生活的规划方案。

虽然这一次，李明哲比以前任何一次都期待早日完成项目，但他绝对不允许自己敷衍了事，每一个项目都要比上一个项目更好，这是他对自己最基本的要求。

当然，为了能尽快完成，李明哲也作出了一些改变，他把更多的工作分配给了张小强，一来可以让自己集中精力攻克核心难题，二来也想多给他一些锻炼的机会，毕竟，他跟着自己也有不短的时间了，做了这么多年的助理规划师，也该往前进一步了。果然，这一招相当管用，张小强像打了鸡血一样，不仅保质保量完成交代的任务，还积极参与方案的讨论，为李明哲提供了不少有价值的思路。师徒二人配合得十分到位。

另外，还有一个更大的改变也正在发生，那就是李明哲会尽可能地赶在熙悦睡觉之前回到家，把女儿哄睡着之后，他在书房里继续工作，而第二天早上，他也会早起和女儿一起吃早餐。虽然刚开始的时候感觉特别不适应，但在享受天伦之乐之后，李明哲渐渐乐在其中，到最后，周末的时候他也会把工作放在家里完成，甚至，当钱丽君教熙悦练钢琴的时候，都不会影响自己的思考，反而成为一种奇妙的调剂，由此，一家人变得十分融洽。

就这样，在累并快乐着的半个月过后，李明哲就拿出了整体规划方案，而让他又惊又喜的是，方案立刻就得到了林老板和许总的首肯。

李明哲还清楚地记得，得知这个消息的时候，他简直不敢相信自己的耳朵，因为上次在许总宴会上，许总表面上始终很客气，但他分明感觉到许总对自己的不满。当然，在规划的时候，李明哲也尽可能地照顾了许总的核心诉求，但最终的方案肯定不会是许总想要的效果，因为方案里更多的是考虑了居民的便利性和舒适性，设置了足够的休闲活动场所，甚至还利用其中的一片苗圃，设计了一片小树林，另外还规划了一条贯穿社区的跑步绿道。正是这两处李明哲眼中的亮点，是他最担心的，担心得不到甲方的认可。

看来，女儿是自己的“幸运星”啊！想到这里，李明哲转头看向车后座的熙悦，熙悦正在认真地检查一张贺卡上的字，见爸爸转过头来对着自己笑，她马上回了一个灿烂的笑脸，举起贺卡，甜甜地问：“爸爸，你说爷爷奶奶会不会喜欢这张贺卡？”李明哲立刻报以鼓励：“他们肯定会喜欢的，这可是独一无二的礼物。”正在开车的钱丽君附和道：“花了心思的礼物就是爷爷奶奶最想要的礼物。”“那就好。”熙悦说完，低头继续开心地欣赏自己画在贺卡上的画。

此时，他们正在去李明哲父母家的路上，车辆行驶在有着“东南最美大桥”之称的一座跨海大桥上，高耸的铁索像两条大铁臂，将岛内和岛外紧紧地拉在一起，穿梭在桥面上的各色车辆，在蓝天白云之下，在欢腾的浪花之上，仿佛一个个跳动的音符，正合力演奏着一曲快乐的乐章，直看得李明哲心潮澎湃。

他的规划方案由许总公司上报给芗州规划部门之后，没过几天，林老板就告诉李明哲，说他已经接到通知，让派人过去参加规划方案初审会，李明哲以为会派自己过去，但林老板说初审会只是走个过场，他准备安排张小强过去应付一下了事，还给李明哲放了两天假，让他好好休息一下，多陪陪家人。一开始的时候，李明哲是抗拒的，因为他以前所有的项目，从初审到专家审，再到最后的终审，作为总规划师的他都是亲自去参加。两人争执到最后，林老板主动提出这个月就给李明哲加薪，加薪幅度甚至超过了李明哲的预期，喜悦之余，李明哲考虑再三，最终选择接受林老板的安排。

就在他一直为初审会的结果惴惴不安的时候，昨天终于传来好消息，自己的规划方案顺利通过，而且获得了与会人员的一致好评。于是，在这个风和日丽的仲夏之晨，李明哲心情无比舒畅地与妻子女儿一道去看望二老。

“咦，现在不用交路桥费了吗？”当车开进收费站广场，李明哲发现收费岗亭全部消失了，车辆稍作减速就直接通过了收费站，他惊奇地问钱丽君。

“你才知道啊？这个月月初就取消收费了，所有进出岛的路桥都放开了。”

“哦……这样啊。”李明哲忽然心有所悟：收费是一种选择，不收费也是一种选择，收费能带来直接的经济利益，而不收费却能加速岛内岛外的融合，带来更大更长远的益处，这不是正好和自己从事的规划事业一样吗？多建商品房当然能马上见到好处，但如果能“以人为本”，规划出更适合人们居住的社区，它所带来的效益，必定会更加深远，更加可观。这么简单的道理，为什么总是要费尽口舌向甲方去解释呢？好吧，今天又找到了一个活生生的例子，可以用来说服他们。看着车窗外绮丽的山海风景，李明哲顿觉神清气爽，他在心里默默念道：原来岛外这么舒服，以后一定要多来看望父母。

李明哲给父母买的房子，在一个较为偏远的海湾里，远离现有的居民聚居区，属于新规划的居民区，周边都是渔村或者在建工地，真正有业主入住的，目前只有这一个大型社区。李明哲之所以会买这边的房子，一来是因为价格十分“美丽”，自己负担得起，而更重要的原因是这个社区正是三年前由他主导规划的，他在规划之初，就敏锐地认识到这个地方环境十分优越，背山面海，远离城市喧嚣，十分适合养老居住，因此，在做规划方案的时候，他刻意设计了很多老年服务设施，包括社区食堂、社区卫生站、老人儿童活动区等，甚至配套了一个养老公寓。

李明哲至今还清晰地记得，当他把规划方案报给当地规划部门领导时，那个领导的眼里写满了疑惑，他十分担心这样的规划会让这块土地流拍，好在，经过他一番旁征博引的解释，终于让规划方案成功落地。最后的效果，验证了李明哲的规划选择是对的，这个社区才建到一半，就被抢购一空，而且有相当一部分的买家是家住岛内的“老鹭城人”，而那个当初最不被看好的养老公寓，现在更是一“寓”难求，预约排队已经排到了五年之后。

当李明哲一家人有说有笑地走在公园一般的社区里时，正好迎面碰上小区物业经理，他老远就冲着他们打招呼：“李工，今天怎么有空来啊？”李明哲连忙上前几步握住他的手，开心地说道：“肖经理，这么巧碰见你，最近还好吧？”这个肖经理曾经作为开发商代表，与李明哲打过交道，他对李明哲的工作作风十分欣赏，自从得知他的父母入住之后，他时常会上门看望二老，这让李明哲颇感欣慰，所以两人见面十分熟络。

“好得很啊，这边空气好，环境好，害得我每天下班都不想回家住了，哈哈哈。”肖经理用力摇晃着李明哲的手，“这也多亏了你啊，当初坚持了自己的专业规划，到现在，我们集团沈总还常常提起你呢，说如果不是你，我们去年就难过了。”

肖经理一通由衷之言，让李明哲既感动又自豪，这一刻，他再次觉得自己的工作意义重大，他的一笔一画，不仅能改变土地的模样，也能改变人们的生活，画得好了，大家都高兴，画得不好，难免就要被人埋怨，甚至被咒骂。虽然他明白自己的工作不可能让每个人都满意，但最起码要对得起自己的良心，要经得起专业的推敲，不给自己留下遗憾。“谢谢你！”李明哲双手用力握了握肖经理的手，发自肺腑地对他说道。

李明哲一家三口的到来，让他的父母开心不已，李明哲母亲接过熙悦送上的自制贺卡，高兴得合不拢嘴：“悦悦，这是你画的啊？太棒了……让我看看画了什么啊。”

“奶奶，是白鹭，”还没等奶奶把贺卡凑到眼前，熙悦就凑上去，指着画介绍着，“白鹭爸爸在海边抓小鱼，白鹭妈妈在树上给宝宝喂食，你看，宝宝多开心啊，还有白鹭爷爷奶奶，它们在旁边晒太阳呢，多舒服啊。”

“悦悦画得真棒，把爷爷奶奶画得这么年轻啊。”奶奶拿着画逗孙女，“你为什么画白鹭啊？”

“因为白鹭是我们鹭城的市鸟啊。”熙悦的回答毫不含糊。

“悦悦这么喜欢白鹭，那你有没有拍过白鹭啊？”

“奶奶，我没拍过诶……”熙悦慢吞吞地说完，发现奶奶露出了神秘的笑容，立刻反应过来，“奶奶，你是不是要带我去拍白鹭啊？”她拉住奶奶的手，大声叫道。

“我们家悦悦真聪明。”奶奶喜爱地抚摸着熙悦的小脑袋，“奶奶带你去拍白鹭好不好？”

“好啊，好啊，在哪里啊，现在能去吗？”

“可以啊，离这边不远。”

“太好了，太好了，爸爸妈妈，我们能去吗？”熙悦高兴得蹦了起来，用乞求的眼神望向李明哲和钱丽君。

“老妈，这附近有白鹭吗？我怎么没听说？”李明哲问母亲。“我也是刚刚才知道，前不久有鸟友在观鸟群里发了照片，很壮观呢。”母亲兴奋地边说边领着大家向阳台走，“我前几天跟他们去拍了，一大片树林的树梢上站满了大大小小的鹭鸟，不仅有白鹭，还有很多池鹭，只是，那是个小岛，人过不去，只有用我这个大长焦镜头才能拍到它们。”她指着阳台一角支在三脚架上的相机和镜头，不无骄傲地说道。

李明哲看着眼里闪着光芒的母亲，心中满是欣慰和骄傲。父母去年过来之后，很快就融入了鹭城的生活，不仅加入了小区里的几个老人社团，还参加了区里的老年大学，双双成为摄影班的学员。刚开始的时候，李明哲还有些担心，因为学摄影需要时常去野外采风，难免日晒雨淋，没想到，二老却对摄影越来越痴迷，不再满足学校安排的行程，加入了好几个观鸟群，时常在群主的安排下，在全省各地四处寻鸟，成为一名他们口中骄傲的“鸟人”，用他们的话说是“这才是生活，以前只是活着。”更让李明哲刮目相看的是，父母拍鸟越来越专业，特别是母亲，她十分善于捕捉瞬间动作，总能拍到令人心动的鸟儿表情，李明哲还选了几张母亲拍摄的白鹭照片作为电脑屏保壁纸，惹得熙悦总往书房跑，就为了照着那些图片画白鹭。李明哲确信，自己善于观察的天赋继承于母亲。

“我也要去，我也要去，奶奶，可以吗？”熙悦缠住奶奶的手臂，瞪着一双水汪汪的大眼睛，央求道。“好，好，悦悦，我们等下就去，正好你们开车来了。”“耶……”熙悦发出胜利的欢呼，围着奶奶和相机三脚架跳个不停。

“你们真应该多带孩子出来转转，看把孩子憋成什么样子了！”奶奶看着小孙女，对小两口说。

“是啊，明哲，小孩子天生就喜欢在野外跑，记得你小的时候，不让你出去玩，你还哭过鼻子呢。”一旁的爷爷也触景生情，感慨道。

“对啊，我以后每个周末都要来看爷爷奶奶。”熙悦挺起胸膛，大声宣布。“小乖乖，你是想来看白鹭的吧。”奶奶笑着打趣。“是真的，奶奶，人家就是想看爷爷奶奶……”熙悦拉着奶奶撒起娇来。

一阵欢声笑语之后，李明哲母亲好像想起什么，她拿起手机翻到一个群的聊天页面，向下滑动手指，让页面停在一个地方，仔细看了看里面的内容，然后抬头问李明哲：“明哲，你上次说的那个项目是不是在芗州啊？”

“是啊，怎么了？”“群里面说，芗州的一个村子里也有这样的一片林子，同样也住了很多白鹭。”

“那很正常吧，芗州就挨着鹭城，一样靠海，而且没有多少工业，城市建设也比鹭城晚很多，现在鹭城的白鹭越来越少见了，那里的鸟，很有可能是从这边迁过去的。”

“可是，那个林子很快就要没了，昨天我们群里都在讨论这个事。”母亲拿起手机伸到李明哲眼前，“你看，这个老樊，是芗州观鸟协会的会长，就是他发出的消息，说规划方案昨天刚出来，这片林子被规划建商品房，那里的鸟儿可能要失去它们的家了 ……”

“是吗？我看看。”李明哲心头一紧，赶忙接过手机，仔细翻看。母亲也开始有些紧张：“你看看，应该不会正好是你说的那个地方吧？”

大家见此情景，都围拢过来。李明哲表情严肃地翻看着聊天记录。当他终于看到页面里跳出“何厝”这个地名时，脑子嗡的一声，像被炸了一样，他的手指僵在屏幕上，“这个地方没有树林啊，应该是个苗圃啊……”他喃喃自语道，此刻，他脑海里浮现出来的，都是群里面那些愤怒无比的谩骂和诅咒。

“会不会搞错了……”母亲总是相信自己的儿子，“也许，老樊说的是另外一个地方，一个村子的范围也很大的。”

“对啊，妈说的有可能。”钱丽君从来没有见过李明哲这副神情，希望不会这么巧。

“不会错，就是这边，我查过资料，这个村子，只有这一个地方准备开发。”李明哲很确定地说，同时，他脑子里在飞快地转着：问题到底出在哪里呢？

“小强，我再问你一遍，你的测绘图是不是有问题？”李明哲大声地质问张小强，表情异常严肃。

“李老师，我都被您搞糊涂了，”张小强看上去一脸无辜，语气十分诚恳，“您能不能告诉我，到底是什么问题？”

张小强万般无辜的眼神，让李明哲心中不免有些动摇：难道真是冤枉他了？但转念一想，母亲那些朋友和这个项目没有利害关系，他们的话更加可信。李明哲把电脑显示屏转向张小强，指着测绘图纸里那片标注为“苗圃”的位置，大声问他：“这个地方，是苗圃吗？”

张小强扫了一眼屏幕，神态依旧十分镇定，他特意把眼睛凑上去，仔细地看了看，又认真地想了想，最后才笃定地回答：“是的，这个地方整整齐齐地种了树，他们说这些树是种来卖的。”

“他们是谁？”李明哲不动神色继续追问。

“开发商的人啊，有问题吗？”张小强被盯得有点心虚。

“你拍照了吗？”李明哲见状冷静了下来，语气反而变得平静。

“没，您没说要拍照，所以我就只想测绘的事了。”张小强说这话的时候，眼睛不自觉地转动了两下。

此时，李明哲已经清楚这其中必有蹊跷，他突然加重语气，诘问道：“你难道没看到树上满是白鹭的窝吗？”

“没有啊……”张小强依然故作镇定，“反正我没看到。”

李明哲从张小强的神情中，已经确定他心中有鬼，他希望再给他一次坦白的机会，他以一个“过来人”的口吻，语重心长地说：“小强，你要知道，绘图造假，在我们这行，是很严重的事情。”

“李老师，我都是严格按规范做的，”张小强迎着李明哲的目光，反而找回了镇定，他狡黠地说道，“所有的图纸都是您确认过的，您都签过字了啊。”

“你……”此时，李明哲已经确定张小强有问题，面对他的反戈一击，心中后悔不已：只怪当初一门心思想着加薪的事，才会闹出这么大一个乌龙事件，看样子，这小子一定知道这其中的猫腻，而且参与其中，难怪他这么快就升为主任规划师，难怪林老板把自己支走而让他去现场。如此看来，张小强的幕后指使者一定是林老板。

唉，只是没想到，平日里对自己毕恭毕敬的张小强，现在竟然敢反过来威胁自己，真是人心隔肚皮啊，不过，跟他扯来扯去，已经没有意义，只会降低自己的身份，应该直接去找林老板。李明哲冷冷地对张小强说："你先出去吧，我要做事了。"说完，他抓起鼠标，对着电脑屏幕点了起来，正眼都不看张小强一眼。张小强看上去很不服气，还想继续争辩，但话到嘴边最终没敢造次，只得灰溜溜地离开。

李明哲见到林老板，已经是两天后的上班日。上午十点，林老板才进公司，此时，他正跷着二郎腿，悠闲地坐在他那超大的实木办公桌前，欣赏着窗外的美景，仿佛已经化身为羽扇纶巾的诸葛亮，正在掐指盘算着美好的未来生活。

随着"当当"两声急促的敲门声，李明哲心急火燎地冲进来，"林总，张小强的测绘图有问题，我要重新做规划方案。"他几步迈到林老板的办公桌前，把手上的方案书拍在桌子上。

林老板仿佛对李明哲的突然闯入早有准备，等他看清李明哲脸上的愤怒表情和桌上的方案书时，没好气地呵斥道："你又在闹什么呀？"

林老板的反应，打了李明哲一个措手不及，在他的印象中，这是林老板第一次对自己如此不客气，他的脑子突然像断了电一样，怔怔地站在原地，呆呆地看着林老板。

林老板意识到了自己的失态，立即换上笑脸，指了指办公桌对面的椅子，和蔼地对他说："明哲啊，有事你慢慢说。"

李明哲此时已缓过劲来，他坐下，轻轻拍了拍方案书，一字一句地对林老板说："林总，张小强的测绘图有个严重的问题，所以，我要求重新规划。"

"那些图，你不是都签过字了吗？"林老板此时已经完全恢复了以往的做派。

"是啊……"李明哲无奈又气愤，"我也是才知道被张小强欺骗了。"

"你是怎么知道的？张小强说了什么？"林老板说话的语调依然是慢慢悠悠，没有表现出一丝惊讶。

李明哲深知林老板正在套自己的话，他不想过多解释，继续生气地说道："张小强已经承认了，他把一片白鹭栖息的树林，标记成了苗圃。"

"是吗？"林老板用怀疑的眼神看着李明哲，眼珠子微微转了两转，瞬间就换上了惯用的笑脸，亲切地说道，"明哲，你先别急，你的规划方案已经过了初审，而且据说啊，已经提前报给相关领导看过，领导们十分满意，还专门表扬你了呢，现在就等终审通过，我们就万事大吉了。"

"终审？"李明哲更加着急地说道，"不是应该还有专家审核吗？"

"专家们已经都签过字了。"林老板一副运筹帷幄的样子，微微一笑，"我早就和你说过，这个项目十分紧急，芗州方面当然就特事特办了。"

"你也知道，测绘图造假，是很严重的原则问题……"李明哲不打算被林老板牵着鼻子走。

林老板没等李明哲说完，微笑着打断他："你先别把事情说得这么严重，我不管张小强说了什么，做了什么，现在的情况是大家都满意，还有比这更好的结果吗？明哲。”

“可是，那片树林里有很多白鹭啊，那是它们的家！”李明哲对林老板的态度十分不满，但不想把事情闹得太僵，接着用商量的口吻说，“林总，你再给我几天时间，我马上去一趟艻州，实地勘察一下，如果真的有一片树林，我已经初步想好了方案，我保证能把方案做得更加完善……”

“明哲，我再说一遍，有没有白鹭我不知道，而且现在也不重要，我只知道，这个方案，大家都十分满意，你觉得还有必要改吗？”林老板再一次打断李明哲，脸上写满了不耐烦。

李明哲此时已经彻底证实了林老板和张小强沆瀣一气欺骗自己，那股从小就深藏心底的犟劲被瞬间激发：“难道，你们就不怕村里人不答应吗？不怕他们举报你们做假吗？”

这一次，林老板不再淡定，他坐直了身子，大声提醒着：“明哲，你别忘了自己的位置。”

“我的位置，就是规规矩矩地做好规划，不被别人在背后戳自己的脊梁骨。”李明哲毫不示弱，提高音量。

被李明哲如此针锋相对，林老板并没有继续加码，反而发出一声冷笑：“明哲，你刚刚说村里人不会答应，你做这么久，难道还不知道吗？这个节骨眼上，村里人比开发商还要着急想住进新房子吧？”

李明哲心里清楚，林老板此话不假，这个时间节点，拆迁工作早已结束，村里人都已经签了拆迁协议，拿到了安置费用，他们自然希望早日回迁。但此时的他实在咽不下这口气，继续忿忿不平地争辩道："还有那么多爱鸟的人在看着呢！他们会善罢甘休吗？"

"哈哈哈……"林老板听完爆发出一阵大笑，轻蔑地说道，"你说那些'鸟人'啊，他们本来就是吃饱了饭没事干，这个地方没鸟拍了，他们自然会找到新的地方，你担心什么啊？"

李明哲听完心中十分不快，但觉得也不是完全没有道理，他的脑子飞快地转动着，想着要怎么回应才好。对面的林老板早就看得分明，他趁热打铁，用他最擅长的腔调继续说服道："明哲啊，我知道你有自己的原则，但还是那句话，做事做人最重要的是找准自己的位置。你看看现在，因为这个项目，公司暂时摆脱了困境，而且开发了许总这个超级客户，以后我们的业务算是有保障了。而你呢，也得到了自己想要的一切。这多好啊，皆大欢喜，没必要为了几只鸟，搞得大家鸡飞狗跳的。大家都还要在这行里继续混下去，你说，对不对啊？"

与林老板在一起这么久，李明哲轻易就听出了他的笑里藏刀，他看着林老板习惯性地，用右手手指缓缓转动着左手手指上的大金戒指，就意识到此时的林老板已经进入了稳操胜券的状态。果然，林老板接着笑呵呵地对他说："明哲，我看你最近太辛苦了，这样吧，我准你三天的假，工资照发，你好好休息一下，多陪陪弟妹和熙悦，熙悦应该放暑假了吧？"

林老板摆出一副关心的样子，笑眯眯地看着李明哲，李明哲动了动嘴角，没说出话来。

精美的大理石餐桌上，摆放着色彩鲜艳、香气扑鼻的三菜一汤，为了安抚丈夫这两天的暴躁情绪，钱丽君特意做了一道红烧石斑鱼。深海石斑鱼对于鹭城普通市民家庭来说，就算是过年也不一定能出现在餐桌，因为它价格不菲，特别是个头大的，采购成本不比龙虾便宜，钱丽君出嫁之前，在家倒是时常吃，但嫁给李明哲之后，她并没有觉得石斑鱼比菜场里热卖的黄翅鱼或黄花鱼好吃多少。她在母亲的指导下，慢慢烧出了一手好菜，去年除夕的时候，因为公婆正好搬来鹭城生活，钱丽君做了一大桌子菜，其中就包括红烧石斑鱼，博得了全家老小的交口称赞，特别是李明哲，直夸比五星级酒店做的还要美味。然而，眼下，李明哲却没有丝毫食欲，在妻子和女儿关切的目光中，他的思绪还在四处“突围”，只留给她们——紧缩的眉头和迷离的双眸。

“爸爸，是谁惹你生气了呀？”熙悦小声问道。明哲这才回过神来，他对着女儿勉强一笑，连忙拿起筷子，假装高兴地大声说道：“今天是什么日子啊，妈妈做了这么多好菜。”说完，他对着妻子露出自认为最自然的笑容。可惜，这个笑容在钱丽君看来，实在有点勉强，她小心翼翼地问他：“那个事情怎么样了？今天和林老板谈了吗？”

自从上周六在父母家知道了白鹭树林的事，整个周末，李明哲都处于万分烦躁之中。说好的要带熙悦去拍白鹭，最终也因为李明哲的魂不守舍而夭折，他急着回家查找问题的症结，连午饭都没心情吃，父母知道自己儿子的脾气，也没有过多挽留他们。李明哲一回到家，马上打开电脑，试图在张小强的图纸中找到蛛丝马迹，但到最后，他除了确认那个地方被张小强标注为“苗圃”外，一无所获。于是他近乎是命令张小强即刻在公司见面，这就发生了他与张小强在自己办公室的对手戏。张小强离开后，李明哲越想越生气，开始拨打林老板的电话，但打了两次林老板都没接，李明哲只好作罢，因为他知道林老板很不喜欢公司的人在周末打扰他。就这样，再次回到家里的李明哲，像一只热锅上的蚂蚁，焦躁地等待着周一上班时间的到来。

钱丽君对丈夫的这种状态再熟悉不过了。李明哲每一次做项目，只要遇到难关，这种躁动的情绪就不请自来，这个时候，他会变得异常沉默，容不下半点打扰，哪怕是关心。当然，同样是学城市规划的钱丽君，十分理解李明哲，她认为专注是一名优秀规划师的特质，也因此，每每这个时候，她都会带好女儿，尽量为他营造一个安静的思考环境。

此时，面对钱丽君关切的眼神，李明哲并没有感觉被打扰，反而觉得很温暖，“没事，和林老板谈过了，没什么事。”他柔声回答。

李明哲的反应，让钱丽君有些意外，她心中升起一股暖流，露出灿烂的笑容，开心地招呼大家吃饭：“那就好，来，赶快吃饭啦，菜都冷了，石斑鱼凉了就不好吃了。”熙悦察觉到“警报”已经解除，她开心地喊道：“爸爸，妈妈很久没做石斑鱼了，可好吃了，我们快吃吧，妈妈说吃鱼的时候，小孩子不能先动筷子，真不知道这是谁规定的，太欺负我们小孩了。”

李明哲看着女儿天真的眼睛和嘟起的小嘴，心中的阴霾减轻了许多，“妈妈做的菜这么好吃呀？”他一边夹鱼给女儿，一边笑问。

“那当然啦，我每次和同学说起妈妈做的菜，他们都羡慕死了呢。”熙悦骄傲地说。说完，她好像突然想起什么，马上也给妈妈的碗里夹了一块鱼肉。钱丽君高兴地说：“谢谢小公主，悦悦现在懂事了，知道疼人了。”“妈妈，你的意思是我以前不懂事吗？”熙悦瞬间又变成了一个小大人，逗得全家笑声一片。然而，李明哲笑着笑着，忽然感觉心底的一块石头，翻滚着浮了上来，堵在了他的心口。

洁白的沙滩在月光和灯光的映照下，泛出仙女霓裳般美丽的光晕，三三两两的人们，在和煦的海风中，尽情享受着美妙的夏夜时光，脚底下，墨绿色的海潮就像一群调皮的孩子，欢叫着，不停涌上前来，想要加入这快乐的人群。

有多久没来这片海滩了？李明哲站在环岛路的一座过街天桥上，望着下方的海滩，感觉心情舒畅了一些。自己真是生在福中不知福啊，他不禁暗自慨叹，有多少游客不远万里从世界各地来到这里，就是为了享受这来自大自然的珍稀馈赠，而自己却渐渐习惯了在钢筋水泥的樊笼里远眺山海。这是多大的讽刺啊，就像自己孜孜以求着升职加薪，到头来，却陷入了如此尴尬的境地。

现在，我到底应该怎么办呢？李明哲痛苦地摇了摇头，转身看向道路另一边，目光所及正是他的母校——鹭城大学，一所面朝大海、有着“最美校园”之称的大学，也是留给他无数美好回忆的地方。这时，校园紧邻环岛路的那个有着悠久历史的体育场里，被四周明亮的投光灯照得宛如白昼，绿茵场上，两队学生正在肆意挥洒着青春的活力。看到他们，李明哲不禁回想起自己也曾经无数次地和同学们一起汗洒球场，那份酣畅淋漓的感觉，现在想起，仿佛就在昨天，但又好像远在天边。

仿佛是被施了什么魔法，李明哲身不由己地向母校的方向走去。

走在校园中心的清风湖畔，看着四周影影绰绰的人们，他们或结伴散步，或耳鬓厮磨，他的内心立刻感受到了一股神奇的力量，不再那么躁动不安，而当他慢慢走到一尊雕塑前面的时候，彻底赶走了林老板那副一直萦绕在他脑海中的丑陋嘴脸。

这是一尊汉白玉雕塑，一位婀娜少女双手插在宽松的裤兜里，踮着脚尖，扬起美丽的脸庞，微闭双眸，正在用心感受着从湖面吹来的徐徐清风。记得当年，每当他和钱丽君散步至此，钱丽君都会停下脚步注视着“她”，眼里充满了对美好生活的向往，而一旁的李明哲，总会暗暗告诉自己，以后一定要给这个女孩最大的幸福。

结果呢？现在这样，就是我给她的幸福吗？李明哲看着在夜色中熠熠发光的“清风少女”，不禁愧疚万分，刚才在家里强忍住的泪水，此刻渐渐涌上来，模糊了他的视线，让他很想放肆地痛哭一场，好把这么久积压在心头的抑郁通通冲掉。但是，只在一念之后，李明哲就放弃了这种想法，因为他似乎失去了这个孩提时才有的能力……

一间明亮的阶梯教室里，周教授正在讲台上侃侃而谈，学生们一个个听得入迷，他们那青春洋溢的脸上，看不出一丝懈怠。李明哲站在教室窗外的树干后，望着脸上挂着慈祥笑容、眼里放着激情光芒的老恩师，忽然感觉自己又一次被赋予了无穷的能量，就像以前那许许多多个不知疲倦的日日夜夜一样。

李明哲永远也不会忘记，就是在这间教室里，毕业前最后一次大课上，那时的情景跟眼前一样，李明哲和同学们怀着既兴奋又忐忑的心情，盯着讲台上的周教授。那时的周教授还没有这么多的白发，但讲课时的神态和现在一模一样，既从容又富有激情，安抚着李明哲那颗对前途迷茫不定的心。在那堂课最后的提问环节，李明哲像往常一样，拿到了第一个提问的机会，当时的场景依旧历历在目，李明哲站起来，向老师提出那个一直困扰着自己的问题：作为规划师，如何与甲方相处？李明哲记得周教授打了一个“教育孩子”的比方，告诉他的学生们：规划师最重要的职业特质就是坚持追求先进的规划理念，而不是去迎合甲方的喜好，对待甲方，要像教育自己的孩子一样，不能因为他喜欢吃糖就天天给他糖吃，那样只会害了他们，也会害了自己。这寥寥数语的回答，让李明哲茅塞顿开，从此成为他从业近十年来，一直在践行的指导思想和行动指南。

沉思良久，李明哲的脸上终于浮现出了笑容，那个笑容，竟然和教室里周教授的一模一样。

“丁零零……”此时，手机声响起，李明哲赶忙从裤子口袋里掏出手机，一看，是钱丽君，他迅速按下接听键，将手机放到耳边，愉快地说道：“亲爱的，我这就回家。”

夜晚十点过后的小区，十分安静，只有高楼里星星点点的灯光还在等待着夜归人。李明哲轻手轻脚地开门进到家中，因为他知道，这个时间点熙悦已经被哄睡着了。

客厅里只亮了一盏小灯，李明哲轻轻地把房门合上，换好拖鞋，缓步走到熙悦的卧室门前，按住门把手，轻轻推开，发现熙悦并没有睡在自己的小床上。他转身走向主卧，熙悦正斜躺着睡在大床中间，钱丽君靠在枕头上也睡着了，她这一侧的床头灯还亮着，柔和的灯光打在她精致的脸庞上，显得分外安详。

李明哲轻轻走到床边，看见熙悦在睡梦中露出甜甜的微笑，她的头边放着一张折叠卡片，李明哲打开细看，卡片上画着一幅画，爸爸和妈妈正一左一右牵着女儿的手，迎着笑容可掬的太阳公公，奔跑在海边的五彩道路上，后面跟着一串大大小小的欢天喜地的音符。

李明哲将卡片放到床头柜上。这时，钱丽君醒了过来，她睁着睡意阑珊的眼睛，轻声说道："你回来了？"李明哲刚要接话，钱丽君朝熙悦的方向努努嘴，示意去客厅说。

两人一前一后走出主卧，钱丽君在后面轻轻关上房门，一边走向沙发一边轻声对李明哲说："悦悦见你没吃几口饭就匆匆忙忙地出去了，很担心你，就画了那幅画，说要等你回来，亲手送给你，可是到时间就睡着了。"

李明哲瞬间感到自己在家庭中的责任十分重大，而在之前，他从来没意识到这一点，只是觉得在实现自己理想的前提下，需要多赚钱来让家人过得更好。一时间，他看着妻子，不知该如何开口，而他的妻子仿佛明白他的心意，眼角含笑，鼓励着他："你是不是已经下了决心？我想让你知道，无论你做什么选择，我和熙悦都会支持你。"

"嗯……"李明哲再一次被妻子的善解人意打动，他稍稍调整一下自己的状态，坚定地说道，"这几天我想通了，道不同，不相为谋，既然无法认可林老板的理念，那我就选择离开，从头再来。"

"好，我早就觉得你应该离开那个'老狐狸'了，别说是我们了，就连我爸都不喜欢他。"钱丽君高兴地回应他的决定。

“是吗？”李明哲一下子就来了精神，和她开起了玩笑，“那你为什么不早说啊，害我难过了这么多年。”

“就你那倔脾气，我们说了有用吗？”钱丽君笑着说，重重地松了一口气，仿佛卸下了心里的一块石头。

李明哲面对兴致勃勃的妻子，停顿了片刻，但最终还是决心把自己的另一个决定告诉妻子，他缓缓地说：“亲爱的，在这之前，我还是想……”说到这里时，他看到妻子表情有变，不由得又迟疑起来，但这让妻子变得更加紧张，她瞪大了眼睛盯着李明哲，仿佛预感到有什么不好的事情将要发生。李明哲见状，不再犹豫：“亲爱的，我不想我的项目就这么不明不白地混过去，我也不想被当地人在背后那么骂，所以……所以我想去现场看一看，看看到底是什么情况，这样我才能安心。”

“这样啊……可是，如果，你发现真的有问题，你打算怎么办？你想好了吗？”钱丽君轻声提醒道。

李明哲胸有成竹地回答：“这简单，到时我就发声明撤销自己的规划方案，这样就两清了。”

“可是……”钱丽君毕竟对行业不陌生，有些担心地继续提醒他，“如果真这样，你就和林老板彻底撕破脸了……”

“不怕，我早就想和他撕破脸了，谁怕谁啊。”李明哲表现得十分坚定。

“好吧……你自己决定吧。”钱丽君仍然有些担心。

“亲爱的，没事的。”李明哲搂住妻子的肩膀，表情轻松地对她说，“要不，你和悦悦跟我一起过去，我们明天就出发，正好林老板给我三天假，悦悦也放暑假了，我们快去快回，就当出去旅游散心了。”

没等钱丽君说话，沙发后面传来了熙悦还没睡醒的声音：“爸爸，我们去哪里旅游啊？”夫妻俩回头看，只见熙悦站在卧室门口，揉着还没完全睁开的眼睛，迷迷糊糊地看着他们。

看见熙悦如此呆萌的表情，李明哲腾地一下站了起来，快步走向女儿，兴奋地说道：“悦悦，我们明天一起去看白鹭，好不好？”

“是真的吗？太好了，爷爷奶奶和我们一起去吗？”熙悦立刻完全清醒了过来。

李明哲愣了一下，随即笑道：“这次就去两天，就我们自己去，等我们回来，再让爷爷奶奶带你去拍白鹭，好不好？”

“那你不准再变卦哦。”熙悦板着脸让爸爸作出保证。

“这次一定不变卦。”李明哲蹲下身向女儿举起右手掌。

“耶！”熙悦抬手重重地拍了一下爸爸的手掌，蹦蹦跳跳跑向妈妈，大声地交代任务，“妈妈，那我们现在就要开始收拾行李了。”

“好，听你的。”钱丽君被古灵精怪的女儿打败。

一时间，原本安静的房间里，立刻充满了欢声笑语，仿佛等到太阳照常升起，一家人就可以向幸福出发。但李明哲不知道的是，他的这个决定，将改变很多事情。

第三章

相思树上的白鹭

鹭城的夏天，是一年中最美的季节，一树一树鲜红的凤凰花开满了枝丫，就像一只只骄傲的“火凤凰”，在蓝天下沐浴着明媚的阳光，在绿叶中舒展着美丽的翅膀，向穿梭其下的行人和车辆，献上最迷人的笑容。

一大早，李明哲就开着车，载着妻女，行驶在让无数游人流连忘返的环岛路上，之所以舍近求远地环岛而行，一是可以避开早高峰的穿城之痛，二是他想要给自己和钱丽君一个小小的惊喜。回想起来，自从参加工作之后，好像就再也没有在清晨时光里，踏上过这条五彩之路。

“哇……这也太美了吧。”后座的熙悦首先感受到了这个惊喜，她双手扒着车窗内沿，伸长脖子，扬起小脑袋，瞪大双眼看着窗外的美景，同时，她那小巧的鼻子，也在尽情地享受这沁入了花草清香的温柔海风，那样子，像极了清风湖畔的“清风少女”。

李明哲听到女儿的欢呼，心中泛起一丝愧疚，自己的家离海边不过几公里，女儿却像一位初来乍到的游客。“悦悦，我们以后周末早上都到海边来跑步，好不好啊？”李明哲手握方向盘看着前方的路，大声对后面说道。

“好啊好啊，叫妈妈一起来，她最近天天说要减肥。”熙悦转身扒着驾驶座后背，开心地叫了起来。

“那如果她不来，我们就把她拖过来，好不好？”“好啊好啊。”“好啊，你们父女这么快就联合起来了啊，真是的。”钱丽君假装生气。“哪有啊，妈妈，我们这是为了你好。”熙悦只用一句话，就化解了妈妈的攻势。李明哲看着叽叽喳喳快乐得像早起的小鸟一样的女儿，心中豁然开朗：这才是她这个年龄的孩子该有的样子，高兴了就笑，难过了就哭，没有成人世界里的那些所谓伪装，而所有这一切的前提，是有爱她并理解她的家人作为精神上的依靠，这一点，不正是自己需要改进的地方吗？

李明哲的车渐渐驶近母校，这一段的环岛路终于展现出它五彩之路的真实风采。一边是奇石巧布郁郁葱葱的山林，一边是古厝椰风金光闪闪的海景，被涂上不同颜料的汽车道、自行车道和跑步道，在缤纷花朵的点缀之下，酷似一条没有休止符的五线谱，在山海间纵情延展。

天蓝色的自行车道上，一对大学生模样的小情侣同骑一辆双人自行车，正迎着朝阳和海风，仿佛随时就能展翅飞翔。钱丽君一直盯着他们那无比快乐的身影，看着看着，她的眼睛里就像被吹进了一粒细沙，慢慢变得湿润起来，“真好……”她默默地说了一声。

李明哲也早早地注意到了那对情侣。曾经多少次，他和钱丽君也像他们一样，在周末的清晨，徜徉在这诱人的芬芳里，一起畅想美好的未来。那时，妻子和自己一样，梦想着成就一番事业，毕业后，她进入父亲的公司，从事与政府规划部门对接的业务，凭借扎实的功底和严谨的作风，深得各方认可，也一度让老钱欣喜异常，以为在与李明哲的“争夺战”中渐渐“收复失地”，他甚至提到过想把女儿培养成接班人。然而，这样的日子才过了不到三年，熙悦出生了，钱丽君权衡再三，为了让丈夫能够继续全力追求理想，毅然离开公司成为一名家庭主妇，这让老钱难过了很久，也让李明哲始终心存感激。

想到这里，他转头与妻子深情对视了一眼，“是啊……”他幽幽地回了一声，眼睛再一次看向前方的路……

芗州何厝，离李明哲的家只有一百多公里，几乎是全程高速，所以两个小时不到，李明哲一家就到了项目现场。现场已经是一大片空地，没有任何建筑物，空地四周还没有立起工程围挡，只是在边沿画了白线。在空地最远处的一角，有一圈绿色尼龙网，一看就不是专业工程队围的，长长短短的木桩子被歪七扭八地钉在地上，尼龙网很随意地挂在上面，也就大概半人多高，在李明哲眼里，这充其量就是个自制“栅栏”，而栅栏围着的，是一片不小的树林，目测有两千多平方米，这点倒是和张小强的测绘图大致相符，然而这些树根本就不是什么苗圃里种植的树苗，而是一棵棵枝繁叶茂的大树，在连成一片的树冠上，隐隐约约能看到很多白色的大鸟。

见到这片树林，李明哲一点没有感到意外，他早就在心里进行过综合评估，眼前的景象只是印证了自己的想法，那就是林老板与张小强狼狈为奸，让他留下骂名。反而是那片栅栏引起了他的兴趣，是谁用它把树林围起来的？这样围着有什么用呢？

这时候，在栅栏的一角，有一个人影正在朝他挥着手。这人应该就是传说中的老樊，那个骂自己骂得最凶的人。李明哲脚踩油门，向那个人影开了过去。

来之前，李明哲就请妈妈把老樊的微信推送给了自己，并请妈妈向他说明了来意，当他们加了微信，老樊发的第一条信息就是质问他，一番简单的解释之后，老樊终于半信半疑地和他约好了在项目现场碰头。

李明哲缓缓地把车停到那人面前，他发现此人的眼睛一直隔着车窗玻璃盯着自己，那样子仿佛是“仇人相见分外眼红”，又仿佛在猜测“这小子葫芦里卖的什么药”。李明哲对此早有所料，他也饶有兴致地观察着这个观鸟界名人，最先抓住眼球的是他那满头的白发，而且是纯白的那种，乍一看是个耄耋老人，但李明哲细看之下，发现他的皮肤很好，虽然比较黑，但黑里透着红，显得很有精神，再加上他魁梧挺拔的身躯，应该也就在五十岁上下的年纪。

“您好，您是老樊吧。”李明哲见此人走上前来，马上解开安全带，推开车门，伸出右手热情地迎了上去。

“嗯。”老樊随口应了一句，礼貌性地和李明哲握了握手，随即就把手收回。

这时，钱丽君已经把熙悦抱下了车，牵着她的手，来到了李明哲的身边，李明哲连忙向两人介绍：“丽君，这位就是老樊，悦悦，快叫……”

“老爷爷好。”还没等李明哲把话说完，熙悦已经抢先一步，奶声奶气地喊道。李明哲连忙冲着老樊抱歉一笑，老樊看上去一点都没生气，半蹲下身子，和蔼地对熙悦说：“你好啊小姑娘，你可以叫我阿伯。”他起身对李明哲夫妇笑道：“家族遗传，没办法，还好没把孩子吓到。”钱丽君立刻就明白了过来，她连忙对熙悦说：“悦悦，这是阿伯，快叫樊伯伯。”熙悦一时间没反应过来，她侧着头瞪着大眼睛，盯着老樊的白头发，一直没叫“伯伯”。

“好了，既然你们来了，我们就进去吧，看看这到底是不是苗圃。”老樊对着李明哲一扬手，请他们进树林。他明显还义愤难平，“苗圃”二字，说得很重，说完就径直从尼龙网栅栏的一个口子往里走。

李明哲看着老樊挺得笔直的背影，苦笑着摇摇头，“苗圃”的事是他在微信里向老樊解释的时候告诉他的，也难怪老樊会生气，这片树林再怎么看也不会是苗圃。李明哲和钱丽君习惯性地对了一下眼神，牵起熙悦的手，一起向树林走去。

穿过栅栏，李明哲才发现栅栏和树林之间还有一段距离，目测至少有三十米，正当他不解的时候，老樊停下了脚步，回头轻声叮嘱：“我们进去的时候要轻点，别吓到它们，现在是它们的繁殖期。”

李明哲一家三口听罢立即变得谨慎起来，特别是熙悦，她似乎从这个像肯德基爷爷的阿伯的表情中，读出了他对白鹭的深厚感情，她不由自主地轻轻走到老樊的身旁，跟着他的脚步，一步一步地靠近树林，去探索在她心中想象了无数次的“秘密花园”。李明哲夫妇显然没想到女儿会有这样的反应，他们相互看了一眼，眼神中既有意外又有喜爱。

“呀……”走在前面的熙悦突然轻声喊了起来，引得李明哲夫妇跟随她的视线看向上方，而这一看，他们顿时和女儿一样，惊呆了。

原来，他们已经走到了树林的边缘，抬头望去，一根根粗壮的树干向着天空延伸，在足足两三层楼的高度才伸展出茂密的枝丫，树与树之间的枝丫又相互交错，犹如一个个身材修长的巨人，正手拉着手，为大地撑起一把把可以挡风遮雨的巨伞，为身入其中的众生提供庇护之所。粗壮的树枝上布满了鸟窝，鸟窝里和树枝上满是大大小小的白鹭，在阳光的照耀下，它们的羽毛熠熠发光，与细枝上满布的黄色小球形状的花簇交相辉映，共同构成一幅色彩斑斓的美丽图景。此时，白鹭们仿佛都沉浸在喜悦之中，叽叽喳喳叫个不停，显得分外灵动，浑然天成一曲美妙的交响乐，让整片树林充满了令人心潮澎湃的神奇活力。

老樊得意地看了看一脸惊诧的李明哲，然后低头对一旁的熙悦轻声说：“小姑娘，没见过这么多白鹭吧？我第一次见到它们的时候，也和你一样。”

“阿伯，它们的家都是它们自己搭的吗？”熙悦看上去还是不敢相信自己的眼睛和耳朵，问老樊。“是啊，那些做窝的树枝，都是白鹭爸爸和白鹭妈妈一根一根用嘴衔过来的。”老樊看上去十分乐意回答孩子的问题。熙悦赞叹道："白鹭爸爸和白鹭妈妈真了不起。"

熙悦的反应显然出乎了老樊的意料，也让他十分开心，他蹲下来，对熙悦说："小姑娘，你想不想到里面去看看？"熙悦听完眼前一亮："阿伯，真的可以吗？"说完她转头看向李明哲，李明哲此时正被女儿的爱心所感动，见她用眼神向自己征求意见，连忙对她报以鼓励的微笑，同时看了看老樊，那意思是"阿伯说可以就可以。"女儿立刻心领神会，用充满期待的眼神看着老樊。"当然可以啊，只要我们不发出声音，就不会吓到它们，它们很聪明的，你对它们好，它们能感觉得到。"老樊牵起熙悦的小手，沿着树林里的一条小道，轻手轻脚地朝里面走去，李明哲夫妇对视一笑，抬脚跟了进去。

当李明哲步入树林，再一次被眼前的景象惊呆。原来，那些黄色小球花开满了枝丫，铺天盖地，土地上也满是落花，一片金黄，人在其中，仿佛置身于花海，只恨自己没有多长出几只眼睛。同时，白鹭们欢快的鸣叫声变得更加真切，它们似乎都认识老樊，对于他带来的人没有丝毫戒备，各自忙活着自己的事情，离得近的鸟窝里，分明能看到白鹭爸爸和白鹭妈妈正在喂食着鹭宝宝，小一点的白鹭宝宝向上张大着嘴，等着去接爸爸妈妈嘴里投喂出来的食物，而大一点的宝宝就没那么乖了，爸爸妈妈黑色的尖嘴刚一靠近，它们就争先恐后地张嘴去抢爸爸妈妈嘴里的食物，一时间，让爸爸妈妈不停地扇动着翅膀，摆动着长喙，颈后那两根辫子般长长的繁殖羽随之乱摆，一副手足无措的滑稽场景，让大家看得忍俊不禁，特别是熙悦，她扬起小脸，眼睛笑得眯了起来，小嘴一张一翕，仿佛想要告诉那些白鹭宝宝："都别抢了，一个一个来。"

“快看这边。”正当大家看得不亦乐乎的时候，老樊指着小路的尽头，轻声对熙悦说。

大家顺着老樊的手指望去，只见一只半大的小白鹭正悠闲地走在金黄的小路上，那修长的身形在斑驳阳光的映照之中，泛着迷人的光晕，仿佛一个雪白的小精灵，正在享受着饭后的休闲时光。

“阿伯，它是吃饱后下来玩吗？”熙悦看得入迷，过了一会儿才侧头轻声问老樊。“对啊，它们也要有自己玩的地方，特别是当它们学会飞以后，它们很喜欢到下面来玩。”老樊十分高兴，仿佛遇到了小知己。

熙悦得到了肯定的答案，十分高兴，她瞪大眼睛，向四周搜索，想要找出更多的亮点，突然，她的眼睛定格在不远处树底下的一个草丛里，李明哲循着她的目光望去，并没有发现什么异常，正当他不解之际，熙悦已经轻轻走了过去。老樊似乎看出了端倪，跟了过去。

熙悦来到那棵树下，慢慢蹲了下去，伸手捧起了一个灰白相间毛茸茸的东西，李明哲这才看清，原来是一只小鸟。“是白鹭的幼鸟，从窝里掉下来的。”老樊一边说一边从熙悦手里接过小白鹭。“樊伯伯，它不会有事吧？”熙悦担忧地问。

“没事，这个时间，时常会有小鸟不小心从窝里掉下来。”老樊笑着安慰熙悦，“还好你看到了它，要不然它就没命了。”

“它爸爸妈妈不管它吗？”“它爸爸妈妈不是不管它，是没办法，因为它太小还不会飞，它爸爸妈妈又没办法把它带回家。”“那……它爸爸妈妈可以飞下来喂它啊。”“你说得没错，很多时候，白鹭爸爸妈妈会飞下来喂它，但林子下面一般会有黄鼠狼，甚至还有蛇，它们专门等着把掉下来的小鸟吃掉呢。”“啊？”熙悦看上去吓得不轻，不安地看向四周。老樊被逗笑了，安慰熙悦道：“别怕，没事的，白天的时候，它们一般不敢出来的。”

“那现在要怎么办呢？我可以养它吗？”熙悦的眼中冒出一些期盼。“自己养不活的。”老樊斩钉截铁地说，当他看到熙悦失望的表情，马上笑着继续说，“没事，你先帮我拿着它。”老樊轻松地把小白鹭递到熙悦手里，走向不远处的一棵树，李明哲这才看清，树干上靠着一个长梯子，他连忙走到老樊身边，接过了梯子的一端。老樊回头看了看李明哲，脸上露出一丝笑意，李明哲刚要回以笑容，老樊脸上的笑意已一闪而过。

老樊在树干上架好梯子，对熙悦说：“还好，它的窝不高，要不然就要爬树了。”熙悦很快就明白了老樊的意思，她看着手里的小鸟，对它说：“白鹭宝宝，下次一定要小心一点，别再掉下来了，爸爸妈妈多担心啊！”说完她依依不舍地把小鸟递到老樊的手里。老樊接过小鸟，顺着木梯往上爬，李明哲上前一步，紧紧地扶住了梯子……

栅栏外，李明哲一家人远远地看着这片树林，显得意犹未尽，熙悦对这次“探秘之旅”更是恋恋不舍。本来，她还想四处多看一看，甚至想坐在路边的树根上，拿出画纸和彩笔，画出自己心中的白鹭林，但在樊伯伯的一再催促下，而且保证以后可以随时在树林外观鸟时，她才一步三回头地跟着父母走出了栅栏。

“老樊，这个栅栏是你弄的吧？”李明哲对着树林深深地吐了一口气，问站在身边的老樊，“就是为了不让人打扰这些鸟吧？”

“对。”老樊看了一眼李明哲，不再充满敌意，用平缓的语气回答他。

“林子里都是什么树啊？挺漂亮的。”李明哲继续找话和老樊聊。

“相思树啊，它是我们芗州的市树，你连它也不认识吗？”老樊说出来的话瓮声瓮气。

“对不起，我是规划师，不是生物学家。”

“你连一个地方的市树都不认识，怎么能做好规划呢？”老樊依旧不依不饶。

李明哲诚恳地说道：“老樊，我再次为我之前的失误向你道歉，我们这次过来，就是为了弥补过失，不给自己留下遗憾，希望能得到你的帮助。”

老樊盯着李明哲，渐渐选择相信了他的话，他最后看了一眼熙悦，终于放下了成见和防备，认真地对李明哲说：“如果真是像你说的，那不是我帮你，而是你帮我们。”

“谢谢你，老樊，请你先给我介绍介绍情况吧，我这次来时间紧急，明天就要回鹭城修改规划方案。”李明哲心中一喜，兴冲冲地说。

“说起这片相思林啊，它的故事可就长了……”老樊一点没受李明哲影响，悠悠然开始介绍，“最早的时候，这个位置还是一块沙地，寸草不生，听我爷爷说，1946 年，也就是打败日本侵略者第二年的春天，这边突然冒出几株长得像羽毛的‘绿草’，当时大家都觉得十分神奇，认为是天降祥瑞，生怕它们渴死，隔三岔五就会有人去给它们浇水，孩子们更是时常围着它们转来转去，把它们当成自己的小伙伴。”

老樊说到这里的时候停了下来，因为他看见熙悦的眼里正发着光，“小姑娘，那个时候的小朋友不像现在这么幸福，他们平时没什么可玩的。”

“多好玩啊，我也想玩。”熙悦脸上满是向往的表情。

李明哲看着讲故事的老樊，开始猜测他到底是做什么工作的，看这言谈举止，肯定不会是普通的村民，而且他能这么早知道规划方案，一定不一般。

“接下来，更神奇的事情发生了。”老樊见听众的情绪被成功地调动了起来，讲故事的情绪也开始高涨，“没过多久，这些‘草’就长成半人多高的树苗，而转过年来，就长了一人多高，在春夏之交，开出满树的黄花，让这片荒地从此变得多姿多彩，孩子们也多了很多玩耍的地方，我父亲告诉过我，那时他和小伙伴们会把金黄色的花粉抹在自己的眉毛上，装扮成神仙鬼怪互相打闹，就像我小的时候一样。”

老樊绘声绘色的描述，让熙悦眼里的亮光更加强烈，她张大嘴巴，一脸呆笑，仿佛正在想象小朋友们在沙地上尽情嬉戏的美好景象。

老樊也被熙悦的情绪所感染，继续娓娓道来：“后来那几棵相思树飞快地成长，开花结果又落地生根，等到 1949 年快要解放的时候，这块荒地上已经高高低低地长出了一小片相思树林，这也为很多将要被迫离开故乡，漂洋过海远走台湾的乡亲们，提供了一个留住‘乡愁’的选择。他们在出发登船前夕，纷纷采集相思树的种子，放进自己的行囊里，这里面，就有我的一位堂叔公。”说到此处，老樊陷入了回忆当中，眼圈微红，引得李明哲夫妇感慨万千，他们作为生活在台湾海峡边上的居民，对这一段历史，有着很深的体会，因为他们的亲朋里面，很多都能找到有着同样经历的家族先辈。

“后面发生的事情，却很有意思。”或许是不想太过真情流露，老樊笑了笑，接着说道，“到了 1987 年，海峡两岸开放台湾同胞赴大陆探亲，我堂叔公是第一批回家探亲的，他告诉我们，等他们到了台湾才知道，这些相思树的学名是‘台湾相思’，原产地就在台湾。他那次回来，特意带了那边的种子，种在了老相思林的外围，他说‘人可能回不来了，给大家留个念想吧’。就这样，他每次有机会回来，都会带回那边的种子，而经过了这么多年的自然生长，生生不息，相思林，终于形成了今天的规模。”

老樊说完眯起眼睛观察李明哲的反应，李明哲没想到这片树林会有这么动人的故事，他更加无法原谅自己的失职，一时间，悔恨交加，自责不已。老樊看在眼里，确定李明哲一家此行是真心为了改正错误，不禁心头一热，颇有找到同盟军的感觉，不由得和他开起了玩笑：“从某种意义上说，这片相思林也可以叫苗圃，李工，你说对吧？”

老樊的这句调侃之语，让李明哲更加难受。他再次看了看像一道屏障一般的相思林，问老樊：“这片树林不光可以让白鹭栖息，应该还能防风固沙吧？”

“你不愧是专业规划师，一点就通，如果那些人都像你一样，我们也不会受这么多苦了。”老樊重重地叹了一口气，继续说道，“我们村子能有今天，相思林的功劳最大啊。这几十年来，它不知道为我们抵御了多少次台风的侵袭，每次台风过后，我们村的损失在这一带都是最低的。还有啊，很多人不能理解的是，相思树能在贫瘠的沙地上生根发芽，就是因为它们天生有肥沃土壤的本领，可以这么说，我们村里后来种的这些果树，都得益于相思林，我听我爷爷说过，最早的时候，我们村里种什么都不行，只能靠打渔为生。”

李明哲连连点头，以他对生态规律的了解，他知道老樊所言非虚。物竞天择，所有生物的进化都是为了顺应环境，这就是所谓“适者生存”，而反过来，自然环境中的这些生物，特别是丰富多样的生物，又能进一步改善人类的生存环境，是人类最宝贵的生存资源。比如森林，它不仅为人们提供木材和燃料，更重要的功能是净化空气和涵养水土等，试想，如果一个地方都是高楼大厦和马路街道，人们的生活该多么憋屈啊！这也是城市的人们一到放假就迫不及待往郊区野外或森林公园“逃”的原因。其他的生态资源，如湿地、草原、河流、海洋，包括海边的红树林等，对人类生存发展都至关重要，可以说是维系人类生存和发展不可或缺的资源。也正因此，李明哲在做规划方案时，十分注重人与自然生态的关系，即使项目地没有自然生态资源，他也会想方设法留出足够的模拟自然的休闲空间，当然，这也是他的方案总能获得用户好评、屡屡获奖的原因。

“那这些白鹭是什么时候过来的，它们的觅食地在哪里？”

这一问，老樊对李明哲刮目相看，甚至有种遇到知音的感觉。他介绍道：“这大概就是天意，老天早就注定了我们村和这群白鹭有这个缘分。两年前的春天，突然有一群白鹭落到了这片林子里，它们很快就筑起了巢，当时我们都很奇怪，它们为什么会选择我们村呢？后来才知道，它们看中了几公里外的一片滩涂，而我们村这片大树林，离那里最近，是绝佳的筑巢地。正好，我又是我们市里观鸟协会的会长。你说，这是不是缘分天注定啊？哈哈。”老樊说完，已是满脸红光，像好酒喝美了一般。

李明哲看着眼前这个不知道该称为“大哥”还是“大叔”的中年男人，眼见悦悦一脸崇拜地盯着老樊，仿佛正在听他讲述一个充满传奇色彩的故事，李明哲感到心弦被一只柔软的小手轻轻弹拨了一下，他再看向这片树林的时候，顿时觉得十分亲切，仿佛那里住着自己久违的朋友，或许，更像是一群等待他伸出援手的孩子。

“老樊，我之前没有实地勘察，造成误会，实在对不起。”李明哲向老樊由衷地道歉。老樊感受到了李明哲的真诚，他收起笑容，恳切地对李明哲说：“李工，现在，最重要的是怎么补救，我们不能让它们无家可归啊，而且，它们选择这边，也恰恰说明我们这个地方生态好，环境好，这是我们的福报啊，我们千万不能让孩子们失望啊。”说完，他看向熙悦，熙悦转头看向自己的爸爸。

李明哲内心再一次被深深触动，他坚定地说道：“你们放心，我一定会弥补之前的过失，我想现在就开始重新测量，老樊，你愿意帮我吗？”老樊上前一步握住李明哲的手：“当然愿意啊，只要能保住这片林子，让我做什么都愿意。”“耶，太好了，爸爸你最棒了！”熙悦高兴地蹦了起来，上去抓住了李明哲的另一只手，欢呼雀跃。李明哲被这一老一小左右摇晃着，也跟着开心起来。而一直在一旁默默无语的钱丽君，却怎么也高兴不起来，看着兴高采烈的三个人，她脸上的担忧越积越多。

钱丽君的担心，在李明哲和老樊一起拉着皮尺，测量树林尺寸的时候，变得更加强烈，因为她看见有几个人，在村头远远地望着他们，时不时地还会朝他们这边指指点点。“老樊，那些人是什么人？怎么鬼鬼祟祟的？”钱丽君观察了一阵，忍不住问老樊，同时用眼神指向那几个人。老樊不屑一顾地回道：“不用担心，那是我们村里的几个干部。”“那我们要不要去和他们打个招呼？”“不用，别管他们。”老樊摆摆手，厌恶地说道，说完就继续拉着皮尺往前走，只留下钱丽君一脸疑虑地站在原地。

钱丽君的疑虑，在晚上，他们一家三口在酒店前台登记入住的时候，迅速转化为忧虑。因为她发现有一个人一直站在他们旁边，表面上看是在若无其事地等人，但他的眼睛一直瞟向他们一家人，特别是当李明哲登记身份信息的时候，他更是一再偷瞄，钱丽君仔细辨认之后，发现这个人就是村头那几个人当中的一个。她意识到被跟踪了。

进到客房，亢奋了一天的熙悦很快就进入了甜甜的梦乡，钱丽君这才把自己忧虑的事情告诉李明哲。其实，李明哲也注意到了这些异常情况，但他始终觉得自己现在做的事情，是为了让这个项目变得更完善，让回迁的村民们住得更舒适，并且很有可能享受到房屋升值带来的红利，因此他认为村民们没有理由不接受自己，而现在他们这么做，只是对自己的工作不够了解而已，这在他之前做的项目里，并不鲜见。就这样，在李明哲的劝慰中，两人也终于抵不住困意如潮，一沾枕头就酣然入睡。

第二天一早，睡了个好觉的李明哲夫妇被元气满满的熙悦喊醒，三人匆匆吃过早饭，就精神百倍地回到相思林，熙悦准备在阴凉的树荫里，在妈妈的陪伴下，开始画她心中的“大作”，而李明哲则计划到项目周边去实地走访一遍，为修改规划方案做好前期工作。

然而，就在他们兴致勃勃地准备开工时，意外发生了，几个人突然凶神恶煞地围了过来，于是，就出现了开头所述的李明哲一家被围攻的场景。

这个场景，是李明哲万万没想到的，面对众人连指带骂的步步紧逼，他只能和妻子一起护住熙悦，一步一步地往树林的方向退，在这个过程中，李明哲和钱丽君分别用普通话和闽南话一直试图向他们解释，但越解释他们越猖狂，那个年轻一点的干瘦男子，也就是那个在酒店前台偷听的人，此时表现得最为积极，他一边高声叫骂，一边从地上捡起一块石头，作势要向他们砸去。

"住手……"眼见着李明哲一家就要吃亏，在这千钧一发之际，一声断喝从李明哲身后传来，那声音，就像投下了一颗震爆弹，把那几个人镇在原地，没敢再往前跨一步。

李明哲连忙回头，原来是老樊带着两个人快步朝他们走来，见是救兵，他与妻子长吁了一口气。这时，老樊他们已经把李明哲一家人挡在了身后，他指着那个村干部模样的人，大声喝道："何会计，这是我请来的客人，你想怎样？"

何会计已经恢复了干部做派，面对老樊，他皮笑肉不笑地说："老樊，你就别再给村里添乱了，好不好？"

"我怎么添乱了？你好歹也是个干部，说话要有根据，怎么可以信口胡说？"老樊一点不给这个村会计留颜面，质问道。

何会计似乎早就习惯了老樊的态度，摆出一副苦口婆心的样子，规劝老樊："老樊，我们年纪都不小了，做事要懂得给自己留余地，项目停工的时候，你说这片林子不能动，还要用网子把它们拦起来，这些我们都没有阻止你，现在终于盼到快要重新动工了，规划方案都通过了审核，这片林子无论如何都是要铲平的，你还在这边无理取闹，这样就说不过去了。”何会计说完，转头看向那个领头阿伯，希望他帮腔，但让人奇怪的是，刚刚最嚣张的领头阿伯此时却面露迟疑之色，丝毫没有理会何会计。何会计赶忙将目光扫向其他两人，那两人这才反应过来，附和着：“是啊，老樊，你就不想新村快点改造好吗？”“就是，这个项目已经推迟了这么久，你不能只想着那些鸟，要多为村里人想想吧。”

老樊冲着领头阿伯眼角一扬，眼神中并没有敌意，听到其他两人的话，他转而冷笑了一下，指着李明哲对他们说：“你们说的规划方案，就是这位李工做的，他这次来，就是要重新规划，保留这片相思林。”说完，又意犹未尽地补上一句话：“人家可是全省闻名的金牌规划师，市领导指定他来规划我们这边的。”

“老樊，你就别吹了，我们问过许总公司的人了，他们说根本就没有让规划公司的人来搞什么重新规划。”何会计一副胸有成竹的模样，笑眯眯地说，然后冷冷地看着李明哲，仿佛正在审查一个骗子。老樊没料到会出现这样的情况，他用询问的眼神看向李明哲。

面对众人质疑的目光，李明哲心中暗暗叫苦，没想到开发商这么快就知道了自己过来的消息，而且看上去，村里人是早有准备的，一大早就在这里等着来阻挠他的工作，一定是昨天村民在酒店前台偷听到自己的名字，报告给了开发商，这样想来，林老板一定也知道了。在昨天下决心要修改方案后，李明哲原本想今天完成测量和走访，然后快马加鞭赶回鹭城，尽快做出新规划草案，提交给林老板，打一个有准备的仗，但现在看来，计划赶不上变化了。

“丁零零……”李明哲的电话在这时突然响起，他拿出一看，怕什么来什么，正是林老板打来的。李明哲看了看四周的人，四周的人也全部盯着他和他手里的手机。他按下接听键，用低沉的声音应道：“喂，林……”

“李明哲，你是不是跑到芗州去了？你到底想干什么？你知道你自己在做什么吗？”电话里，爆发出林老板近乎歇斯底里的吼声，那声音，不仅让李明哲下意识地让手机远离自己的耳朵，也传进了在场每个人的耳朵里。

李明哲没想到林老板一点都没给他留情面，一下子就让他打好的腹稿变成了废纸，他一时不知道如何接话。“喂，喂，李明哲，你在吗？为什么不回答我？”电话里又传出林老板那出离愤怒的声音。李明哲这时才缓过神来，他把电话靠近嘴边，努力不让自己的声音变得颤抖，十分诚恳地说道：“林老板，我正在项目点，正想给你汇报。那个地方确实是一大片树林，根本不是苗圃，而且，林子里已经住满了白鹭，已经成为当地重要的白鹭栖息地，当地人也十分珍惜它们，用栅栏和网子把它们保护了起来。所以，我们的方案肯定要重新做。”

李明哲用他的专业腔解释，瞬间就把林老板的嚣张气焰打压了下去，电话那头陷入了沉默，能感觉到，此时的林老板对现场的情况不是很确定，对自己的判断产生了动摇。

“别听他胡说八道！”何会计貌似已经忍无可忍，他远远地对着手机大声喊道，“我们村里的人都盼着早点动工，那些树本来就是苗木，早就应该砍掉的，你们如果继续给我们村添乱，别怪我们不客气了！”何会计说完，恶狠狠地盯向李明哲一家，熙悦吓得赶忙躲进了妈妈的怀里，可怜巴巴地仰头看着妈妈，钱丽君见女儿被吓成这样，十分生气，她挺身而出，用连珠炮的闽南话呵斥何会计：“你太失体统了，这么大年纪吓唬小孩，难道你们芗州都是这样的吗？这么不讲体面的吗？真是活见鬼了。”被教训的何会计盯着钱丽君，一张黑脸涨得发紫。

“李明哲，你听到了吧？”这时，李明哲的手机里传出了林老板的喊声，“你别再搅和这件事了，赶快带着老婆孩子回来，否则，后果会相当严重，到时别怪我没有提前告诉你。你听到了吗？”电话那头的林老板气急败坏，感觉他恨不得从手机里跳出来，狠狠地教训李明哲一顿。

“你听到了吧？”一旁的何会计终于从方才的窘境中挣脱出来，得意扬扬地对李明哲说，“你老板都说了让你别在这边捣乱，你还不赶紧走？”他带来的村民马上跟着起哄，而与他们对面而立的老樊等人，也失去了刚开始时的锐气，他们不约而同地把目光投向李明哲，看他如何抉择。

李明哲环视四周，目光最后落在了妻女的脸上，只见钱丽君搂着熙悦怔怔地看着自己，仿佛在说：“亲爱的，算了吧，你已经尽力了，该放手就放手吧。”而她怀里的熙悦，此时似乎已经弄明白了事情的原委，她望着爸爸，那双水汪汪的大眼睛分明在恳求他“不要放弃”。

“李明哲，你到底听到了没有？说话啊！”林老板尖锐的声音再一次响起，何会计那帮人轻蔑的表情更加明显地挂在脸上，此时，李明哲不再犹豫，他毅然决然地按下手机里的挂机键，对着何会计示威般地扬了扬再也发不出“噪音”的手机，冷冷地说道：“现在，我听不到了。”

刚刚还满以为胜券在握的何会计，仿佛突然被一只袜子塞进了嘴里，再一次被憋得脸红脖子粗，老樊似乎终于放松了紧绷的神经，向李明哲投去赞赏的眼神。熙悦一开始并没有完全理解爸爸的意思，但她从何会计一伙的表情中很快就明白了爸爸的选择，她的脸上终于释放出了放心的样子，而她的妈妈钱丽君可就没有她这么好的心情，一片愁云慢慢浮上了她的眉宇……

李明哲一家人入住的酒店，就在何厝村靠近城区的那一边，不是很大，只是一栋四层的小楼，规模还不及一般的连锁商务宾馆，但里面的设施却要好得多，大堂和餐厅都展现出与酒店外观不成比例的富丽堂皇，按照店家自己的说法，他们是一个“准三星”的旅游酒店。

何厝虽然是个村子，但其实地处芗州主城区的边缘，交通便利，而且离海不远，村庄靠近城区的一边，保留了一片极具闽南风情的古厝老街，因此，这里十几年前就开始发展海边度假餐饮产业，据说在鼎盛时期，每当夜幕降临，在酒店所处的这条不算宽阔的主街上，总是车水马龙，来吃海鲜的游客和当地人络绎不绝，但现在，这里却显得很是冷清，与李明哲印象中鹭城海边的文化美食街相去甚远。

此时，酒店餐厅里，李明哲和老樊相对而坐，像两个老朋友一样。今天上午李明哲挂掉林老板的电话之后，老樊和另外两名观鸟协会的同伴，乘势把何会计一伙赶走，接着帮助李明哲一家继续完成勘查和走访工作，一直忙到晚饭时间，老樊一再要求请李明哲一家吃饭，为他们补上接风宴。李明哲知道原计划两天的行程肯定需要延期，他正好想多了解一些情况，好尽快完成新规划方案的构思，所以没有过多推辞，但钱丽君借故劳累带着熙悦回客房休息，于是，餐桌边只坐了他们两个人。

正是晚餐高峰期，但餐厅里的食客并不多，稀稀拉拉只有几桌人，服务员也个个显得无精打采。李明哲看了看四周，问老樊："你刚刚说这边原先很热闹，但现在为什么感觉这么萧条呢？"

"你现在应该知道有些村里人烦我的原因了吧。"老樊叹了一口气，面露苦涩，接着问李明哲，"你应该知道我们这个旧村改造项目是市里的重点工程吧？"

李明哲点点头没说话，心里在揣摩老樊的言外之意，老樊继续往下解释："但这个项目推进起来并不顺利。最早的时候，中标的并不是许总他们公司，是一家外地的开发商。"当他说到这里的时候，发现李明哲的眼睛一亮，他知道这是李明哲之前没掌握的信息，故意停了下来，而此时的李明哲真心想知道事情的来龙去脉，好奇地对老樊说："是吗？"

"是啊。"老樊说话间提起了精神，"据说，那家开发商和当时的领导是老乡，领导升迁到哪里，他们的工程就跟到哪里。你应该明白我的意思吧？"

李明哲当然心知肚明，在他不算短的职业生涯中，这种事情不说十有八九，也是常常遇见，其实大家也都能理解，谁不愿意用自己熟悉的人呢？同样的条件，只要合法合规，当然会选择与自己知根知底的人合作，这也是人之常情。“这也正常。”李明哲淡淡地回了一句。

老樊显然对李明哲的反应感到有些诧异，但他也不想表现出“少见多怪”的样子，于是继续用他那略显夸张的口吻往下说：“这其实也没什么，项目开始的时候也都是按照计划往下走，按照当时的规划方案，相思林不在土地出让范围之内，是要保留的，而且，这个地方将重点打造文化美食旅游古厝，大家相信，等新的村子建好了，一定会吸引更多的游客，就像你们鹭城环岛路上那个最出名的文化美食村，那个叫什么的？突然忘了。”“黄厝垵。”李明哲接话提醒。“对，对，就是那里。”老樊用手指敲着桌面，连连点头，“我去过几次，真是热闹啊，卖小吃的，唱歌的，戏台上还有唱戏的，街上人挤人，每个海鲜大排档里都坐满了人。但你肯定知道，几年前，那里和我们这边一样，都只是一个有海鲜吃的小渔村。”老樊越说兴致越高。

李明哲被他的情绪感染，不再像刚才那样把老樊的话当作“听取项目介绍”，渐渐有了点听书的味道，“对，看来你对城市规划有所研究啊。”他告诉老樊，“我这次的规划中，就充分考虑了何厝的这一特色，借鉴了黄厝垵的成功经验，在靠近这条美食街的地方，规划了很多文化配套空间和设施，让当地居民有更多的活动空间，也可以让游客有更多文化体验和休闲娱乐的地方。”

李明哲说得兴起，老樊反而变得黯然神伤，他恨恨地说道：“是啊，为此我还帮着做了不少拆迁劝说工作，可惜啊，好事多磨，当房子都拆完了，土地也平整了，就在大家都在等着开工大吉的时候，当时的领导突然被查了，据说是在一个大会现场被带走的，当时这个事情在省里引起很大的反响，你可能也听说过吧？”说到这里，他停了下来，看李明哲的反应。

李明哲知道这事，那应该是两年多前的事了，当时规划圈里都在议论这件事，还有几家规划设计公司“中招”，付出了惨痛的代价，为此，市里行业协会还专门发文，要求从业人员“以此为戒，加强学习，防微杜渐，洁身自好”云云。好在，李明哲参与的芗州角池项目，也就是那个让他在芗州扬名立万的项目，在出事之前就进入了建设阶段，他当时还和林老板开玩笑说：“如果再晚一些，角池项目很有可能就烂尾了。”

想到这里，李明哲认真地对老樊说：“我记得那好像是两年前的事吧？”

“没错啰。”老樊重重地一拍桌子，引得不远处的服务员和客人转头看过来，老樊毫不理会人们异样的目光，继续气愤地说道，“两年啊，这两年，那块地就一直空在那里，那些被拆掉房子的人，你想想看，他们多难受啊。虽然市里面一直在延长给他们安置补贴，但谁不想早点住回自己的家啊？”“那是自然。”李明哲不再只是听书了，已经产生了“代入感”。

“这还不是最糟糕的，我们这条古街，也因为村子被搞得乱七八糟，害得游客都不来了，就变成现在这个样子，半死不活的。”老樊说完，连连摇头。

李明哲对于老樊的痛苦感同身受。他所从事的这个行业，难免会遇到老樊说的这种拆迁“后遗症”。每一次拆迁，或许在局外人的眼里是“一夜之间产生了多少富翁”，但其实，每一个拆迁户的背后，都有各自不同的故事，有些人欢喜，但也有些人会忧愁，甚至强烈不满……这就像一辆接驳的列车，不管你愿不愿意，如果你不上车，你会发现，原来的列车根本不会保留你的座位。

显然，老樊感受到了李明哲的共情，他端起啤酒杯，冲着李明哲大声说：“李工，难得你作为项目方，能够理解我们的心情，就冲这一点，我敬你一杯。”李明哲连忙端起茶杯，不好意思地回道：“抱歉啊，我不能喝酒，只能以茶代酒了。”老樊豪爽地说：“好，李工，敬你。”说完，他推杯用力碰了一下李明哲举着的茶杯，一饮而尽。

李明哲也把杯子里的茶全倒进了喉咙，然后他乘兴将自己心中的一个疑团抛给了老樊：“那为什么这次要重新规划，而且把相思林圈了进去？”

老樊捏起酒杯重重地在桌子上墩了一下，在众人再一次诧异的目光中愤愤地说：“还不是因为那个许德彪。不知道他和新来的市领导是什么关系，几个月前突然带了一帮人跑到我们村里和村干部们开会，开完会后村主任就放出话来，旧村改造项目在市领导的关心之下，终于要重启了，而且还特别提到，许德彪公司是应市领导之约，接盘这个‘烂尾’项目，话里话外，全是感激，看他们那个样子，就差给人家下跪了，真是丢人啊。”说完，他又一次把酒杯在桌子上墩了一下，周围的人似乎已经把他当成了一个“酒疯子”，不再扭头看他。

而此刻的李明哲终于串联起了整个事件的脉络。新来的市领导“新官上任三把火”，希望解决这个搁置多年、引发众多投诉的老大难问题，于是请许德彪来接盘，许德彪当然想巴结新领导，但又不甘心失去一个赚钱的机会，因此，他就打起了这片树林的主意。唉，恨只恨林老板对自己了如指掌，这才落入了他们的圈套，让自己陷入如今的两难境地。想到这里，李明哲情不自禁地也抓起手边的茶杯，在桌子上墩了一下。

直觉告诉老樊，这个年轻人应该知道一些内情，于是他试探着问道："规划方案不是应该由政府实施吗？为什么会由开发商来实施？这里面有什么见不得人的事情吧？"

李明哲看了一眼老樊，一时真没想好要怎么解释这么多纠葛，只愤懑地说道："都是一帮衰人。"说完他突然意识到这是自己最讨厌的岳父老钱常说的话。

"对，都是一帮衰人。"李明哲的反应鼓舞了老樊，他大声地接话，"相思林经历了几十年的风风雨雨都安然无恙，怎么能毁在我们这一辈人手上？我父亲一再嘱咐我，相思林是我爷爷那一辈人拼了老命才保下来的，一定要保护好它。我记得他时常和我说起，1958 年'大炼钢铁'的时候，上面要求把这些相思树都砍伐掉，用来烧柴炼铁，那一次应该是相思林最凶险的时候，即使面对把牢底坐穿的危险，我爷爷带领村里人都一起扛了下来，现在是法治社会了，我就不相信这些衰人可以无法无天，胡作非为。"老樊说完停顿了一下，担心李明哲不清楚这段历史，随时准备给他做进一步的解释。

李明哲恰巧知道这段荒唐的历史，因为他的母亲正好就是那一年出生的。听母亲说，当时外婆正怀着母亲，家里的锅啊铲的，甚至门锁，只要是铁的，都要上缴，用于炼钢炼铁。为此，李明哲还特意去查了公开的资料，当时，在"以钢为纲，全面跃进"的响亮口号下，各级领导亲自挂帅，动员了九千多万人上山，砍树挖煤，找矿炼铁，建起了几百万座小土高炉和小土焦炉。然而，这种“土法炼钢”根本不可行，炼出来的都是废铁疙瘩，造成了人力、物力和财力的极大浪费，让本就孱弱的国家经济雪上加霜，同时，给自然资源和生态环境带来了严重的破坏，成为至今仍然警钟长鸣的一个重大历史教训。

国内生态文明建设已经连续推进十多年了，生态文明的核心思想就是“人与自然和谐共生”，接轨的是国际共识的“可持续发展”理念，因此，我们无论如何都不要重蹈覆辙，再犯那样的错误了。念及此，李明哲对老樊说：“现在和从前不一样了，人们对于生态环境的依赖和保护意识正在快速增强，就拿我女儿来说，从幼儿园开始，老师就教育他们要珍惜自然，保护生态环境，在这个大背景下，为了一己之私，干着破坏生态的勾当，只能是偷偷摸摸的，生怕别人知道。老樊，你说，这样的情况下，他们的阴谋能得逞吗！”

老樊听完这话，就像久旱逢甘霖一般，快速往杯子里倒满酒，举起酒杯，对着自己的知己说道：“你讲得太对了！来，李总，我敬你，也为我之前对你的态度表示道歉。我干了，你随意。”说完端起酒杯就一口闷下。李明哲感受到老樊的敬意，对自己的称呼都变了，欣喜之余他的心中油然升起一股豪气，他一把抓过老樊手边的酒瓶，“咚咚咚”将身边的空杯倒满，端起酒杯：“好，老樊，我今天舍命陪君子，我也干了。”说完，像老樊一样，爽气地把酒一口喝完。

“够意思，你这个朋友我交定了。”老樊此时已是满面红光，他举手大声招呼服务员，“服务员，再给我拿两瓶酒。”李明哲见状赶忙拿起筷子，指着没怎么动的菜盘，笑着说道：“我说老樊，你能不能让我先吃点菜啊，我还真饿了，你不饿吗？”“哦，对对对，先吃菜，你也忙了一天了，都没好好吃饭。”老樊也笑着拿起了筷子，示意李明哲快吃菜，李明哲愉快地笑道：“那我就不客气了啊。”他夹了满满一筷子菜，狼吞虎咽地吃了起来，直看得老樊发笑，仿佛这一刻，他终于找到了值得信赖，而且有可能扭转战局的“战友”。

“哎哟，你好心情啊，还喝上酒了？”正当李明哲和老樊开始惺惺相惜的时候，林老板不知何时已经无声无息地站在了他们的餐桌边，他冷笑着对李明哲说道，他的身后，站着表情尴尬的张小强。

“你怎么来了？”自从上午接了他的那个电话，李明哲已经对林老板失去了仅存的那一丝尊敬，他毫不示弱地盯着林老板的眼睛，冷冷问道，同时扫了一眼张小强，脸上露出厌恶的表情，仿佛刚刚吃到了一只绿头苍蝇。

老樊见来的这两个人如此无礼，竟然瞧都不瞧自己一眼，而且上来就对“战友”出言不逊，十分恼火，“你们是谁啊，没看见我们在吃饭吗？”他毫不客气地质问林老板。林老板转头看向老樊，见他一副不好惹的样子，没敢接话，转脸疑惑地看向李明哲。

李明哲也怕老樊生出事端，连忙客气地对老樊说道：“老樊，我有事和他们谈，对不起，你稍等我一下啊。”说完，他腾地站了起来，对林老板说：“你们来得正好，走，我们去外面谈。”说完，他不等林老板答应，一甩胳膊，径直朝餐厅大门外走去。林老板吃惊地看着李明哲的背影，尴尬地看了看老樊，然后转身跟了出去，张小强见状，也赶忙快步追了上去。老樊看着他们的背影，眉头紧锁了起来。

酒店门口的一处空地上，李明哲两腿分立，把身体挺得笔直，双眼冷冷地盯着对面的林老板，此时，林老板明显被李明哲的气势所震慑，他想不明白，几天不见，李明哲怎么会突然变得如此强悍。“明哲……”林老板快速切换到了以前惯用的态度和口气，诚恳地说，“上午给你打电话，我说话太急，可能让你产生了误会，在这边，我先给你道个歉，希望你能理解我当时的心情。”

已经做好了干仗准备的李明哲，眼见林老板如此能伸能屈，不由得心生佩服，心说，这如果放在从前，自己一定会中招，但可惜啊，经历这段时间的被一再欺骗之后，自己对林老板的伎俩已经产生了足够的免疫力，“林老板……”李明哲故意拖长了尾音，用调侃的语气对他说，“事到如今，你就别再哄人了，有话就直说吧。”

林老板见李明哲一副看透了你的神情，而且对自己的称呼也刻意拉开距离，一时间感到十分愤懑，“你……”他抬手指着这个在他看来由自己一手培养起来的年轻人，很想发作，但当他看到李明哲完全不为所动，继续用挑衅的目光盯着自己时，瞬间又冷静下来，重新换上了和蔼的面容，“明哲啊，我知道你对我有误会，但我还是想以过来人的身份，对你说几句心里话，希望你能认真地思考思考，毕竟你是我看着成长起来的，我不希望看到你自毁前程，好吗？”林老板说完，眼睛竟然变得湿润了起来，仿佛要把自己的一片红心掏给李明哲。

李明哲见他表演升级，索性双手抱肩，等着好戏上演。林老板继续把掏心窝的话往下说：“明哲，我知道你对自己的规划总是精益求精，但是我们都清楚，没有完美的规划，合适的才是最好的。你来这边之后，我相信，已经了解到了实际的情况，听到了村民的呼声。既然大家都盼着早日动工，你又为什么不能顺应民意呢？我们做事的最终目的，不就是让大家都满意吗？你这么不顾一切地与所有人为敌，到底是图什么呢？”

“我只图不被别人当傻子哄！”李明哲实在不想再听这个人给自己上课，他指着张小强，大声地质问林老板，“你口口声声说为我好，我问你，你挖空心思让张小强做测绘图，难道也是为我好？你让张小强造假，也是为我好？你让村民来攻击我们一家人，也是为我好？”李明哲连珠炮般地吼完一通，感觉把这两天压抑在胸中的一口闷气给喷了出去，心里舒服了一些，但当他看到张小强那一副死猪不怕开水烫的样子，气又不打一处来，他盯着这个负义之人，看他敢不敢说话。

张小强被李明哲盯得浑身不自在，但不甘退缩，反问道：“李明哲，你说话要讲证据，我怎么造假了？那片林子本来就是苗圃啊，你不是都看到了吗？”

李明哲没想到平日里对自己恭敬有加的小兄弟，会如此撕破脸地对自己呛声，不由得多看了他几眼，而此时的张小强，似乎完全豁出去了，示威般地挺了挺胸，仿佛自己已经化身为大老板的“带刀侍卫”。“张小强，你说这话，不会觉得脸红吗？我们做规划最基本的原则，你都忘了吗？那片树林里住着那么多白鹭，你那个时候，真的没看到吗？”

“白鹭有那么重要吗？难道比人还重要……”“白鹭重不重要，你没权力决定，你能决定的就是：如实告知。”李明哲已经出离愤怒，不再克制自己的怒火，把张小强烧得扭头直向林老板求援。

“明哲啊，人重要还是树和白鹭重要，这确实是个问题，值得我们好好思考啊。”林老板希望能感化李明哲。

李明哲见林老板态度软化，想到后续需要通过林老板上报新方案，也尽量缓和了自己的情绪和语气：“林老板，你要相信我，我一定能找到兼顾两者的方案，通过这两天的实地考察，我已经有了思路，你再给我三天，不用太久，只要三天，到时候，一定会让许总满意的。”

林老板面对李明哲期盼的眼神，陷入了思考，这一度让李明哲看到了希望，但很快，林老板就不再犹豫，他断然说道：“明哲，你我都知道鱼和熊掌不可兼得的道理，人生就是这样，时刻面临着选择，选对了，海阔天空，选错了，万丈悬崖。这个道理，我想，不用我多解释了吧。就像前不久你选择了升职加薪一样，我希望你这次也能选择对的一方。”

林老板不提升职加薪的事还好，李明哲一听到这四个字，脑袋立刻就炸了开来，他愤怒地说道：“我现在选的就是最好的方案，你允许我选吗？你还有什么阴谋诡计没用完？都用出来吧。”他双手一摊，摆开架势，等着林老板放马过来。

“明哲啊，我来就是要告诉你一件事，你的规划方案已经得到了市领导的首肯，过不了几天，就会批复下来。”林老板已经彻底放弃了劝说，他表情严肃地对李明哲说道，更像是最后通牒，“该说的我都说了，该怎么做，决定权在你，如果继续死扛，我现在就敢把话放在这边，你不但会断送大好前途，还会承受你承受不起的后果，如果你见好就收，和我一起回去，我还会把你当作好伙伴，保证不会亏待你。”

林老板话音刚落，李明哲还没什么反应，张小强已经吓得脸色煞白，仿佛即将被林老板无情抛弃，他左看看林老板，右看看李明哲，感觉自己的命运将被李明哲接下来的回答所主宰。而此时的李明哲，根本就没有正眼看张小强，他只是盯着林老板，一字一句地说道：“我选择——诚实。”

第四章 古厝暗流涌动

夏日渔村的清晨，散发着令人愉悦的恬静气息，如纱如烟的水汽给太阳披上了一身霓彩，波澜不惊的海面上金光闪闪，几艘停泊的渔船，随着潮涌轻轻摇摆，好像几位刚从美梦中醒来的仙女，正在伸展着婀娜的腰肢。一望无际的海滩上，却是一番忙碌的景象，成千上万只小螃蟹在和煦的阳光中，齐刷刷地从沙里探出头来，当确认安全之后，它们就像一个个自带光环的小精灵，开心地从洞里漂移出来，让整片海滩焕然一新。另一边，几十只白鹭，正在滩涂中聚精会神地觅食，它们踩着优雅的舞步，探出修长的脖颈，用那细尖的长喙，耐心地寻找着深藏其中、能让孩子快快长大的食物。

李明哲在悦耳的鸟鸣声中醒来，他舒服地伸了个懒腰，呼吸着温润而甘甜的空气，顿时感到神清气爽，浑身充满了力量。

昨晚，当着林老板和张小强的面，他终于出了一口恶气，看着他们沮丧地离开，李明哲心中既痛快又有些许担心。毕竟，这已经远远超出了他来之前的计划范畴，这个选择，可能真的会像林老板所说的那样，出现让自己无法承受的后果。但那又怎样？如果做的这件事情，连自己孩子的心愿都满足不了，那还有什么意义呢？李明哲这么转念一想，顿时释然了：大不了，去别的地方发展，在哪里都能干事业。

李明哲给自己鼓完劲，转身往酒店走，赫然发现老樊正站在大门口的台阶上，笑呵呵地看着自己，就像在迎接一个刚刚打了胜仗的战友归来。“看样子，那两个家伙不是什么好人啊。”老樊上前两步来到李明哲面前。

“你都看到了？”李明哲故作轻松地说，“也没那么坏，都是为了自己的利益，正常。”

老樊用重新审视的目光看向李明哲，猜度着这位“战友”的真实想法，李明哲十分清楚老樊的顾虑，淡淡一笑，抬腿继续往里走，一边走一边说：“老樊，我们继续吃饭，真是的，想好好吃顿饭都这么难。”

“李总，要不给你们换个地方住吧？”老樊追上李明哲，诚恳地对他说。“哦？”李明哲停住脚步，回头疑惑地看着老樊。老樊连忙解释：“我觉得，你老板肯定不会善罢甘休，我们要做好充分的思想准备，我想请你们去我阿兄的家里住，他的家就在我家隔壁，这样有事也好有个照应。”李明哲原本没把事情想得多么严重，但看老樊的神情如此严肃，心里不免有些困惑，他愣愣地看着老樊。老樊以为他是怕不方便，赶忙继续解释：“几年前，我阿兄阿嫂就去鹭城和儿子一起住了，他们的房子本来重新装修成民宿，让我帮他们打理，但这两年也没什么游客来住，基本上空着，你放心，比这家宾馆住得舒服多了，还免费。”

当李明哲回到客房，把林老板找自己的事以及老樊的想法告诉钱丽君时，她没有多说话，只是提醒自己的丈夫，如果和老樊走得太近，被老樊“套住”，那么，他们的敌人就不会只是林老板，从今往后，还不知会发生什么事情。说心里话，妻子的忠告，给李明哲燥热的大脑降了降温，他刚刚下定的决心，也开始变得有些动摇。但很快，他就打消了这种疑虑，“箭在弦上，不得不发”，现在只能硬着头皮往前走，此时退出，岂不被人笑掉大牙？自己还有什么颜面在行业里做下去？而且，妻子的顾虑也可能是多余的，主动权还是掌握在自己的手里，何况，自己对熙悦的承诺哪能随便食言？

就这样，在说服了妻子之后，一家人住进老樊堂兄的房子，而这个房子也着实给了他们惊喜。这是一个极具闽南特色的古厝老宅，按照李明哲的专业了解，这是一个典型的三间张红砖厝院落，红砖加白石的墙体，让整个建筑显得古朴而稳重，硬山式的黄色顶落（屋顶）和双翘燕尾脊又彰显个性，让人过目不忘，仿佛置身殿宇皇宫。院落里，一个天井通风采光，把坐北朝南的厅堂映照得轩敞明亮，而厅堂两边的东西大卧房，则以屋顶小窗取光，室内较暗，更显温馨。

老樊堂兄为了让居住更加舒适便利，在东西大卧房里都配备了卫生间，加上里面的实木地板和家具，让人恍若穿越古今，在历史和现代的融合当中，找到久违的宁静。

这是李明哲到何厝来的三天时间里，睡得最好的一天，此刻，他躺在柔软的床垫上，看着金黄色的阳光打在斑驳的红砖墙上，内心格外平静，他决定今天就开始整理资料，重新规划设计，想到这里，他一个翻身就下了床。

钱丽君和熙悦已在天井里摆好了桌椅，她们显然也沉浸在这古厝带来的喜悦之中，看到李明哲推门出来，欢快地召唤他快来吃早饭。早饭过后，就在天井里的桌椅上，伴着阳光在屋顶和燕尾脊上的蹒跚，李明哲开始工作，熙悦开始完成暑假作业和白鹭画作，而钱丽君则忙前忙后地打扫卫生，洗衣做饭，一家人有说有笑，尽情地享受着这难得的安宁时光。

当太阳渐渐西沉，李明哲也整理出了新的规划思路，他直起身子，伸了一个大大的懒腰，望向屋檐边的浮雕彩绘，在阳光的照射之下，里面的山水人物熠熠闪耀，栩栩如生。“熙悦，我们去看看白鹭们，好不好？”他微笑着对坐在一旁的熙悦说道。“好啊。”熙悦似乎早就憋坏了，就在等爸爸说这一句话，她高兴地拉起妈妈的手臂，“妈妈，我们快走，一整天没见到白鹭宝宝了。”

相思林西南方向不远处，有一个小土坡，离平地大概二十来米高，老樊正带着三个青壮年建筑工人，热火朝天地搭一个台子。台子是用建筑脚手架搭起来的，已经搭到了两层楼高。站在台子上的老樊看到李明哲一家三口向这边走来，使劲冲他们挥手，招呼他们到台子上来。

李明哲走近了才发现，这个台子搭得很是不错，基础做得十分稳固，而且做了个挺宽的简易楼梯，方便人上下。李明哲用脚蹬了蹬楼梯的钢管，掂量了一下其牢固程度，随后放心地带着妻女沿着楼梯往上走。随着高度的爬升，栖息在相思林树梢上的大大小小的白鹭，渐渐变得亲近而清晰，当他们走上台子，视线已经越过了大部分的树梢，整片树林尽收眼底，而树林的背景，也从蓝天换成了大海。

李明哲做规划设计时已经知道何厝位于海湾的尖角上，但直到此刻才真正领略这个海角的风采，其秀丽程度一点也不比闻名遐迩的爱琴海逊色，在夕阳照耀之下，这立满树梢的白鹭，就像一颗颗钻石，蔚为壮观，那挂满枝头的黄色小花球，则让整片相思林变得金光闪闪，让整个海角看起来就像一顶皇冠，而此起彼伏的鹭鸣之声，比在树林里听得更加清脆，更加悦耳，为这片海湾，带来无限生机和活力。

“哇哦……”熙悦忍不住发出一声惊叹，看得眼睛都忘了眨。老樊对熙悦：“熙悦，震撼吧，以后观鸟就不用去林子里了，上这个台子上看得更清楚，而且不会打扰到它们，你知道这是谁的主意吗？”熙悦转头看向樊伯伯，她很快从他的眼神中看出一些端倪，“不会是我爸爸的主意吧？”她不确定地问道。老樊笑了，赞叹地对李明哲和钱丽君说：“你们的女儿真是太聪明了，你们是怎么教的？”

此时的李明哲心中很是得意。第一次勘探地形的时候，他就发现这个小坡地是绝佳的观鸟地点，当时因为不知道老樊的底细，也就没提醒他，经过两天的接触和观察，他确定老樊不存在其他的心眼，是真心爱鸟护鸟，于是，当昨晚老樊邀请他们去他堂兄家住的时候，他就顺带把这个点子告诉了老樊，没想到老樊如获至宝，这不，才花了一个白天的时间，就把简易观鸟台搭得如此漂亮，看来，这个老樊，还真不是一般人，无论是创造力和执行力，都是一把好手。李明哲越来越觉得老樊和自己对脾气，不由得向他投去欣赏的目光。

“是真的吗？”钱丽君问丈夫。“对啊，”还没等李明哲回答，老樊接过话，“李总不愧是专业规划师，眼光就是独到，他昨天一说这个地方，我当时就开了窍。这个位置真是太好了，只要搭个六七米就能俯看树林，早上能拍到日出中的白鹭，黄昏的时候，又能拍到白鹭们等着最后一波喂食的场景，就像现在这样，多漂亮啊。”老樊看向这一树一树白鹭，眼睛里充满了希望，仿佛又多了一个胜利的砝码。

钱丽君听完，并没有那么好的心情，她看了一眼身边兴奋异常的丈夫和女儿，把目光投向树林的方向，她猛然发现，就在树林下面的空地边沿，停着一辆豪华的黑色轿车，车后座的玻璃窗缓缓降下，隐隐约约能看见，有一个人正久久地盯着他们……

当太阳渐渐落进海里，红霞中的白鹭们结束了一天的辛勤觅食，略显疲惫地飞回自己的家中，给那些嗷嗷待哺的宝宝们送上食物。

在老樊的盛情邀请下，李明哲一家三口来到他家中做客。老樊家的房子和他堂兄的房子从外表看几乎一模一样，都是祖辈保留下来的典型闽南古厝，他们家旁边还有一排类似的房子，这排房子和前面的古街相连，构成了较为完整的特色文化古村落，这也是他们的房子得以保留的主要原因，但与鹭城黄厝垵相比，这个古村落显得规模不够大，因此，李明哲在规划中，在与这里相连的空间里，拓展了古村落的规模，让古村落的结构更加完整，文化旅游和美食的功能更加完善，从而获得上上下下的认可，只是，阴差阳错，远处那一片相思树林和白鹭的家，成了各方的焦点，也是李明哲正在着手要解决的问题。

站在老樊家的门口，李明哲看着四周，脑海里飞快地将今天完成的新思路又过了一遍，脸上露出了自信的笑容，“走，我们进去吧。”他开心地招呼妻女向庭院内走去。

庭院的天井里，已经摆好了餐桌，餐桌上摆满了美酒佳肴，老樊听到门外有动静，连忙站起相迎，没走两步就看到了李明哲一家人笑盈盈地走进来，“欢迎欢迎，李总，你们一家人可是贵客啊，请上座。”老樊拱手把他们往桌上请。李明哲一边将手里的一袋水果递给老樊，一边笑道：“老樊，你就别李总李总地叫了，叫我明哲吧，朋友们都这样叫我。”老樊愉快地接过水果：“那好，我就不客气了，明哲。”

这时，老樊爱人端着一盘热气腾腾的菜从厨房走出来，她热情地对三人说：“欢迎你们啊，快上桌吧，都是家常菜，不知道合不合你们的口味。”钱丽君一见到老樊爱人，就觉得十分投缘，她对人的态度和说话的语气，就是最典型的闽南妇女的样子，热情而不失贤淑，就像一个阿姊一样。“阿嫂，这些都是我们爱吃的，我来帮你吧。”她像好姊妹一般，一边开心地用闽南话说道，一边接过餐盘，放到餐桌上，引得阿嫂笑靥如花，顺势拉着钱丽君和熙悦坐到一起，用闽南话拉起了家常。

李明哲和老樊被晾到一边，就近坐了下来。“丽君，你们能不能讲普通话啊？”李明哲微笑着向妻子“抗议”，樊嫂马上用普通话向李明哲表示歉意：“对不起啊，看到弟妹觉得很亲切，我不知道你听不懂闽南话。”李明哲连忙摆摆手：“没事，嫂子，我是开玩笑的，我早都习惯了。”“明哲，按说你在鹭城生活很久了，怎么还听不懂闽南话啊？”老樊好奇地问道。“他是觉得闽南话土，不愿学。”钱丽君抢先解答，顺便“白”了李明哲一眼。“哪有啊？丽君你别瞎说。”李明哲解释道，“首先不得不承认，闽南话真的很难学会，我觉得比英语都难，刚到鹭城的时候，我也试着学过，但很快就放弃了，后来工作了就更没时间了。不过，在鹭城并不需要学，工作的时候大家都是讲普通话，在外面只要你讲普通话，对方就会用普通话，鹭城是个移民城市，对各种文化十分包容，这一点让人感到很舒服，我认为，这也是鹭城能发展起来的关键原因。”

老樊微微颔首，说道：“是啊，闽南人还不是从中原迁移过来的。一个地方好不好，就看它对外有没有吸引力，就像这些白鹭一样，我们鸟友间流行一句话，‘环境好不好，鸟儿全知道’，它们能落户相思林，说明我们这边有足够的吸引力，这就好比，你选择了鹭城，而它们选择了这边。这是一种缘分，也是一种荣幸啊，我们怎么可以把它们赶走呢？我们怎能不保护好这片林子呢？”

樊嫂“埋怨”老樊：“老樊，每次一说话你就离不开那些鸟，你能不能有点新鲜的？菜都凉了，赶紧请客人们吃饭吧。”

“对对对，我们边吃边聊，边吃边聊。”老樊连忙拿起筷子，招呼大家开吃，他看到一盘菜，眼前一亮，对李明哲夫妇介绍道：“明哲，小钱，这道菜你们一定要好好尝尝，看看是不是和你们鹭城的做法不一样。”

李明哲一看，发现是自己最爱吃的海蛎煎，刚要张口，一旁的钱丽君已经叫了起来：“这是海蛎煎吗？怎么煎得这么好看，和我们的做法完全不同诶。”

老樊一看就是早有所料，他得意扬扬地笑了起来。但樊嫂貌似不知道两地做法有不同，和钱丽君交流起来：“是吗？海蛎煎不都是这么做的吗？海蛎拌上地瓜粉，和韭菜一起像煎饼一样，煎到金黄就可以了。”“樊嫂，这个做法我还是第一次见，我们都是翻炒的，盛出来都是散的，不会像这样一个圆饼，而且没有这么脆。”

“看上去好有食欲啊。”李明哲早已忍不住，毫不客气地拿起筷子，利索地夹了一块放到嘴里大嚼起来，“太赞了，又香又脆，真好吃。”

“不一样吧？”老樊更加得意，又指着李明哲面前的一个碗，“你再看看，这是什么？是不是也不一样？”

李明哲这才看清，眼前的这个碗里满满当当盛着土笋冻，里面的沙虫堆叠在一起，少说也有十几条，不像鹭城的饭店里做的那样，一个半球形的皮冻里只有一两段沙虫“点缀”其中，这样一对比，才发现鹭城吃的是皮冻。“这个土笋冻也太实在了吧。”李明哲啧啧称赞，“这要在鹭城的饭店里，可以做成七八个了。”土笋冻也是李明哲喜欢吃的鹭城名小吃之一，但第一次见到里面像蚯蚓一样的沙虫时，这才知道土笋不是笋，而是长得像笋的沙虫，而当他鼓起勇气把它放进嘴里，第一口下去，就爱上了它的美味，不由得感慨：难怪美食家会不辞辛劳去品尝世界各地的美食，因为美食最能体现一个地方的环境和历史文化，让人味蕾发酥的同时，感悟多样之美。

此时此刻，面对这一桌子的新鲜美味，李明哲顿悟：这种多样之美，不正是文明进步的源头活水吗？不正是创新发展的动力吗？“问渠那得清如许，为有源头活水来。”就像自己从事的专业一样，如果没有选择的机会，不去融合不同的文化，不去追逐世界前沿的理念，怎能突破自己？专业如此，人生，又何尝不是如此呢？不是最怕没得选择吗？如果真的到了无法选择的地步，那不就意味着山穷水尽吗？

在饭桌上，李明哲得知老樊在一家报社上班，难怪他对规划进度这么清楚，现在报社效益不好，他年纪又比较大，所以目前是退居二线的状态，他也因此把几乎全部的精力放在了观鸟协会，只有单位组织重要政治学习的时候才会到单位去。而樊嫂没有正式工作，前几年村里美食旅游做得好的时候，帮着兄嫂打理民宿，有时也会去熟人的店里帮帮忙，因此烧得一手好菜。他们有一个女儿，已经大学毕业，和男友一起在鹭城一家媒体公司上班，小两口的工作特别忙，每天加班到很晚，周末也难得回家一趟。

李明哲听完介绍，心中一直有个疑问，捱到饭快吃完的时候，他终于忍不住发问：“老樊，既然你在报社工作，为什么不通过报社把这边发生的事情报道出去，舆论关注了，他们就不敢这样乱来了。”

“唉……”老樊似乎一言难尽，他酝酿了一会儿，才幽幽说道，“我们是有纪律的，像这种市重点工程，领导们都在亲自盯进度，这种拖后腿的事，哪个敢报？”

听老樊说完，大家一时无语。又是樊嫂打破冷场，她站起身指挥老樊：“好了好了，酒也喝完了，菜也光盘了，你赶快把碗洗了，我来收拾收拾，等你来泡茶。”老樊连忙站起身来，一边手脚麻利地开始收拾碗碟，一边笑着对大家说：“你们先坐一下，我很快就来。”

李明哲夫妇颇感意外，在鹭城，男人洗碗的并不多见。樊嫂笑道：“老樊从来不让我洗碗，他洗碗有诀窍的。”这句话引起了李明哲一家三口的兴趣，他们帮着拿起桌上的碗碟，跟着老樊进到旁边的厨房里。老樊也不劝阻，乐呵呵地接过大家递过来的碗碟，放到洗菜盆里，然后，正式开始了他的“表演”。他把水龙头旋到热水位置，打开，没过一会儿，流出的水已经冒起了热气，老樊这才一一拿起盆里的碗碟，用一块抹布快速地擦拭，根本没用洗洁精。

李明哲一家人像看戏法一样，看着碗碟瞬间就被洗得干干净净。老樊似乎十分享受这样的关注，他一边熟练地转着碗，一边给他们解释：“热水冲油污最有效了，洗得又快又省水，还没有化学洗涤剂的污染，就是有一点，要不怕烫，哈哈。所以，我们家的碗都是我洗，这也算是分工合作吧，家务事可不能让一个人干，大家分担，家庭才会和谐。”

李明哲大受触动，这一顿饭下来，从老樊夫妇的言语互动中，他真切地感受到，原来一家人可以这样和谐地在一起，他们相互尊重，相互理解，相互支持，让家里充满着轻松和温馨的氛围，让人好生羡慕。他温情地看向钱丽君，眼神中带着几分歉意。而此时，钱丽君同样正温柔地看着他，两人目光交汇，不由得心生爱意，含情脉脉，仿佛找回了初恋时的感觉。那时，他们的约会地点大多是在图书馆，在那无比安静的环境中，他们慢慢习惯也喜欢上了这种“静默”交流，一个小小的动作，一个俏皮的眼神，往往就能让对方心领神会，会心一笑。

“那以后，爸爸也要帮妈妈洗碗。”一旁的熙悦不失时机地大声宣布道，引得众人笑起来。李明哲摸摸熙悦的头：“好，我没问题，那你要帮妈妈做什么啊？”“我帮妈妈做水果冰啊。”众人大笑。

这时，门外传来一片嘈杂声，“老樊，有在家吗？”一个粗犷的声音在门外响起。老樊眉头一皱，自言自语道：“何主任，他来干什么？”他快速拿起一块干布把手擦干，转头对李明哲说：“明哲，村主任来找我，一定没什么好事，我们出去迎迎他。”

天井里，樊嫂已经把何主任迎了进来，后面还跟着一个人，李明哲一看，是“老熟人”，那个何会计。何会计见到李明哲一家跟着老樊一起出现，刚刚还是满脸堆笑，瞬间就变成一脸错愕。

“老樊，你在家啊，家里有客人啊？”何主任上前热情地和老樊打着招呼。老樊不咸不淡地回应：“对，鹭城的朋友正好过来。何主任，找我有事啊？”

这时，何会计上前一步向何主任耳语了几句，何主任听完有些吃惊地看向李明哲，但这个表情只持续了半秒钟，他的脸上就重新堆起笑容，伸出右手走向李明哲，夸张地说道：“原来是李总啊，欢迎莅临我们村指导工作啊。”

李明哲礼节性地握住他的手，趁机多看了他几眼，此人一看就知道是个老渔民，脸色黝黑，皱纹深刻，头发已经花白，少说也是年过花甲，但他的腰杆挺得很直，手指十分有力，压迫感十足。“何主任，幸会啊。”李明哲不卑不亢地回应。

樊嫂看出气氛不对，连忙上前介绍："何主任，这位是我们村改造项目的总规划师李明哲，他这次来啊，就是来帮我们的。"何主任松开李明哲的手，对樊嫂笑道："是吗？那就好，那我们要好好感谢人家……"

"何主任，别站着了，来泡茶。"老樊不耐烦地打断何主任，指着茶桌上的茶具，自己先坐了下来，然后和颜悦色地招呼李明哲一家，"明哲，你们也请坐，来尝尝我们这边的好茶。"

何主任悻悻地坐到老樊右手边一侧的长凳上，何会计也老老实实地挨着他坐了下来。在老樊左手侧长凳上坐下的李明哲，心中暗自思量：他们为什么都这么"怕"老樊呢？

老樊看都不看何主任这一侧，一边动作娴熟地泡茶，一边说道："你们有什么事，就直说吧，不用转弯抹角。"

何主任清了清嗓子，往老樊那边挪了挪身子，小心翼翼地问："老樊，你今天搭的台子，准备干什么用啊？"

老樊不紧不慢地把泡好的茶水，倒进每个人面前的茶杯里，才慢慢悠悠地对何主任说："那个地方特别适合观鸟，我准备搭个观鸟台，请全国各地的'鸟友'们都过来，给我们村里带些生意。"

何主任听完没动声色，只是慢吞吞地端起茶杯，用余光瞄了一眼旁边的何会计，然后一口将茶水喝下。"老樊，你就别再折腾了，你眼里能不能别只有那些鸟，多想想我们村里这些人吧。"何会计心领神会，一边从包里拿出一叠纸递给老樊，一边用恳求的语气说着，"你看看，这是我们刚收上来的请愿签名，全村上下，除了你们和老沈他们几家，所有的人都支持砍树，你好好看看吧，这都是你的乡亲啊。"

老樊接过那叠纸，随手翻看了几页，就放回到何主任面前，表情严肃地诘问他："老何啊，你这样做有意思吗？这种集体签名也不是第一次了，还要我向你们解释多少遍？"

"老樊啊，你先别激动。"何主任尽力保持着笑容，凑近老樊，压低了声音说道，"村里以前就有很多谣言，说你老樊把树林围起来是为了组织拍鸟赚钱，这些我们都能理解，毕竟村里好几年都没办法正常做生意，大家都要想办法赚点钱，私底下搞点就算了，可是你现在搭个台子，那就太高调了，那些受影响的村民，很容易想不通的。"

"放屁！"老樊面对何主任貌似关心的"威胁"，拍案而起，"我什么时候偷偷赚钱了？我组织观鸟从来就没收过一毛钱，哪个乱说，哪个出门被雷劈。我看，倒是你们不知道收了开发商多少钱，用小恩小惠哄骗乡亲们吧。"

何主任显然对老樊的忍耐已经到了极限，他抓起那叠纸，说话的声音变得有些颤抖："老樊，你这么说话，对得起乡亲们吗？他们盼着早日回家住，没错吧？他们盼着重新把生意做起来，没错吧？古话说，做田要有好田边，住厝要有好厝边，做人不能太自私啊。""对啊，你看看你们家，什么都没受影响，日子过得好滋润，你再看看我们家，房子拆了，活了这么大年纪，还要租房住，而且一租就是几年，你这么做，心里不会有愧吗？"何会计跟着大声控诉起来。

面对两人的轮番"进攻"，老樊反而冷静了下来，他继续低头泡茶，一言不发，仿佛此事与自己无关，这更让李明哲觉得无法理解，他看着三人，心里在琢磨着他们之间到底有着什么样的恩怨。

“老樊，你如果是这种态度，就别怪我们不讲情面了。”何主任不再控制自己的情绪，抬手“啪”的一声打在签名纸上，恶狠狠地对老樊说道，“这份请愿书，我们明天就会送到镇里，这也是镇里的意思，我们这次来，只是对你尽到告知义务。不管你怎么想，都不能牺牲我们绝大多数人的利益。”

老樊见两人已经气急败坏，冷冷地一笑，缓缓问道：“许老板给了你们什么好处，让你们为他这么卖命？”何主任一听，脸色顿时一变，“你瞎说什么？我这完全是为了全体村民着想。”他大声地辩解着，下意识地用眼睛瞟了瞟李明哲，李明哲一下子就打起了精神，等着看老樊怎么打击他。

果然，老樊拍案而起，指着何主任，大声吼道：“你说我自私，我问你，我们这个小渔村，是怎么变成远近闻名的海鲜大排档的？是怎么升级成为文化美食街的？又是怎么入选市级重点旧村改造计划的？你说这个话，不怕妈祖娘娘惩罚你吗？”因为太过激动，老樊说完，剧烈地咳嗽起来，他连忙喝了一口茶，憋住咳嗽，气鼓鼓地盯着右手侧的两个人。坐在他后面的樊嫂，赶忙抬手抚摸着老樊的后背，眼里满是关心和担忧。

何主任立刻就被这一通猛烈的“炮火”打得没了脾气，他呆呆地盯着老樊，嘴唇微微颤抖着，说不出一句话来，一旁的何会计更是大气不敢出。

“老何啊。”老樊缓了一缓，不再咳嗽之后，诚恳地对何主任说，“这些事情，我本来不想说，但你们把我逼到这个田地，我不得不说啊。我只是想告诉你们，我过去和现在，做的所有的事情，都是为了我们村好，这一点，我相信你们不会怀疑吧？”

“老樊啊，我们村有今天，你功劳最大，这个大家心里都清楚。”何主任面露痛苦的表情，迟疑道，“只是……这一次，大家都有难处，我也顶不住了。”

“老何，我们现在不用担心了。”老樊见何主任态度转变，有些兴奋地指了指李明哲，语速飞快地说，“李总规划师这几天看过了现场，他已经找到了最佳的规划方案，不仅可以保住这片相思林子，而且会把它打造成我们新村的最大亮点，等建好了，我们村就会和鹭城的黄厝垵一样，成为热门旅游美食景点。”

“真的吗？”何主任被老樊的激情所感染，但看李明哲的眼神里，仍有几分怀疑。

李明哲没想到老樊把话说得这么“满”，但他知道，此时不能露出丝毫的迟疑之色，“是的，何主任。”李明哲坚定地说，“通过这三天的现场勘查和走访，我已经确定了新规划的思路，今天已经开始画图了，不出意外的话，三天之内就能做出初步方案。我相信，这个方案一定能实现村民们的最大利益。”

“我们凭什么相信你啊？”何主任尚在思索中，何会计却先行发难，他一脸不服地看着李明哲。

“何会计，你知道角池项目吗？”老樊笑呵呵地看着何会计。

“那谁不知道啊，那是我们市里重点推介的旧村改造项目，是市里树立的模范项目，据说在省里面都拿了奖，我前几天还跟着主任去参观过。”

“角池项目，就是李总规划师做的。”

“是吗？”“真的啊？”

“这还能有假？”老樊看着两人，脸上的笑容十分灿烂。

“对，那个是我三年前做的项目，也正是那个项目，让我有机会接你们村的这个项目。”李明哲面对两人询问的眼神，谦虚而又自信地回答。“明哲，你太谦虚了，哈哈。”老樊脸上挂着胜利的笑容，指着李明哲，对何主任说，“他可是市领导亲自指定的规划师，老何，你说，我们能不信他吗？”

何主任看上去已经选择相信老樊的话，他转头看了看何会计，发现他仍是一脸不认可的表情，就不再理会他，转回头来对老樊说：“既然这样，我们就再等一等，李总能解决好这个问题，当然最好了。”老樊听完十分高兴，“这就对了嘛。”他拍了一下何主任的肩膀，大声说道，同时，瞟了一眼垂头丧气的何会计，脸上的笑容变得更加灿烂。

“老樊啊，还有个事情你一定要答应我。”何主任好像忽然想起一件重要的事情，认真地说道，“你也别再到处投诉了，镇里压力很大，实话告诉你吧，搞这个签名就是镇里的意思，我的难处，你应该能理解吧？”

“我当然理解你啦，你也要理解我啊，互相理解，理解万岁吧。”老樊高兴地回答。

李明哲同样感到十分振奋，心中的一块石头终于落了地，至少，后面的几天时间里，不会再有来自村里的威胁。想到这里，李明哲惬意地端起眼前的茶杯，喜滋滋地品了一口，“好茶。”他发自内心地赞叹道。

何主任他们走后，从樊嫂的叙述中，李明哲才知道，何厝这个小渔村能发展到现在的样子，老樊做了很多工作。他在村里最早提出来可以发展海鲜美食大排档，而且利用自己的资源，积极推动媒体进行持续的关注和报道，等大排档取得一定的知名度之后，他又说服村里把村民联合起来，在古街的基础上，建成了如今的文化旅游美食街，也正是有了这个良好的基础，市里才会把何厝作为旧村改造的一个重点示范项目。正是因为这段历史，老樊在村里的威望很高，很多人希望他内退后参选村主任，但他却只爱观鸟拍鸟，不愿参与村里那些七七八八的烦心事，这种超然的态度，也让何主任对他心存敬畏，最少，在明面上对他尊重有加。

在接下来的几天里，李明哲一家和老樊夫妇迎来了难得的轻松快乐时光。

李明哲开始全力修改规划方案，有妻女在身边照顾和陪伴，他惊喜地发现，不但不会“干扰”思路，反而让他精神愉悦，灵感迸发，进度自然十分喜人。

老樊带人继续搭观鸟台，再也没有人鬼鬼祟祟地在远处监视，只花了两天，一个最少能容纳三台相机同时拍摄的台子，就圆满完工。老樊为此还举行了一个简单的开机仪式，他架好三脚架和长焦镜头相机，特意邀请李明哲一家作为首约嘉宾上台观鸟拍鸟，这弥补了熙悦上次的遗憾，让她十分开心。在老樊的讲解和指导之下，熙悦很快就掌握了拍鸟的窍门，拍出来的照片，让大家赞叹不已，一旁的李明哲夫妇高兴得合不拢嘴，这似乎让他们明白了，孩子爱自然，爱动物，是发自他们最原始的内心，或许，这就是人类的天性。

让熙悦更加高兴的是，她的爷爷奶奶应老樊之约，跟着一群鹭城的鸟友，来到了何厝，与老樊观鸟协会的会员们胜利会师。人们都惊叹于这片神奇的小树林竟然能吸引如此众多的白鹭栖息，他们从早到晚，如痴如醉地拍摄着白鹭们生活起居和觅食嬉戏的情景，他们的到来，顿时让这里成了欢乐的海洋，也让萧条的古街上，恢复了一些活力，店家的脸上也有了久违的笑意。

又是一个晴朗的夏日黄昏，李明哲所住的古厝天井里，热闹非凡。熙悦正缠着爷爷奶奶，欣赏他们电脑里的白鹭照片，伴随着鼠标的点击声，祖孙三人时而发出愉快的欢呼，时而展开热烈的讨论。李明哲和钱丽君则各自坐在一把矮椅上，一起准备晚饭。

此时，李明哲的心里既高兴又烦恼。高兴的是，经过这几天没日没夜的工作，新的规范方案终于完成了初稿，而烦恼的是，他不知道要把方案提交给谁。

本来，林老板是最好的人选，但事情闹到这一步，彼此都失去了最起码的信任，虽然林老板走后没再找自己的麻烦，但李明哲对林老板打的算盘心知肚明。既然规划方案已经通过了初审和专家审，接下去只要等待终审通过，这块地皮就可以顺利地交给许总，项目就可以动工了，站在林老板的立场，他当然是希望平平稳稳地等到终审通过，就可以拿到全额规划费，而且有机会“抱”住许总这条大腿，进一步开拓芗州市场。因此，现在被动的是李明哲，如果他去请林老板重新提交新方案，那是绝对行不通的，非但如此，或许林老板现在正在谋划着，等拿到钱后，如何让自己身败名裂呢。想到这里，李明哲不由得露出一丝苦笑，他倒不是担心什么，只是为自己之前傻傻地被他玩弄于股掌之间，而感到可笑。

钱丽君发现了丈夫的表情变化，她停下手里的活，关心地问他："明哲，没事吧，在想什么啊？"李明哲回过神来，冲她笑了笑，故作轻松地回答："没事，就是在想要把新方案发给谁。"

"这确实是个问题。"钱丽君思考了一下，试探着说道，"林老板那边肯定不行了，直接给开发商那边行不行？"

"应该也不行吧？"李明哲面露难色，"开发商老板我见过，一开始就希望我能多规划一些商品房，我当时试图说服他，他虽然没反对，但总感觉他相当自负，很难接受别人的意见。"

"那他为什么那么痛快就接受了你的方案？"钱丽君不解地问。

"这个问题我也是最近才想明白。"李明哲起身向妻子挪了挪身体，分析道，"我怀疑测绘图标错，就是开发商和林老板商量好那么做的。林老板十分了解我的设计思路，再加上张小强辅助，他们能大概估算出我的方案里会出现多少商品房，所以，他们就故意把那片树林说成是苗圃，让我在规划的时候把那里当成可以移除的部分。而结果呢，也正好符合开发商的期望，他们当然就乐得接受了。"

"这样啊？那新的规划方案呢？减少了商品房的面积吗？"钱丽君关心地问。"少肯定是少了一些，但项目整体品质得到了质的飞跃，这一点，我很有信心。"李明哲急切地答。

"我肯定相信你，问题是，开发商老板会相信吗？毕竟，这样对他来说，是可以不去冒的风险。"钱丽君十分体谅丈夫的心情，但还是不得不说出自己的担忧。"是啊，这也是我所担心的。"李明哲迷茫地望向天井上方的天空，夜色已悄悄洒落下来。

第五章

新方案好运

“啪啪啪!”正当李明哲夫妇一筹莫展的时候，大门的铁环被人扣响，紧接着门外传来一声呼喊：“明哲，你是在这边吗？”李明哲闻听对钱丽君说了一声：“志军到了。”快速起身去门口迎接。

大门外，曹志军见到李明哲快步走出来，表现得十分高兴，他上前一步抓住李明哲的胳膊，大声说：“明哲，你挺会享受啊，找这么好的房子度假。”“哪有你爽啊，快请进吧，曹大老板。”李明哲嘻嘻哈哈地将曹志军领进了天井。

天井里，众人见到曹志军，纷纷和他打

招呼，因为曹、李两家人时常聚会，所以不管老少都和他很熟，曹志军拿出各种礼物送给每一个人，哄得大家都十分开心。一通寒暄之后，李明哲请曹志军坐到茶桌前，边泡茶边问他："志军，你怎么突然间说要过来啊？是不是听到什么消息了？"

"还是你懂我啊。"曹志军毫不隐晦，"听说你正在修改这边的规划方案，是真的吗？"

"你怎么知道的？"

"当然是许总跟我说的，难道还会是你们的林老板啊？"

"他怎么知道的？"李明哲话一出口就觉得自己讲了一句废话，这不是明摆着的吗？一定是何主任他们告诉他的啊，想到这里，他心里不禁一惊：这样看来，村里人和许总公司走得很近啊。不过很快他就释然：这也正常，开发商和项目所在地的一级政府，往往保持着十分密切的关系，只有这样，才能顺利推进项目开发。

曹志军又神秘兮兮地说道："明哲，你知道是谁让我来的吗？"李明哲见惯了他这种表情，这次长了记性，不想让他觉得自己"太傻"，试探着问："谁啊？难道是许总？"

"你终于开窍了，哈哈。"曹志军说完哈哈大笑，引得李明哲心生疑窦："许总怎么会找到你？他想干什么？"

"你忘了吗？上次我们见面的时候，我让你来帮我。"曹志军歪起脑袋笑着提醒李明哲，"那时我就主动和许总联系上了，拍着胸脯说你和我联合来接他的项目，唉，可惜啊，这脸都被打肿了。"他说完，一副"往事不堪回首"的痛苦模样。李明哲似乎明白了什么，他没接曹志军的话，只是淡然地看着他，等着他继续说。

曹志军本来还想借题发挥一下，但见李明哲不为所动，只得接着汇报："昨天，许总手下的一个副总给我打电话，让我给许总打个电话，我当时就觉得这里面一定有戏，而且和你有关。我赶忙把电话打过去，果然，许总说对你的新方案很感兴趣，让我过来找你一趟，如果方案好了，我们一起去他公司找他面谈。"

"那他有没有说，你有什么好处啊？"李明哲听完还是一头雾水，不知道许总这么做的目的是什么，但他下意识地觉得曹志军一定不会干出力不讨好的买卖，于是直截了当地问他。

曹志军听完愣了一下，看着李明哲那洞悉人心的眼睛，他只得讪笑着招供："我在你心中就是这个形象啊？哈哈，好吧，谁让你是'睡在我上铺的兄弟'呢。老实告诉你吧，他答应事情处理好了，下一个项目优先考虑我们。"

"那怎么才是事情处理好了呢？"李明哲觉得应该可以从曹志军嘴里得到更多的信息，进一步追问。

这一问把曹志军给问住了，他支支吾吾地说道："具体的……许总也没明说，反正听他的意思，好像……很希望看到你的新方案，他告诉我，只有你李明哲才能解决好现在的问题，他的原话是'解铃还须系铃人'。"说完，他怔怔地看着李明哲，似乎希望他能给自己说说这其中的来龙去脉。

李明哲看出曹志军没有隐瞒，但他实在猜不透许总的意思，难道他知道老樊他们一直在反对，所以不得不顾及相关的影响，希望找到两全其美的方案？或者说，他只是想做到知己知彼？但不管怎么说，有机会去当面向他阐述方案，总归没有什么坏处。想到这里，他认真地问曹志军："你觉得他是真心实意让我们过去吗？"

"我觉得许总是有诚意的，"曹志军也认真地回答道，"再说了，你的方案做出来，不就是要给他看吗？现在人家主动找你，这不是好事吗？"

"也对，那我们明天就去找他一趟。"李明哲释然一笑，下定决心地说道。"你才来几天啊？这么快就做完了新的规划？"曹志军简直不敢相信自己的耳朵，他本来打算和李明哲一起看方案，顺便学习学习，没想到人家已经做好了。"那是，现在大家都在等我的方案，不快不行啊。"李明哲轻描淡写地回道。"唉，你什么时候来帮我啊？我是百分之百认真的，明哲，要不要我把心掏给你啊？"曹志军发自内心地恳求道。李明哲看着曹志军一副虔诚的样子，心中快慰，但表面上只是笑而不答。

"吃饭啦……"钱丽君端着一大盘海蛎煎走上前来，海蛎煎的做法和樊嫂的一样，她开心地喊着，"志军，这是芗州海蛎煎的做法，你一定没见过吧。"

"哇，丽君你不得了啊，这色香味，绝对不输五星饭店，你说你当初怎么就没看上我呢？""看上你的人还少呀？"钱丽君的回应引得大家哈哈大笑，天井里，立刻充满了喜庆的味道，大人小孩围成一圈，一起享受着这难得的欢乐时光。

第二天早上，好天气一如既往，李明哲一大家子在隐隐约约的白鹭"晨曲"中醒来，清新如饴的空气，让每个人都精神百倍，特别是熙悦，她似乎感知到了大人们对相思林问题的解决充满着希望，仰头站在院子里，对着天井上空的蓝天和白云，跟着手机里播放的一首闽南老歌，投入地唱了起来。这首歌，是她总在老樊家的音箱里听到，然后用手机找到，自己学会的，歌曲的名字就叫作《白鹭鸶》。

不知有这久没想到他
行到这条断桥 才知有这多年
树旋藤 路发草 溪还有水
桥上他的形影在这时来浮起
我好像那只失去爱情的白鹭鸶
后悔没说出那句话
一直在茫雾中飞过来飞过去
这里没他 那里没他
不知他有没有和我有同款的滋味

假使故事重头再行起
我没离开故乡 你还在我身边
树的青 路的花 桥下的水
桥上的我要来对你讲出我爱你
我好像那只失去爱情的白鹭鸶
一直在茫雾中飞过来飞过去
想忘记他 却忘不了他
不知他有没有和我有同款的珠泪

我不愿变做失去爱情的白鹭鸶
我要来讲出那句话
那句话放在我心肝里这多年
一句我爱你 二句我爱你
我要对你说出千千万万我爱你

正准备外出的李明哲，听到女儿用稚嫩的童声唱着一首爱情歌曲，觉得好笑又好玩。最早的时候，他不知道歌词的意思，在熙悦一番讲解之后，他才明白歌曲要表达的情愫，听得多了，他也渐渐被歌手深情的演绎所打动，为此，他还和家人们一起，在老樊的指导下，对闽南语歌曲进行了一些讨论和研究。原来，除了《爱拼才会赢》《金包银》等“热闹歌”，闽南歌里大量的是反映生活真实场景和心绪的抒情歌，它们大多娓娓道来，喜欢借用花草树木和动物，以及风雨雷电和海湾等，来抒发对生活的感悟和热爱，往往能直达听者的心灵深处。

如果没有白鹭鸶，人们不就少了一样可以用来表达思念之情的东西了吗？李明哲一边整理着衬衫的领口，一边愉快地想着。他今天特意选了一件自己最满意的商务衬衫，配上笔挺的西裤和锃亮的皮鞋，镜中的他，显得格外精神，在稳步走到院中时，引得家人们个个眼前一亮。

“哇，爸爸好帅啊。”熙悦停下歌唱，跑上前拉住爸爸袖子，仰头看向他的脸，眼中满是骄傲的光芒。钱丽君用欣赏的目光看向李明哲，温柔地对他说：“你这次去，一定不要着急，慢慢和他们说清楚。”

“丽君说得没错，”李明哲父亲接话，“你这臭脾气该改改了，遇事三思而后行，不会错。”“那也不能唯唯诺诺，该说就要说，现在讲什么都要讲道理，‘有理走遍天下’。”母亲为儿子打气。李明哲挺起胸膛，冲着他们露出无比自信的笑容，说道：“放心吧，你们就等我的好消息吧。”

许总的公司，离何厝并不远，位于同一个海湾，开车沿着海边的村道，不出二十分钟就到了。李明哲一下车就看出来，这是一片填海而建的别墅区，一幢幢的独栋别墅密密麻麻地伫立在海边，房子之间的间隔十分局促，有些地方甚至比一般的农村民房都要拥挤，从小区道路和设施来看，这个别墅小区已有不少年头，很多铁栏杆已是锈迹斑斑，房子的外墙也大多显出破旧之相。

李明哲疑惑地问曹志军：“你确定是这边吗？”曹志军抬手指向大门口的一栋会所模样的楼，肯定地说：“就是这边，我来过两次，不会错。”

“这是他们公司开发的楼盘吗？时间不短了吧，怎么没什么人入住啊？”

“这个楼盘有十多年了，当时拿地很便宜，卖价也超级便宜，你别看没什么人住，但基本都卖出去了，许总正是因为这个项目才在这一片站住了脚。”

“买的人为什么不住进来呢？”

“卖出去不就好了，管他住不住呢。”曹志军不以为然地撇撇嘴，“房子盖这么密，是我也不愿意住啊。”

李明哲继续问："这个许总什么来头，你知道吗？"

"说起来，他可不简单，他的家就在这一带，据说啊，高中还没毕业，他就跟他一个堂叔去北京钢材市场里混，没几年就混出了名堂，带着第一桶金回到家乡，从包工头做起，越做越大，后来就联合家族亲友合伙开了这家房地产公司，经过十多年的发展，成了这一带最大的开发商。"

李明哲听完介绍，并没有觉得有多"不简单"，因为他接触的很多当地老板，都是这个经历，这其中就包括自己的岳父，按照他的理解，除了他们自身的魄力和努力，更多的还要归功于他们赶上了第一波房地产红利。而时至今日，随着房地产开发过剩，这个行业已经从"黄金"甚至"钻石"时代，滑向了"白银"抑或"铜铁"时代，如果他们还是抱着以前那种野蛮发展的思路，极有可能走上一条死路，现如今，"死掉"的开发商比比皆是，圈一块地就能发财的时代，已经一去不复返了。

想到这里，李明哲顿时信心倍增，他觉得这个时候，正是最能体现规划师价值的时刻，不说现在已经不允许填海造房了，试问，如果现在的房子还按眼前这个样子来造，还会有人买吗？而买了这里的那些人，即使房子价格便宜，但没有人气，和墓地有什么区别？这，不就是活生生的反面教材吗？

当李明哲坐进许总的大会议室里，与许总和几位高管面对面时，他的自信感一下子就被削去了一大截。很明显，许总为了迎接他们的到来，早就做好了准备。只见以许总为中心，其他人左右排开，把偌大一张会议桌的一边占得满满的，对李明哲这一边形成压倒性的优势。他们每个人的穿着整齐划一，都是黑色西装红色领带，一个个面色凝重，正襟危坐，而位居中央的许总，则是一身打高尔夫球的休闲装束，手里托着一条黄花梨的手串，斜靠在老板座椅里，一边捻转着手串，一边笑容可掬地打量着李明哲。

“许总，”曹志军身子向前几乎要靠到会议桌的边沿，毕恭毕敬地说，“按照您的要求，我把明哲请过来，正好他也做好了方案，您看要不要先过过目？”

“李总好啊，我们又见面了。”许总没有理会曹志军，欠了欠身子，坐正了一些，客气地和李明哲打招呼。

李明哲半认真半调侃地说：“是啊，上次见面，许总的大将之风，给我留下了非常深刻的印象，今天再见，更是让人肃然起敬啊。”说完，他故意转动眼球，左右扫了一遍那些“金刚”。

“哈哈哈……”许总大笑着解释道，“这几位是我们公司各部门的主管，今天请他们出席，一是表示对李总的重视，二是请他们来看看李总新的规划方案，方便后续事务的对接，希望李总不要介意。”

曹志军见缝插针地奉承道：“哪里哪里，许总这么重视新方案，说明许总十分尊重我们规划公司，让我们感到荣幸之至啊。”他说完，向身旁的李明哲使了个眼色，那意思是说：“你见好就收吧，赶紧展示方案吧。”

李明哲同样很想知道他们对新方案的看法，从包里拿出笔记本电脑，利索地调出新方案图纸，把电脑屏幕转向许总一方，向他们说道，“这是我新修改的方案，你们看我要怎么进行演示介绍？”

“李总，我来帮您接投影吧。”在许总的示意之下，坐在最边上的一个精壮小伙子走上前，十分客气地一边回应李明哲，一边很麻利地把图像调到了投影布上。

李明哲立刻进入专业状态，开始介绍新方案。让他颇感意外的是，整个介绍过程，对方人员听得都十分认真，除了许总，所有的人都在记着笔记，而许总，也频频点头，时不时地还会朝李明哲送上赞许的微笑。李明哲十分享受这种场景，因为按照他以往的经验，但凡出现这样的场面，他的方案最终都获得了高度的认可。他越讲越轻松，越讲越自如，仿佛已经解决了所有的问题和困扰，恍惚间，竟然渐渐有了周教授的风范。

“哈哈哈……”行驶在风景秀丽的海边小道上，曹志军左手把住方向盘，右手则像指挥家正在指挥一曲欢快的乐章一般，伴随着他亢奋的声音，激动地上下摆动，“明哲，这一次，你真是为我们争了一口气啊，你看那个许总，开始的时候还人五人六地装大条，到最后，你看看那帮人，一个个对你服服帖帖，恨不得喊你一声‘老师’，哈哈哈，真是太爽了。”

李明哲侧脸看着曹志军这“青春作伴好还乡”的样子，心里也是美滋滋的，但他不想表现得太过轻狂，矜持地笑道：“哪有啊，我想应该是新的方案得到了他们的认可吧，毕竟，我在规划的时候，还是充分考虑了他们的诉求的。”

“对啊，你太牛了，”曹志军依旧难掩兴奋之情，“你的这个新方案，简直是完美，兼顾了各方利益关切，关键是，亮点太突出了，这个项目，又提前预定一个大奖了。”

“志军，你少捧我了，这可不是你的风格啊，你可从来都是唯我独尊的哦。”李明哲被捧得兴起，开起了玩笑。“我是真心实意的，我现在觉得，有你这样的同学，真是人生一大幸事啊，明哲，说真的，你快来和我一起干吧，我们兄弟同心，让滩涂变黄金。”曹志军指着车窗外的滩涂，由衷地说道。“好啊，等我失业了，到时你可要收留我啊。”李明哲继续用开玩笑的语气应付道，曹志军眼中掠过一丝失望。

李明哲不再理会曹志军，抬眼欣欣然看向大海，心中早已是狂喜连连，“这应该就是‘皇天不负有心人’吧，自己冒着巨大的风险，辛苦付出，现在看来，一切都是值得的。”此时此刻，他甚至想好了在面对家人和老樊夸赞时，自己要说的“获奖感言”。

与此同时，在李明哲一家五口所住的红砖厝的院子里，一张大圆桌上已经摆满了冒着热气的菜，大家围坐在一起，等着李明哲和曹志军回来开饭，钱丽君刚刚给丈夫打了电话，除了知道他们快要回来，没有从他的嘴里获得其他的信息。大家揣测着两人将会带回来什么样的消息，老樊坐在餐桌主位上，更是显得焦躁不安，他看看天，又看看表，好几次欲言又止，让陪坐一旁的李明哲父母，不知如何劝慰，只能跟着干着急。

“嘀嘀……”门外响起两声清脆的汽车鸣笛声，“爸爸回来了！”憋了太久没说话的熙悦，高兴地喊了一声，像小白鹭一样跳下凳子，朝门口“飞”去。

大门外，刚下车的李明哲看到女儿跑向自己，连忙疾走几步，蹲身把她抱了起来，向门里走去。

院子的气氛变得沸腾起来，大家争先恐后地招呼他们落座。

他们甫一坐定，刚刚还热情似火的人们，突然就不说话了，一个个眼巴巴地看着他们，仿佛想从他们的脸上看出一些蛛丝马迹。这让李明哲童心大发，他假装一脸懵懂，看看焦急等待的人们，又看看桌子上的美味佳肴，看上去好像不明白大家为什么不动筷子，引得大家的目光，跟着他的眼神四处逡巡，场面甚是滑稽。

“明哲，你就别卖关子了，到底怎么样啊？”老樊实在忍不住了，急切地问道。“对啊，对啊，快说啊。”李明哲母亲也连连催促儿子。

李明哲见气氛已经烘托得差不多了，才大声宣布：“搞定了！许总对我的新方案十分满意，他答应报上去啦。”

“是吗？”老樊不敢相信的样子。

“是啊，”还没等李明哲继续介绍情况，曹志军已经绘声绘色地渲染起来，“你们是没看到，明哲演示方案的时候，许总那表情，就像粉丝面对自己的偶像一样，就差上去要签名了。”

“没他说的那么夸张，但以我的经验，许总应该是真心接受了新方案。”李明哲笑着向大家说。他看看曹志军，心中觉得十分好笑，他很能理解他的这位老同学为什么会如此添油加醋地贬低许总，因为刚刚在许总会议室里的时候，从始至终，许总都没有正眼瞧过他，这一定让他内心很受伤。

“那就没错了，我就知道我儿子一定行。”李明哲母亲愉快地展现着自己对于儿子的笃信，她的老伴也在一旁连连点头，用赞许的目光看着自己的儿子。熙悦马上就从爷爷奶奶那里得到了确切的信息，“太好了，太好了，白鹭宝宝的家不会有事了。”她紧跟着欢呼道，钱丽君也开心地笑了起来。

“不应该啊？”老樊看着四周振奋不已的人们，眉头锁得更紧了，他一边摇头一边说道，“以我对许德彪的了解，他就算是接受了新方案，也不会表现得这么明显，这里面会不会耍什么花招？”

“我虽然很不喜欢这个‘土人’，但以我这么多年的经验，他肯定喜欢这个方案，老樊，你就放心吧！”曹志军信誓旦旦地打消着老樊的担忧，接着摆出一副笃定的样子问李明哲，“对吧？明哲。”

“老樊，这一次我觉得有戏，你也别太担心了。”李明哲对老樊说。老樊见李明哲说得诚恳，朝他点点头以示回应，但眼睛里始终保留着一丝怀疑。樊嫂见两人状态不在一个频段上，连忙笑着对老樊说：“老樊，明哲说得这么肯定，就代表一定没问题，他的新方案你也看过了，你自己也一直说非常好，怎么现在又不相信他了？”老樊看了看妻子，觉得她说得也不无道理，而且大家都这么高兴，自己不应该扫大家的兴，他冲着李明哲笑了笑，嘴里说道：“那就好，那就好。”

“好了，好了，该吃饭了，饭菜都凉了，这可是我和我的好儿媳忙了一上午做好的，大家赶紧尝尝吧。”李明哲母亲见警报解除，愉快地招呼大家，在座的人纷纷拿起筷子，准备大快朵颐一顿。

在接下去等待消息的日子里，李明哲并没有闲着。

老樊一直在谋求把相思林申请成为国家公益林，这样就能一劳永逸地给它一个合法的身份，没有人再敢打它的主意，因为按照相关法规，要想改变公益林的用途需要层层审批，更别说要砍伐掉。而且，如果申请成功，村里面还会得到国家林业部门的一些补贴，这简直就是最完美的解决方案。

然而，老樊的申请工作，从开始就卡壳了，因为相关法律规定，公益林需要由地方政府提出申报，虽然老樊想尽了办法，但几个月过去了，时至今日，连村一级政府都没过关。

李明哲从老樊嘴里得知这个信息之后，就想着或许自己可以去试着找找人脉，如果成功了，那就是为相思林上了“双保险”，而即便不成功，那也无所谓，他对自己的新方案抱有十足的信心，这样做的好处至少有一点，那就是，能让老樊不再那么“老烦”，让大家在这段时间里，享受更多的欢乐时光。

果然，自从李明哲接过这个任务之后，老樊的烦恼看上去少了很多，在李明哲父母的鼎力支持下，他把主要精力放在组织观鸟活动上，每天都有来自全国各地的鸟友纷至沓来，虽然每次来的人不多，多的时候两三个，少的时候只有一位身扛“长枪短炮”的摄影师就位，但在接待这一拨又一拨的志同道合者的过程中，老樊也渐渐重温起最初的快乐感觉，整天都是笑呵呵的，说话的声音也洪亮了许多。

而更让李明哲和老樊渐渐宽心的是，这几天里，再也没有遇到任何骚扰，反而因为接待量见长，让留在村里做美食和办民宿的村民对老樊多了几分理解，他们见到老樊和李明哲一家时，都会主动说上几句表示支持甚至感谢的话，甚至于，何主任和何会计有事没事都会上门来聊上几句，表达了期待新方案能顺利通过的意思。

同样快乐的还有熙悦，她天天跟在爷爷奶奶身边忙前忙后，每当有新鸟友到来，她都会抢着上前为他们介绍相思林和白鹭的来龙去脉，每每说得声情并茂，既有专业解说员的认真劲头，又有发自内心的喜爱之情，让每一个听者都被深深吸引，他们纷纷拿出手机，记录下熙悦讲解时的可爱影像，发到社交平台上，引起了很多鸟友和宝妈的关注。熙悦奶奶见状灵机一动，索性以“白鹭宝宝”的名字为熙悦注册了平台账户，专门发布熙悦讲解和亲近相思林的视频和动态，没想到效果出奇的好，没多久，熙悦就成了一个坐拥上万粉丝的“宝宝明星”，这让熙悦感到十分骄傲，更加乐此不疲，每天像吃了美味冰淇淋一般，眼里放着光芒，过得十分充足和欢腾。

当然，李明哲对应承下来的公益林的申请工作，也没有懈怠，他首先通过研究申请流程，整理出一份极为专业的申请文件，接着联系了所有他能想到的相关人士，寻求他们的专业指导和帮助。这其中，最让他感动的是周教授，本来他联系周教授只是想听听他的建议，没想到周教授在听取了情况说明后，主动让他把两个规划方案发给他看，并很快就对两个方案给出了在李明哲看来十分专业和中肯的比较意见，同时，周教授鼓励李明哲继续坚持自己的设计理念，并答应帮忙寻找公益林的申请途径。

李明哲看着周围一派欣欣向荣的景象，在心中暗暗庆幸，庆幸自己总能遇见贵人，看来那句名言果真不假：努力的人，运气都不会差。这一切的一切，看上去都是那么的美好……

第六章

十字路口

李明哲向许总提交新方案之后的第五天，晚饭过后，李明哲一家五口在宽敞的厅堂里，像往日一样说说笑笑，尽享天伦之乐，唯一不同的是，今天的天气不再像往常那样晴朗，天空中乌云密布，感觉随时要向天井里浇下海量的雨水。昨天的天气预报说有台风登陆相邻省份，可能会影响此地，果然，今天从凌晨开始，一直到晚饭前，都是风雨大作，好在吃过晚饭后，雨终于停了，只留下厚厚的乌云正在被大风渐渐吹薄。

李明哲坐在茶桌边，通过电脑上的社交平台与朋友沟通公益林的事，但目前看来，没有太多进展，李明哲将视线离开屏幕，抬头通过天井的口子向上望了望天，心情突然变得有些烦躁。

或许，是这阴沉的天气影响了自己的心情。李明哲努力让自己平静下来。

“明哲，你们都在啊？”一个声音在大门口响起，老樊缓缓走了进来。

众人和老樊打着招呼，老樊一一回应着，有些心神不宁地在李明哲身边坐了下来。“老樊，怎么了？”李明哲敏锐地捕捉到了老樊的异样，关心地问道。

“明哲……”老樊忧心忡忡地说，“新方案的事，可能会有问题，我们不能太乐观了。”

“发生什么事了吗？”李明哲也变得紧张起来。

“从昨天到今天，发生了好几件事情。”说话的时候，老樊的脸上已经满是担忧，“昨天下午，已经离开村里多年的老主任突然来我家，不知道是受谁之托，他劝说我，让我别再管相思林，我问他原因，他又不说，只是一再强调这是为了我好。”

李明哲听完这个事，反而没那么紧张了，他觉得这很正常，因为他一直有一种直觉，觉得何主任他们上次在老樊家，表面上好像被说服了，但其实内心根本不认可，特别是那个何会计，当时就是一副不服不忿的样子，他们怎么可能会善罢甘休，不搬出老主任才怪。他安慰老樊道：“你也别太担心，他来当说客也正常。”

“但接下来这件事就不正常了。”老樊的语气越发沉重，“昨天晚上，我又接到一个老同事的电话，他告诉我昨天单位领导班子开会的时候，专门讨论了我反对砍林的事情，最后的结论是我正在阻碍市重点项目的顺利推进，他们一致决定先由这位老同事向我传达单位意见，要我悬崖勒马，否则很可能影响到我的离退休待遇，甚至可能面临更严重的处理结果。”

“这确实不寻常。”李明哲的神情变得凝重起来。

“还有更夸张的呢。”老樊说到这里，已经变得愤怒起来，“吃晚饭的时候，我女儿给我打来电话，说他们单位领导和她说了，让她劝劝我，不要再和政府对抗了，否则，听我女儿的意思，就会迫于压力不再聘用她。这不是胡扯吗？我的事情为什么要把我女儿扯进来，而且她的单位还是在鹭城。明哲，你说，这正常吗？”

老樊的大声怒斥惊动了大圆桌那边的人，他们全部关切地看过来，老樊没有在意，依旧盯着李明哲，等他的回应。

此时的李明哲心里也翻起了巨浪，对于老樊困惑的事，他其实并不觉得意外，在他参与的项目中，很多在拆迁的时候会出现这样的情况，对于那些因为各种原因而拒绝拆迁的“钉子户”，通过给其家人甚至亲戚施压来给当事人施压，这是很常用的手段，而且是最开始使用的手段，如果施压无果，后面还会有更多的强制手段在等着他们。

“这……肯定不正常。”李明哲回答老樊的时候，不敢直视他的眼睛，老樊此时反而冷静了下来，他抬头望了望天，幽幽地对李明哲说：“明哲，看来，我们要多加小心了。”

李明哲看着老樊黝黑的脸庞上，那双黯然神伤的眼睛，一时间不知道如何安慰才好。天空中，那被黑暗笼罩着的云朵，在风的拉扯之下，身不由已地飘来飘去，不知道要去向何方。

鹭城同样被阴云笼罩，但曹志军在他的“宫殿”里却丝毫感受不到“山雨欲来”，他舒适地坐在自己的专属老板椅上，看着会议室内，员工们一个个伸长着脖子，盯着投影幕布上的项目愿景图，心里被惬意充满着。

芗州之行取得圆满成功之后，一回到鹭城，他就趁热打铁抽调最精干的员工成立了“芗州项目组”，专门跟进许总公司的项目。令他无比欣慰的是，许总那边十分讲信用，项目组的工作推进十分顺利，短短几天，双方已经就后续几个新项目的规划合作，达成了初步合作意向。

看来，自己以前是误解许总了，曹志军在心中愉快地想着，这个许总果真不寻常啊，虽然在会谈的时候对自己不理不睬，但他信守承诺，言出必行，现在看来，当初对自己的怠慢，只是他树立威严的一种策略，而这种策略，不正是自己欠缺的吗？

此时，项目组组长已经把 PPT 演示完毕，大家都把脑袋转向他，等着老板发表总结。他正了正身子，清了清嗓子，说话的神态和腔调竟然颇有几分许总的风采：“大家都看到了吧，芗州项目，可以说，是我们公司往后三年，甚至更长的时间里，最大也是最重要的增长点。这就是我一直在说的，鹭城的房地产开发已经接近饱和，芗州的城市化进程还有巨大的发展空间，是我们必须提前布局的棋子。现在看来，我们已经开了一个非常好的头，我相信，接下去，大家一定对芗州项目的顺利开展，充满了信心，我说的对不对啊？”

“对……”会议室里响起了震耳欲聋的回答。

“好！”曹志军十分得意地大喊一声，正想继续慷慨陈词，桌子上的手机剧烈地震动起来，他收住内心的激动，拿起手机一看，是李明哲来电，他连忙对大家说："今天的会先到这里，你们继续全力推进，有什么问题，第一时间向我汇报。"说完，他调整了一下情绪，按下了接听键。

"志军，许总那边是不是有问题？"电话刚一接通，李明哲急切的声音就"炸"了出来，曹志军立刻挥手示意员工们快点离开，员工们一个个如影像快进般地撤离，把会议室留给了曹志军。

"明哲，许总怎么了？你慢慢说，别急。"曹志军用平静的语气安抚着电话那头的李明哲。在他眼里，李明哲一直就是一个没有长大的"大男孩"，总是活在自己的世界里，与现实社会严重脱节，遇事往往表现得十分冲动，让人感觉很幼稚。他时常觉得自己有义务帮助他，提醒他，让他尽快变得成熟起来。

李明哲此时正一个人站在项目空地的中央，在这个远离人烟的地方给曹志军打电话，"许总那边对新方案有消息吗？都过去五天了。"

"哪有那么快啊，"曹志军轻松地回道，"这种事情你最清楚了，对开发商来说本身就是个风险，许总答应重新研判规划方案，这已经是很给面子了。"

李明哲明白曹志军所言非虚，修改规划方案对于职能部门或者开发商来说，本身就是大忌，特别是职能部门，在他们看来，这是规划设计单位或者开发商不严谨的表现，不仅增加了他们的工作强度，更会耽误项目进度，除非有特别充分的理由，否则他们十有八九会选择驳回，甚至给开发商进行扣分处理，如此会对开发商以后接项目造成负面影响。

然而，从老樊反映的三件“怪事”来看，虽然不知道问题的症结所在，但可以肯定的是，这件事情对老樊这方十分不利，也从侧面印证了自己的新方案并没有被认可，甚至，很大的可能性是，还压在许总或者哪位工作人员手里，根本就没有被相关领导看到，而在目前的情况之下，自己只能询问曹志军。“志军，你这几天有没有跟进许总那边？”

“当然有在跟进啊，昨天我还和许总打了电话，他让我们再等等，说已经报上去了。”

“哦，是吗？你还是要催紧一点，旧方案没几天就过了初审，而且听林老板说，专家审核都内部安排通过了，按这个进度，可能很快就会进入终审环节，到时就来不及了。”

“你就把心稳稳地放下吧，这几天接触下来，我发现许总是个言而有信的人，他既然答应了，我相信他一定会去推进的，而且，新方案对他也是有好处的，这一点，我们已经达成了共识。所以，你就放一万个心吧。”曹志军说得兴起，“我们已经开始和许总谈合作意向了，过不了多久，就会开始有项目合作，说真的，明哲，你真应该来帮我，别再给林老板卖命了，他要是丢了许总这个大客户，估计连工资都要发不出来了，你跟着他会有什么前途呢……”

“现在最重要的，是要保证许总去推进新方案，这可不是开玩笑的，你一定要保证。”李明哲打断曹志军的兴头，十分严肃地对他说。

曹志军似乎从来没有听到过李明哲如此认真地交代一件事情，他收住了洋溢在脸上的笑容，用同样认真的口吻回答李明哲：“明哲，你放心吧，我保证。”

得到曹志军的保证，李明哲稍稍松了一口气，他赶往老樊家，想把这个情况告诉老樊。他刚一进大门就发现里面气氛不对，只见厅堂里昏黄的灯光下围坐了七八个人，在和老樊商议着什么。

“老樊。”李明哲打招呼。“明哲，你来得正好，我和协会的志愿者们正在商量对策。”

老樊所说的志愿者们都是中年以上的男人，皮肤黝黑，但个个看上去都十分精干，一看就是那种走南闯北见多识广的人，此时他们已经知晓来者是朋友，都向李明哲报以和善的微笑，李明哲也冲着他们点头示意。

李明哲最近才知道，老樊的观鸟协会虽然挂着市级的名头，但其实只有他一个“光杆司令”，其他的都是志愿者，有事的时候才召集他们过来，登记在册的志愿者虽然上百，但真正活跃的也就十来个，而今天看这阵势，能来的都来了。

李明哲走到老樊身边，已经有人给他腾出了一个位置，他坐下来告诉老樊：“我同学刚刚向我保证了，许总已经把我的新方案上报了。”

老樊却没有表现出丝毫高兴，他告诉李明哲：“就在我刚刚离开你那边的时候，我接到了市民政部门负责人的电话，他明确告诉我，如果我还固执己见，他可能不得不撤销我们协会的开办资质。”说到这里，老樊停顿了一下，见李明哲面露惊讶之色，他继续说道：“我不知道你那同学和许德彪到底是什么关系，但以我们和许德彪打交道的经验，他不是什么‘好鸟’。”

“对，许德彪在我们这一带，早就臭名远扬了。”“没错啰，他们办公的那片别墅，原来是一大片滩涂，是鹭鸟重要的觅食地，被他们硬是搞没了。”“是啊，绝对不能相信他们。”……志愿者们纷纷指控起来，越说越大声，越说越来气。

面对群情激愤又言之凿凿的人们，李明哲开始动摇起来，对曹志军的保证也不再那么确信。是啊，曹志军毕竟是“既得利益者”，在这种情况下，虽然有老同学的情谊在，但这种年少时的情谊，能敌得过多少诱惑，这本身就是个问题。“那……我们要怎么办？”李明哲不知所措地问老樊。

“以目前的情况看，许德彪肯定是觉得胜券在握了，所以发起了‘总攻’，我估计，下一步他很可能利用其他村民的支持来搞一些事情。”此时的老樊，面对大家信任的目光，像极了一位决战前的将军，“现在的问题是很多对相思林有感情的老人，要么去世，要么年事已高不再管事，加上何主任他们的哄骗，村里支持我们的人不多，所以现在只能靠我们自己了。我们要特别注意木栅栏和观鸟台，一定不能被他们破坏掉。这块地早就属于政府了，这次调整规划本身就不正常，规划的费用由开发商出，这还不明显吗？他们以前没有采取行动，一是有我们在竭力保护，二是他们在等待规划方案确定下来。现在，他们一定觉得时机已经成熟，所以提前开始行动了。”老樊说到此处，停下来看了看李明哲，眼里虽然没有埋怨的意思，但那眼神分明在说：小兄弟，和这群老狐狸斗争，要多长几个心眼才行。

李明哲只与老樊对视了一眼，就连忙将目光逃开。此时的他，心中既郁闷又气愤，郁闷的是继林老板之后，自己又一次中了招，而气愤的是，“帮凶”竟然是自己最好的朋友。

老樊见李明哲面露愧色，抬手轻轻拍了拍他的肩膀，用带头大哥的语气对他说：“明哲，你也别太在意，说句你可能不爱听的话，你那个同学，我第一眼见他，就觉得不是我们一路人，和你根本没法比。”

这句貌似表扬的话，让李明哲更加哭笑不得，他解释道：“他以前不是这样的，这次不知道是不是也被许总，不，被许德彪骗了，我等下再问问他……”

“没关系，”老樊不等李明哲说完，狠狠地拍了一下桌子，豪爽地说道，“我们闽南有句话，‘叫猪叫狗，不如自己走’，我们靠自己一样能打赢，五十多年前那么凶险的时候，相思林都被保下来了，我就不相信啦，都二十一世纪了，他们还能一手遮天？”

“没错，是他们乱来，不是我们，我们怕什么。”“你不干他，他就要干你。”“干他。”“干……”。

“老樊，有什么需要我做的，你尽管说。”李明哲此刻被激发得热血沸腾，他粗声粗气地怒吼了一声，“我也和他们干了。”

脱口而出这句话之后，连他自己都觉得不可思议。因为在他的印象中，这还是自己第一次说出如此粗俗的语言，而在他原来的理念中，说“粗话”是没文化的表现，也是没有能力的表现，他的岳父就最爱“出口成脏”，他每次听到，都觉得粗鲁无比。不过，短暂的诧异之后，他瞬间感觉到难以名状的爽气，仿佛刚把一口唾沫吐到了敌人的脸上。他腼腆地冲着老樊和众人笑了笑，微微地挺起了胸膛。

众人都向李明哲投来赞赏的目光，老樊看着涨红了脸的李明哲，却对他说："明哲，你到我们这边后的所作所为，已经让我们十分感谢，接下去，就让我们自己来保护相思林和我们的鸟朋友吧。我希望你们尽快离开这里，回到自己的家去，再和我们绑在一起的话，只怕是要耽误你的大好前程了，这是我们都不愿意看到的。"

老樊说得动情，李明哲听得心酸，他能够很清晰地感受到老樊的无助和决绝，就像一名即将出征的勇士，明知凶多吉少，也要毅然独自前行，把生的机会留给自己的战友。"老樊，我……"

老樊看出了李明哲矛盾的心情，继续劝说："明哲，能做的，你和你的家人都做了，不管结果怎么样，我们都会永远念你们的好。你不用担心我们，这本来就是我们的战斗，你们不在，我们反而可以放开手脚，和他们继续搏下去。"

李明哲还想继续表达自己愿意同舟共济的心情，其他人也纷纷起身说服他离开这个是非之地，回鹭城去继续自己原本美好的职业生涯……

李明哲走出老樊家门的时候，天空中的乌云已经被吹得不知所踪，一轮皎洁的圆月将它身边的几朵云彩照得分外妖娆，就像几位身着羽裳的仙女，正陪伴着清冷月宫中的嫦娥仙子，一起嬉戏，为她解忧。

李明哲脚步沉重地向隔壁自己的住处走去，每走一步，仿佛都需要使出全身的力气，他看着自己蹒跚的身影被月光打在青石板上，心中泛起无限悲凉。

现在，他感觉自己又一次地站在了人生的十字路口上，又一次面临着关乎自己未来的重大选择。虽然，在来这里之前，他已经做了一些打硬仗的思想准备，但在竭尽全力付出自己的专业能力之后，他突然发现，接下去的仗对他和家人来说，可能会太过凶险，而这，并不在他之前的规划当中。

或许，这一次，真的应该按老樊他们说的那样去做。从老樊和志愿者的表现来看，李明哲确定他们劝说自己的话是发自内心的，而且他们确实也担心自己一家人的安危，因为一旦强拆起来，那就再也不是文明人之间的博弈了，以李明哲的所见和所闻，那时的现场，什么事情都可能发生，而更让人灰心的是，他似乎再也帮不上什么忙了，总不能带着一家老小，和老樊他们一起，冲上去阻拦那些“黑衣人”吧？

李明哲昏昏沉沉地推开大门进到院内，天井中，他的家人们正围坐着圆桌一边赏月一边吃着水果零食，共享这暴风雨之后的清新时光。看见李明哲进来，家人欢快地邀请他加入这个温馨的派对。李明哲尚未从纠结中挣脱出来，那一张张亲人的笑脸，在他眼前模糊一片，他木然地拖着脚步走到圆桌前，一屁股坐到了他们中间。

“你没事吧？”钱丽君问道。“没事啊，刚刚和老樊讨论了一些事情，现在没事了。”他尽量让自己显得自然、如常。

“老樊那边还好吧？我挺担心他的。”李明哲母亲关心地问。

“他挺好的。”李明哲迅速回答，又迅速起身，一边走向卧室一边说，“我先洗澡了，不知道怎么回事，今天感觉有些累。”母亲看到李明哲逃也似地离开大家，动了动嘴唇想继续问，但最后还是没问出来，只是说：“这些日子你太操心了，你洗完澡早点休息。”李明哲并没有回答母亲，自顾自地走进卧室，引得在座的众人互相对视，眼中陡升担忧之情。此时，天空的月亮显得格外清亮，散发着袭人的凉气。

夜已深，四周一片死一般的寂静，李明哲端坐在圆桌旁，对着桌子上的笔记本电脑屏幕发呆，幽幽的蓝光打在他的脸上，反射出瘆人的光芒。

洗完澡后，李明哲早早地就上床睡觉，而且很快就睡着了，但只睡了一个多小时，李明哲就在混沌中醒来，发现妻子女儿在床的另一侧睡得正香，他强迫自己继续入睡，但大脑就像上了发条一般，任凭他怎样辗转反侧，就是无法安然入睡。于是，他索性起床来到天井中，打开电脑，让自己假装忙碌起来。

漫无目的地点击了几下鼠标，李明哲变得更加烦躁，有个念头一直在心中扑腾着，那就是对着天井上的天空，大吼一声，把村里的人都喊醒，向他们痛快地说出自己的无助和愤怒。

“爸爸……”随着一声轻声呼唤，李明哲愕然发现女儿熙悦站在卧室门口，她用手揉着眼睛，迷迷糊糊还没完全睡醒，她的另一只手里，抱着一只火烈鸟毛绒玩具。

“悦悦，过来，”李明哲招手让女儿过来，面带歉意对她说，“爸爸把你吵醒了吧？”

熙悦把毛绒玩具向上搂了搂，朝爸爸走来。李明哲看着紧紧抱着火烈鸟的女儿，心中涌起一股热流。这个毛绒玩具是前两天才买的，那一天，他们一大家人去附近的一个大商场里逛，当熙悦看到这只比她半人还高的火烈鸟玩具时，视线就再也没离开过，直到奶奶为她买下。在接下来的时间里，她一路上都抱着它，对它问寒问暖，仿佛和一个很久没见的老朋友重逢，有说不完的悄悄话。

“喜欢‘大红’吗？”李明哲问女儿。“大红”是女儿给火烈鸟取的名字。

“喜欢。”熙悦让“大红”的头倚在自己的脸上，对爸爸说。

“为什么这么喜欢它啊？”在他印象中，自从上了小学，女儿就没再要过毛绒玩具，而且之前的毛绒玩具也不怎么玩了，问她原因，她总是脑袋一扬，不屑地说“太幼稚”。

“因为它和白鹭长得很像啊，樊伯伯又不让我养，我能怎么办？”熙悦很委屈地说道。

女儿的回答，让李明哲心头一震，原来，女儿至今还在惦记着那只受伤的小白鹭，“那你为什么这么喜欢白鹭啊？”李明哲又问女儿。

“你难道不喜欢吗？”女儿不假思索地反问爸爸。

“我……”李明哲看着女儿那双天真的大眼睛，一时间不知如何回答，他又很怕女儿因此失望，停顿过后马上笑着回答，“我也很喜欢啊。”

熙悦听完慢慢垂下了眼眸，泪水渐渐充盈了她的眼眶，李明哲心头一慌，他以为是自己说得不够坚决让女儿生疑，连忙补充道：“是真的，我也很喜欢它们，不是的话，也不会到这里来保护它们的家啊。”

熙悦听爸爸这么说，脸上悲伤的神情并没有好转，她抱紧“大红”，抬起婆娑的泪眼问：“爸爸，白鹭宝宝的家，是不是保不住了？”

女儿充满悲伤的眼神，像刀子般割了一下李明哲的心头，让他久久不能说话，更不敢去看她的眼睛。此时，熙悦仿佛明白了什么，她眼中的泪水立刻像断了线的珍珠一样，一颗一颗地滴在“大红”鲜红的翅膀上。

李明哲见状彻底慌了神，他没想到女儿有如此敏锐的观察力，刹那间，他的脑海中跳出了一个个熙悦与白鹭互动的场景，那时的女儿，要么为拍到一张搞笑的白鹭表情而哈哈大笑，要么冲着枝头学飞的白鹭宝宝大喊加油，要么对着画里的白鹭一家喃喃自语……

“悦悦，白鹭宝宝的家，一定能保住。”这一刻，李明哲变得十分坚定，他直视着女儿的双眼，一字一句地说道。

“真的吗？”熙悦用手背擦了擦眼角的泪水，不敢相信地看着爸爸。

“是真的，我敢保证!”李明哲把手放在“大红”的翅膀上，无比郑重地对女儿说。

“那太好了。”熙悦终于选择相信爸爸的话，她伸出小拇指，“爸爸，我们拉钩。”

“好，我们拉钩。”李明哲伸出手指勾住了女儿的小手指，“拉钩上吊，一百年不许变。”

第七章

观鸟台之战

那晚与女儿拉钩之后，李明哲重新调整好心态，为接下来可能发生的“冲突”制定了应对之策，用他自己的话来讲，可以概括为“一个原则，两手工作”。

“一个原则”，就是不让家人受到冲击，特别是不能让女儿受到哪怕是一点的惊吓，而要做到这点，就必须时刻关注村里的动态，一旦发生正面对抗，或者说出现潜在的风险，自己要在第一时间保证家人们远离冲突现场和风险区域。而这“两手工作”，第一个是继续申请公益林，这个工作虽然难度较大，但效果最好，只要申请成功，所有问题就都迎刃而解；第二个是想办法把新方案提交到规划局领导甚至市级领导手中，他对自己的方案有十足的信心，坚信只要能被关键人物看见，就一定能打动他们，逆转整个“战局”。

对李明哲来说，一旦确定好了方案，他就会心无旁骛地扑上去，全身心地去把事情做好，此前的彷徨和恐惧，也和昨天的乌云一道被赶得无影无踪。李明哲照常坐在天井中，此刻，下定了决心的他，抬头看向那打在古老屋檐上的美丽阳光，吸入这沁人心脾的雨后芬芳，自信重新回到了他的脸上，他情不自禁地“嗨”了一声，仿佛在跟昨天的状态说“拜拜”，随后，他像一位太极高手一般，缓慢而稳健地把双手放在笔记本键盘上，双目圆睁，紧盯着屏幕，好像正在将全身的气力运到双眼之中，随时准备要“发功喷火”。

李明哲这一波“神操作”，直把院子里的家人们看得目瞪口呆，钱丽君在愣了一下之后，实在没忍住，首先被逗得哈哈大笑，银铃般的笑声很快就感染到了“二老一小”，他们跟着大笑起来，“一小”是前仰后合，“二老”是直不起腰来。正要开始进入工作状态的李明哲见大家如此反应，反而表现出奇怪的神情，“你们怎么了？笑成这样？”他急急问道。众人见状，笑得更欢，最后还是熙悦爷爷率先控制住了自己，“明哲，你平时都是这样子开始工作的吗？”他笑着问道。李明哲这才明白大家在笑什么，不好意思地挠头笑了笑，自嘲地回答道：“也没有啦……今天感觉不一样嘛。”

李明哲的回答，又引发了一波笑声，这一次，李明哲没再感到窘迫，反而觉得此情此景十分温馨，让自己的心重新找回了宁静和安详，他满心欢喜地把目光重新聚焦到电脑屏幕上，心中似乎充满了足以让大海澎湃的力量。

与此同时，老樊和他的志愿者们也在紧张地准备迎战。他们分成了两个小组，一个是工程组，抓紧时间加固栅栏和观鸟台；另一个是巡逻组，负责白天和夜晚的巡逻，实行两班倒，保证随时都有人在看护相思林和观鸟台。

本来，李明哲母亲想参加巡逻组，但在老樊和李明哲的极力劝说下作罢，但她坚持带着老伴和熙悦，继续做接待鸟友和运营“白鹭宝宝”自媒体号的工作，李明哲见母亲态度坚决，女儿也再三请求，无奈之下只得答应，但他请母亲一定要保证，只要遇到异常情况，必须在第一时间回到住处。

一场大仗仿佛一触即发，但让李明哲感到欣喜的是，这两天里，不仅没有发生一丝一毫的异常情况，而且他的“两手工作”里的一手，而且是他认为较难的工作，取得了突破性的进展。

起初，李明哲把工作重点放在向规划局领导递交新方案上，虽然三年前他主持的角池项目为他在芗州建立了名望，可惜不巧的是，当时和他接触的规划局局长和市领导都已离开芗州，他也想请人帮忙引荐认识新的规划局局长，但不知何故，问了一圈，竟然没有一位能帮忙的朋友，更让他失望的是，有几位朋友在谢绝他的时候，明显是在打“马虎眼”，甚至还有人旁敲侧击地对他“善意”提醒。不得已，他打电话向周教授求助，之所以说“不得已”，是因为李明哲之前已经将新方案发给过周教授，除了得到他的鼓励，后续并没有得到其他的反馈信息，以他对周教授的了解，老师一定没有相关的沟通渠道，否则，他会主动帮忙的。

果然，当李明哲鼓足勇气在电话里询问周教授时，他的恩师显得十分为难，说在这件事情上可能帮不上忙，最后还反过来向李明哲道歉。当然，李明哲早有思想准备，并没有过多失望，他表达了感激之后，告诉老师不必感到愧疚，这反而让周教授越发担心李明哲的处境，他关心地询问起这边的实际情况。李明哲为了不让老师担心，只是一再表示自己心里有分寸，不会有什么风险，但周教授似乎知道了一些这个项目的背景，听完后显得更加担心，追问起来。李明哲猜想是林老板找他说了些什么，他觉得现在很难解释清楚，想着等事情搞定之后，再向老师说明原委，因此他准备敷衍几句就挂断电话。没想到，正在这个档口，周教授像是忽然想起了什么，兴奋地告诉李明哲，他很久以前接触过一个“国字头”的林业相关基金会，可以试着联系联系，或许能有些用处。

李明哲听到这里，大喜过望，连忙要了联系方式，很快就和基金会取得了联络，一问才知，他们果然是一家部委指导下的基金会，专门从事林业保护，碰巧的是，他们目前正好在开展一项评选工作，那就是评选“中国最美树林”，据说此项评选每年举办一届，已经举办了五届。让李明哲更开心的是，参评主体不必然由地方政府提出申请，企事业单位，甚至个人，只要热爱生态，愿意为保护森林奉献自己的力量，他们全都欢迎，如果成功入选，他们将提供权威机构出具的获奖证书。

这真是“山重水复疑无路，柳暗花明又一村”啊！李明哲放下电话，就情不自禁地握拳欢呼了一声，随后看家人们都不在院子里，他抬头对着天井口肆无忌惮地大吼了一声，一只正在门口屋檐下睡觉的猫咪被吓得浑身一哆嗦，转头愤怒地盯着他，李明哲连忙冲着猫咪抱歉地摆了摆手。猛地他又想起了什么，连忙在电脑里打开搜索引擎，输入这家基金会的名称，仔细查看之后，这才露出了舒心的笑容，他调皮地冲着门口的猫咪竖起了大拇指，大喊了一声“你真棒”，这只倒霉的猫咪，又一次被搞得“怀疑人生”。

老樊的家，现在像极了一个“战地指挥所”，门里门外，人们来去匆匆，老樊正在院子里的茶桌前向几名志愿者交代着事情，李明哲的家人们则围坐在天井另一角的餐桌上，兴致勃勃地讨论自媒体号的视频制作，他们为了让李明哲能安静做事，吃完早饭就一起移步老樊家，为老樊助阵。

“老樊，好消息。”李明哲手里端着笔记本电脑，兴冲冲地跑进院子，直接把电脑屏幕怼到老樊眼前，喊道，“我找到可以申请公益林的机构了。”

大家“呼啦啦”地全都围拢过来，老樊也为之一振：“真的吗？”他把眼睛凑向屏幕，想要看个仔细。

“是真的，我仔细查过了。”李明哲手指着屏幕上的介绍资料，大声地介绍起来，“你看，这是一家部委下属的基金会，正在开展一个‘中国最美树林’的评选活动，你看，这是他们往年获奖的树林，全国各地都有，我觉得很多都没有相思林漂亮，我们入选的机会很大。”

“可是，我们这边的任何一级政府都不会出面向他们申请。”老樊听到这里不再继续看下去，转头给李明哲浇了一盆冷水。

李明哲早有准备，故作神秘地说：“这家基金会可以接受个人的申请，你说神不神？”说完，他兀自呵呵笑了起来，仿佛自己是个天才，费尽力气才终于找到这个宝藏。

“哦？”老樊再一次把头凑近屏幕，仔细查阅相关页面介绍，当看到真的有个人申请，他并没有表现出开心，反而眉头微蹙，疑惑地说道：“难道他们还会给个人发补贴？”

“当然不会，他们不是机关单位，不会给申请人发钱，而且，他们还号召申请人向他们捐款。”说完，李明哲用手指向一个“爱心捐赠”的图标。老樊定睛观看之后，更加怀疑：“那这个不是官方的，没有用啊。”

老樊的反应都在李明哲的意料之中，他指着屏幕中“活动指导单位”一栏里的部委名头，淡定地笑道：“他们虽然不是官方，但这个活动有官方背景啊，你看看，这个肯定他们不敢造假的。”老樊仔细看了看，不再提出质疑，但神情明显还是不认可。李明哲只得继续把话说透：“如果我们尽快拿到获奖证书，这个对于地方政府来说，就是一种荣誉。我记得以前做的一个项目，当地政府就是下大力气获得了一个某某‘最美湿地’的证书，那个证书的含金量还不如这个，现在你去他们的官网看看，宣传口号的第一句话就是那个证书的内容。”他一口气说完，然后笑眯眯地等着看老樊醍醐灌顶的样子。

可是，老樊的表现并没有如李明哲的愿，即使周围人的情绪都被李明哲的讲解调动了起来，“这个……我再看看吧，谢谢你啊，明哲。”面对人们期待的目光，老樊不置可否地说道，同时拍了拍这个小兄弟的肩膀，以示感谢。

李明哲没想到老樊是这个态度，满腔热血顿时化作条条冰凌，

“我……”他还想继续说，此时，那个老樊的铁杆志愿者老沈拎着一大把口哨闯到老樊面前，粗声粗气地说道：“老樊，你看这个怎么样？”老樊抬头一看，脸上立刻堆满了笑容，他拿起一只口哨，用力吹了一下，院子里顿时响起了足以刺穿耳膜的一声长啸，大家不约而同地抬手捂住了自己的耳朵。“好，这个够响亮。”老樊显得十分高兴，又补上一句，“但没事的时候，千万别吹，容易惊到白鹭。”老樊的话引得大家哈哈大笑，只有李明哲闷在一边。

回到住处的李明哲，越想越不舒服，对着天井口屋檐下那精美绝伦的石雕沉思了片刻，噌的一下坐直了腰杆，动作麻利地掀开了笔记本，俯下身去紧盯屏幕，飞快地点击着鼠标。熙悦不能理解爸爸这几天怎么突然变得“神经兮兮”，总是这么“一惊一乍”，她小心翼翼地走到爸爸身边，看了看屏幕上不断滚动的页面，充满期待地问：“爸爸，你又有新点子了吗？”

正全神贯注盯着屏幕的李明哲，闻声猛地转头望向女儿，把熙悦吓了一跳，下意识地往后退了一小步。李明哲见女儿面露害怕之色，立刻意识到自己又在犯从前的错误，他马上露出亲切的笑脸，柔声回答着女儿的问题：“暂时没有，我觉得这个方法值得试一试，到时候，樊伯伯他们就会明白了。”熙悦听完，眼睛里立刻闪过一道亮光：“那我们自己先试试吧。”

李明哲欣慰地看着女儿，心中暗暗下定了决心。“丽君，我刚问过了，参加这个活动需要捐五万块，你同意吗？”他转头对着正打扫卫生的妻子说道。钱丽君停下扫帚，看着满脸期待的父女俩，“你看着办吧，我没意见。”钱丽君满怀信任地对李明哲说。

得到了家人的支持，李明哲的心情变得轻快起来，办事效率也是水涨船高。在母亲和女儿的帮助下，他们很快就整理好申报所需的图片和文字资料，并在第一时间就完成了提交工作。让李明哲感到无比幸运的是，对方经办人员十分善解人意，在听取了他的情况说明后，爽快地答应特事特办，答应在收到捐款之后，将相思林的申请放到优先审核的位置，他虽然没有正式承诺，但一直在夸相思林，话里话外让李明哲感到他们的专家对相思林十分看好，入选是顺理成章的事情。

说心里话，当事情进展如此顺利的时候，李明哲内心还是有些隐隐不安的，特别是要献上“真金白银”时。毕竟在当今社会，各类骗子无处不在，手机隔三岔五就会接到一些莫名其妙的“骚扰电话”，而且现在骗子也在与时俱进，朋友圈里时不时地就能看到一些匪夷所思的骗术分析，让人感觉防不胜防。然而，在这个关键的节点上，目前貌似只有这一个可行的且见效快的方法，他已然是别无选择，何况，这个基金会是周教授介绍的，所有的公开资料也都在证明他们的公信力，另外，基金会官方资料显示，他们收到的捐款都会用于在西北干旱地区种树，改善当地的生态环境和民生福祉，关于这一点，该工作人员也是一再提及，强调他们是“公益组织”。

“或许，真的就像经办人员说的那样，他是在‘急人所急’地帮自己，这么有名的基金会，不至于为了骗五万元钱，而让自己身败名裂吧。”李明哲想了半天，终于把这里面的逻辑想透了，从而说服了自己，他点下支付按钮，将钱捐了出去。

说也奇怪，捐完款后，李明哲再没有感到担惊受怕，反而觉得无比轻松。他自己总结了一下，认为可能是因为找到了正确的解决方案，这就好比自己做规划设计时，经过反复权衡，终于找到了自己心目中的最佳方案，那时的感觉和现在如出一辙。

人在轻松的状态下，容易变得精力充沛。合上笔记本，李明哲情不自禁地哼起了歌，一听之下，竟然就是熙悦和老樊常听常唱的那首闽南语老歌《白鹭鸶》，他那“装腔拿调”的闽南话立刻就引得熙悦嬉笑不已，李明哲也不在意，“走，我们去观鸟台晒太阳。”他像个打了胜仗的将军一样，大手一挥，大声喊道。

“你还真把悦悦当男孩子养了，你看她这么多天都晒成什么样了？”一旁的钱丽君“数落”丈夫。

“小孩子就应该多晒太阳，多健康啊。”

“对啊，我才不要像我们班的一些女孩子，下课的时候躲在教室里不出去，那多无聊啊。”熙悦也来帮腔，“真是搞不懂她们，有太阳晒多舒服啊。奶奶，你说对不对啊。”她还不忘拉奶奶来助阵。

奶奶对孙女说：“悦悦，晒太阳是好，但也不能晒成黑牛屎啊。”熙悦立刻被逗得前仰后合：“黑牛屎，哈哈，奶奶，您太逗了，哈哈哈。我们去晒黑牛屎啰。”熙悦欢蹦乱跳地拉着奶奶和妈妈往外走。

此时项目点的空地上，同样是一派热闹的景象，十几个人正在各司其职地忙碌着，有的在用木头加固栅栏，有的在用钢管扩建观鸟台，观鸟台上不知什么时候放了一个大音箱，此时正播放着一曲励志的闽南歌，在为忙碌的人们加油鼓劲，而相思林里的白鹭们，仿佛也深受鼓舞，看上去比往常要活跃得多，鸣叫声更加欢快，就像要和这些老熟人比赛拉歌一般，而那些正在学着飞翔的白鹭宝宝们，展翅的时候，显得更加大胆和自信。

李明哲的自信，在第四天下午五点钟的时候，达到顶峰。那个时候，他正在通过手机微信，和芗州市规划部门的一位中层干部联络，这位干部是辗转了几层关系才好不容易接上线的，李明哲十分珍惜这个递交新方案的机会，字斟句酌地向他说明来意和介绍背景。正在这时，他的微信提示音响起，基金会的经办人发来信息，信息很短，头一个是：祝贺芗州相思林入选“中国最美树林”；第二个是：请查收邮件，祝好。

李明哲欣喜若狂，大喊了一声“耶!”飞快地打开笔记本电脑，三下五除二进到邮箱里，点开那个黑体字的未读邮件，一张金灿灿的证书，随即跳进了他的眼帘。他凑近屏幕，一个字一个字的确认过后，他确定这张照片就是自己要的东西，邮件里还特意说明，原版证书已经快递发出，为了急李明哲所急，先将证书拍照发过来。李明哲看到这里，既感动又内疚，看来之前，自己是“用小人之心度君子之腹”了。

“悦悦，快来看，相思林获得‘最美树林’称号了，获奖证书收到了。”李明哲高兴地召唤着女儿，家人们呼啦一下围上前来。

李明哲开心地指着屏幕，正要介绍证书，突然，门外响起了一串刺耳的口哨声，就像“防空警报”被瞬间拉起。“不好，有情况。”李明哲大惊失色，他条件反射般地蹦了起来，抱起电脑，一边快步往外走，一边急促地对大家说，“你们都待在里面，绝对不能出去，我去看看。”走到大门口，他停住脚步，转身再次叮嘱道：“丽君，你带好悦悦，千万别出门，爸，妈，你们就在家待着，哪里也别去，我很快回来。”说完，他反手把门带上，匆匆向相思林的方向赶去。

相思林前，木栅栏之外，观鸟台底下，已经聚集了很多人，目测有四五十个，他们正分成两拨，面对面地对峙着，所有的人都情绪激动，现场一片此起彼伏的叫骂声。

李明哲踏着坑坑洼洼的黄土地，焦急地寻找着老樊的身影。这个场面，这几天不知道在他脑海里出现过多少次，每当闲下来或者睡觉前，他的大脑都会不受控制地出现这样的冲突场面，有些是他亲眼所见的，有些是在网络上看到的，不管是哪一种，场面之惨烈，人性之扭曲，对他来说，都是难以承受之重，他也一直在祈祷，那样的场景，在这个“最美树林”边，不会出现。

走得近了，他终于看到了老樊，他正高举着双手，面对着十几个人，慷慨激昂地说着什么，那些人的背后，站着两排长长的穿着黑色保安服的“黑衣人”，他们每个人一手顶着一个仿制的“防爆盾牌”，一手提着一根黑色棍棒，显得威风凛凛。而老樊的身边，只站着那不到十个老弱的观鸟协会志愿者，他们双手握着长长短短的树枝，弓步前顶，努力让自己这方的队伍不落下风。

李明哲不由得加快了步伐，跌跌撞撞地跑了起来，渐渐也听清了老樊的喊话：“你们回去告诉许德彪，只要有我们观鸟协会的人在，就别想动这些白鹭的一根毫毛，就别想动里面一片树叶。”

“老樊，你别搞错了，现在是镇里面要拆除这个违法修建的台子。”老樊的对面队伍传出一个同样高亢的声音，李明哲听出是何主任在说话。

老樊冷笑一声，张口准备反呛，猛然看到李明哲快步走到了两支队伍中间，只见他浑身是汗，气喘吁吁，显得格外狼狈。“明哲，你怎么来了？赶紧回去，这里没你的事。”老樊焦急地“训斥”他，那神情，恨不得一掌把他推回住处。

“你先别急，我有个消息要告诉他们。”李明哲故作镇静，举了举手里的笔记本，对老樊说道。他转头看向另外一边，这才看清那十几人是何主任带着何会计和一帮村民，这些村民中有打过交道的那几位，剩余的十来个虽然没有正面交过锋，但都有过一面之缘，大多是美食街上的从业者。确认清楚对手之后，李明哲稍稍松了口气，他调整好自己的状态，走到何主任的面前，端起电脑，点亮屏幕，将里面的证书展示给他看，介绍道：“何主任，您看，这个是权威机构组织的一次‘中国最美树林’的评选，我们这片相思林成功入选了，这是刚刚收到的证书照片，您看看，纸质的证书已经快递出来了，这两天就会收到。”

何主任正带领村民“杀”得兴起，突然见李明哲一副胸有成竹的模样出现在自己面前，他疑惑地看了看李明哲，随后转眼对着屏幕仔细端详起来，李明哲见状，赶忙用一只手稳稳地端平笔记本，另一只手熟练地把照片放大，指着里面的加粗的“最美树林”字样，继续强调道：“您看，这个是国家权威机构颁发的证书，这对我们何厝，甚至芗州来说，是很大的荣誉啊，您说是不是？”

何主任盯着证书右下方的红章，将信将疑地说道：“李总，你这个证书不对吧？”

“何主任，您再仔细看看，这是国家权威机构组织的评选，我还敢骗你们吗？”李明哲急切地把话语权抢了过来。

何主任还在犹豫的档口，站在他身后对着屏幕看了半天的何会计再也忍不住了，他跳将出来，对李明哲发难：“李明哲，你别搞笑了，随便弄出一张纸，就想来吓唬我们，你真以为我们都没见过世面啊？我告诉你，我们只认政府的红头文件，老樊不是一直在申请公益林吗，但结果怎样？我们村里这一关就过不了，因为没几个人支持他，这就是民意。”他边说边挥舞着一叠纸，一副神气活现的样子。

李明哲看清楚了何会计手里拿着的，正是之前被他们带到老樊家的那份村民集体签名资料，李明哲清楚地记得，当时何主任答应暂时不会把这份资料提供给上级单位，没想到，才过了这么几天，它就堂而皇之地成为对手发动进攻的“炮弹”。“你……”李明哲抬手指向何会计，一时说不出话来，脸一下子就涨得通红。

“何会计，你个白贼。”老樊早就按捺不住，见此情形，破口大骂，“你是什么东西？真是‘厝内无猫，老鼠跷脚’。”

何会计没料到老樊会当着这么多人的面如此痛骂自己，他气急败坏，躲在何主任后面叫嚣道：“你……你说话干净点，不要以为没人治得了你。”

“老樊，你这样说话就没意思了，大家都是乡亲，你也一把年纪了，不能再这么任性胡来了。”何主任眼见再不出头已经不行了，连忙打着官腔规劝老樊。与此同时，站在何主任后面的乡亲们也纷纷发声附和，特别是那个领头阿伯，他正用类似“恨铁不成钢”的眼神盯着对面的老樊，大声地劝说他别做傻事。

面对乡亲们的鼓噪，老樊反而变得冷静下来，他的目光跳过何主任，直接对他们说道：“阿兄阿伯们，你们都被许德彪骗了，你们想想看，是他对村里有感情，还是我对村里有感情？你们再想想，我什么时候骗过你们，这么多年来，我做的一切，都是为了我们村好啊，这一点，还用我多说吗？”

老樊诚恳的一席话，让乡亲们安静了下来，看看老樊，又看看何主任。

何主任见势不妙，眼睛只是左右转了一下，就厉声对老樊喊道：“老樊，你说，你组织观鸟赚了多少钱？那些都是牺牲我们利益的‘黑心钱’啊，你还好意思说你都是为村里人好？”

“老何，你……你放屁！”老樊眼见乡亲们又开始用质疑的眼神盯住自己，知道在这个场合下很难解释清楚，不禁怒不可遏，完全不给何主任留情面，放声喝道，“你不要以为我不知道，你后面的这些人都是许德彪派来的。”李明哲一听这话，把注意力转到何主任身后那两排穿着黑色保安服的“黑衣人”身上，他赫然发现，领头的那个穿着黑色西装的男子，正是上次在许总公司为自己接投影仪的那个小伙子，这时，那个小伙子也面无表情地看着他，眼神无比空洞，仿佛只是一个执行命令的机器人。

“你……”何主任的一声怒吼，将李明哲的目光吸引回对峙“前线”，只见何主任似乎也豁了出去，他指着老樊怒吼道：“你不要狗咬吕洞宾，你再这样下去，没人会管你。”老樊也不管不顾地反呛道：“你不管最好。你说说看，许德彪到底给了你什么好处，让你像狗一样跟着他？”

老樊最后这句话，像在现场投下了一颗重磅炸弹，炸得人们都把目光投向何主任，何主任的脸顿时变得像猪腰子一般，他只愣了一秒钟，就爆发出歇斯底里的怒吼：“你……找死……”喊完他身子往后一退，大臂朝前一挥，发出了全面进攻的“命令”，他身后的黑衣队伍，仿佛早就在等这一声令下，话音刚落，就叫喊着一拥而上。老樊这边的人也早有准备，立刻拥上前去，保护老樊，抗击对手。

李明哲猝不及防，他本能地往后跳开，慌乱间一脚踏空，一个趔趄，整个身体向后倒去，他惊呼一声，双手下意识地保护住笔记本，把后背绷紧，准备迎接倒地时的冲击力。正在这千钧一发之际，他感到后背被一双手给托住了，终于稳住了身体，他转头一看，原来是父亲和母亲，他们正一左一右，抱住自己，“你们怎么出来了？”李明哲连忙带着二老往后撤了几步，暂时逃出了“战场”。

李明哲母亲看着双方的冲突越来越激烈，一场械斗在所难免，十分着急，急得直跳脚：“明哲，快想想办法，这样下去，老樊他们要吃亏。”“我刚刚已经报警了，警察应该快来了。”此时，李明哲父亲表现出了厂办干部的沉稳，出言安慰着老伴。眼见着“黑衣人”步步为营，把观鸟协会的人逼得步步后退，李明哲的大脑里，飞快地寻找着解决方案。

突然，李明哲大惊失色，左右转头四下寻找起来，原来，老樊不见了。“老樊呢？”一旁的母亲也紧张地叫了起来，一家三口全都瞪圆了双眼仔细搜寻老樊的踪影。

“住手!”如一声炸雷，观鸟台上传来老樊的断喝声，李明哲连忙抬头望去，只见老樊手扶着钢管扎成的栏杆，手指着下方搅在一起的人群，脸上的表情无比威严，像一尊“战神”雕塑一般。现场所有的人都停止了手脚和嘴巴的动作，仰头看向他。

“你们这帮畜生听好了，今天你们要想拆这个台子，就先把我埋在这里。”老樊使出全身的力气，悲壮地高声喊叫道，仿佛想把心中的怒火全部喷向这些“人渣”，让他们烧成灰烬。然而，他刚一喊完，就开始剧烈地咳嗽起来，那一声声无法自控的咳嗽，仿佛是要把他的肺从胸腔里给咳出来。李明哲一家和协会志愿者们被这惨烈的咳嗽给震懵了，他们呆呆地看着老樊佝偻着的身躯，正随着撕心裂肺的咳嗽声上下抽搐，竟然忘了要跑上去帮忙，而另一方的人群，更是不知所措，呆呆站立着。

“快上去看看。”李明哲母亲最先醒过神来，她大喊一声，挣脱李明哲的手，向观鸟台飞奔过去，李明哲也拔腿冲了上去，随着一声深深的长咳，老樊的身子猛地向前一倾，他手扶着栏杆，像一名中弹的战士一样，一头栽倒在观鸟台的铁板上……

远处，响起了刺耳的警笛声，“呜……”将相思林中早已骚动不安的白鹭们惊得魂不守舍，跟着凄厉地鸣叫起来……

第八章

孤勇者

朱红色的砖墙，被赤色的夕阳晕染得像一摊摊鲜血，让李明哲的心中泛起莫名的凄然滋味。在一片血色晚霞的包围之中，太阳就像一个没有煎熟的蛋黄，显得那么虚弱和无助，竟无力将从它面前飞过的白鹭们照亮，只在天际留下一个个奋力扇翅的黑影，挣扎着飞回自己的家园。

李明哲回过头看一眼依然沉浸在黄昏景象中的家人们，轻声说道："我们走吧。"他木然转过身，低头朝前走去，家人们看着他颓然的背影，跟着他怅然前行，身后只留下几串长长的影子。

当他们走到老樊的家门口，迎面从门里走出一个人，李明哲一看，居然是那个给过他下马威的领头阿伯，细看之下，他的眼眶居然是红着的。领头阿伯也看到了李明哲一家人，但他并没有表现出任何敌意，只是朝李明哲点点头，就匆匆与他们擦肩而过。李明哲夫妻不约而同地扭头用目光追随他的背影，发现他在走出一段距离之后，抬起手背不停地在擦眼睛，好像是在拭泪。

院子里，老樊躺在一张摇椅里，双目轻闭，双手搭在扶手上，樊嫂和女儿坐在一旁看护着他，她们的眼圈都是红的，目光中充满了悲伤和迷茫。

“樊嫂。”李明哲生怕惊到他们，走上前去，轻轻地呼唤了一声。樊嫂看是李明哲一家，连忙起身，勉强挤出笑容，低声说道：“明哲，你们来了。”

老樊听到“明哲”二字，迅速睁开了双眼，手把扶手，挣扎着坐了起来，“明哲，你们来得正好，我有话要跟你说。”他的声音依然是那么洪亮，笑容还是那么灿烂，和前一秒钟的氛围格格不入。

李明哲见状，强打起精神，快走两步来到老樊身边，在老樊的示意之下，在他旁边的一把竹椅上坐了下来，用充满惊异的眼神盯着他，仿佛在看一个“外星人”。

“明哲，你别听你嫂子乱说，我没事，哈哈。”老樊一边笑着一边攥拳展示自己的小臂肌肉。

老樊轻松自在的状态，让熙悦一扫脸上的阴霾，她欢快地跳到老樊身边，喜出望外地说：“樊伯伯，你的病好了呀？以后我们又能一起去看白鹭宝宝了吗？”“当然可以啊，我们不光可以去看白鹭宝宝，等到明年，还能看白鹭宝宝养自己的宝宝呢。”老樊拉起熙悦的手，高兴地对她说。熙悦听完更加开心，也抓住老樊的手，和他庄重地许下一个约定：“樊伯伯，那我们说好了，以后每年都要一起看白鹭宝宝和他们的宝宝们。”

熙悦天真的话语，让在场所有大人们的眼圈又一次发红，李明哲的泪水再也拦不住了，而他的心中，更是如海潮在汹涌。

老樊倒在观鸟台上后，众人冲上去赶忙把他扶起来，李明哲惊恐地发现老樊的嘴角满是鲜血，脸色铁青，陷入了昏迷状态。此时警车正好来到现场，车上的民警见状，连忙让大家把老樊抬上警车，一路飞驰冲向附近的医院。当天晚上，正当人们惴惴不安地为老樊默默祈祷的时候，樊嫂从医院打来电话说老樊是因为急火攻心引发心梗，还好送医及时，已经没什么大碍，在医院观察一两天就可以出院了。

这个好消息让大家的心放回到了肚子里，当然大家也不敢完全放心，毕竟，外在的危险尚未解除，他们还需要时刻提防着新一轮的“攻击”，如果相思林或观鸟台在这段时间里被强拆，那等老樊出院，大家有什么脸去面对他？于是，在李明哲和老沈的领导安排之下，大家打起十二分的精神，做好守护，静待老樊出院归来。好在，接下来的两天里，相思林十分平静，甚至连一个鬼鬼祟祟的人影都没有出现过。

大家正在暗自庆幸的时候，李明哲母亲接到了樊嫂的电话，她在电话里哭着说医生在入院检查的时候，发现老樊的肺部有阴影，经过进一步诊断，老樊很可能罹患肺癌，而且已是三期，出现了病变转移。这个消息如惊雷一般，把大家刚刚好起来的心情，又一次打向了地狱。大家很想去医院探望，但樊嫂说老樊已经知道了自己的病情，他坚决不让大家去看望。就这样，人们只能在悲伤中等待着老樊的进一步消息，直到两天后，老樊回到村里，才允许大家去他家里。

“好，熙悦，那我们就约好了。”此时，摇椅里的老樊坐直了腰背，用力握了握熙悦的小手，熙悦也认真地摇了摇老樊的手，认定了这个约定。

“对了，忘了介绍了，这是我的女儿，琪琪。”老樊的笑容更加豁达，他抬手指向自己的女儿向大家介绍道。琪琪表现得十分有礼貌，她乖巧地站起身来和大家一一打招呼。

“琪琪，听说你也在鹭城，下次可以带你爸妈到我家来做客。”李明哲也努力让气氛变得轻松一些，和琪琪攀谈起来，“对了，你男朋友好像也是鹭城的，他和你一起回来了吗？”

“别提那个软骨头。”令李明哲始料不及的是，老樊听完气不打一处来，“上次只是被单位领导警告了一次，他就吓得屁滚尿流，这样的男人，趁早让他闪人。”老樊这最后一句话，似乎是特意说给女儿听的，这让琪琪显得十分尴尬，她想解释什么，但最终选择了低头不语。

李明哲知道自己无意中捅了个马蜂窝，赶紧转换话题：“老樊，现在你平安回来了，我们大家就放心了，接下来，你在家好好休息，多陪陪嫂子和琪琪，相思林的事，你就暂时放一放，交给我和老沈吧……”

“那怎么行？”老樊大手一挥打断李明哲的话，尽显将军之风范，“我知道这几天村里没发生什么事，但我们绝对不能麻痹大意，除了继续组织巡逻之外，我们一定要想出办法来让许德彪彻底死心。”

老樊说完之后，看到大家脸上一筹莫展的表情，于是加大音量，继续鼓舞大家的士气："我这次去医院也算是因祸得福，最起码，现在村里很多人，不会完全站在何主任那一边了，这对我们以后的斗争十分有利。而且，我还要告诉大家一个好消息，我这几天联系了很多媒体朋友，一些朋友已经表态愿意去协调报道此事，还有琪琪，她也一直在向她的媒体朋友发送资料求助，相信很快就会有媒体关注了，到那个时候，我们就更主动了。"老樊说到自己女儿的时候，颇有"上阵父子兵"的感觉。

李明哲看在眼里，心中不由得升起一股豪迈之气，同时，一股让他难以释怀的怨气也油然而生。而这个怨气，正是来源于他的老同学——曹志军。

老樊被送去医院的当天晚上，李明哲已经证实了他内心一直拒绝承认的一个事实，那就是，许德彪欺骗了自己。这个老樊口中的"奸诈之人"和曹志军嘴里的"诚信之人"，成功地对他实施了"缓兵之计"，让新方案得到认可的机会变得更加渺茫。因为，按照目前形势的推演，旧方案的终审应该正在紧锣密鼓地推进中，终审会随时都有可能召开，这从许德彪在幕后发动这次"强袭"就可窥豹一斑，他一定是觉得时机成熟了，才会断然行动。这样做，既是一种对上的表态，也是一种对下的施压，不得不说，许德彪的这一步棋，下得真漂亮，而可悲的是，他最大的帮凶，却是自己最"好"的同学。而更让他气愤的是，那个时候，当他拨通曹志军的电话，不由分说把自己的愤懑发泄过去时，曹志军依旧不当回事，甚至笑话他太过敏感，不等他把话说完，就借故有事，挂掉了电话，而且，后面都不再接听他的电话，也不回他的信息，直到今天下午才接通他的电话，但说到最后，他居然不耐烦地说了一句“等下见面聊”，就断然把电话挂断，仿佛做错了事的人是李明哲。

从老樊家出来，李明哲感觉心里被一块大石头堵得难受不堪，他对家人们说了一句“我去走走”，就独自向相思林的方向走去。

此时太阳已经落山，但天色还没有完全暗下去，李明哲深一脚浅一脚地走在这片荒废多年的空地上，空地里的很多地方都已经杂草丛生，远远望去，四处散发着幽幽的阴郁之气，让他的心情变得愈发低落。相思林里，一些白鹭幼鸟依然站在高高的枝头，齐刷刷地看向海边滩涂的方向，正在翘首以盼父母的归来，发出的鸣叫声里，透着许多担忧和无助，让李明哲不由自主地向观鸟台走去。

“滴……”李明哲刚要抬腿上阶梯，一声汽车喇叭声在他身后响起，他停住脚步回头看，曹志军的车优雅地划了一个半圆，停在了他的身边。李明哲脸色一沉，冷冷地看着从车上跳下来的老同学。

“明哲，接了你的电话，我就马上赶过来了，还推掉了一个重要的会晤。”曹志军看上去依然是一副没心没肺的样子。

李明哲阴沉着脸对他说：“你来做什么？电话里不是都对你说清楚了吗？从今往后，我们各走各的路，就不必来往了。”

“明哲，我就是犯了天大的错，也应该得到一个当面解释的机会吧？”

“你还有什么好解释的啊？”李明哲的气更是不打一处来，不想再理他，转身踏上楼梯，径直朝台子上走去。

曹志军知道李明哲是真的生气了，不敢怠慢，紧走几步，跟在他后面，一边往上走一边解释道："明哲，你听我说，我也是才知道被许德彪给耍了，没想到他这么会演戏，我真是自愧不如啊。"

"哦？"李明哲走上观鸟台，停住脚步，转过身来，对着还差半截身子就要上台的曹志军冷冷地笑道，"我们的曹大老板也有被骗的时候？"

曹志军仰头看着居高临下的李明哲，已经充分认识到了事情的严重性，他急着继续解释："前几天接到你的电话后，我多方打探，问了很多人，这才知道许德彪的为人，我已经决定不和他们合作了。明哲，我是真心觉得你的新方案特别好，所以当我看到他那时的表现，我认为他绝对是真心喜欢你的新方案，唉……现在回过头来看，他真是个天才，演戏的天才，干。"

李明哲听完这番解释，心中的厌恶更加强烈，"我看你才是天才的演员，你决定不和他合作？是他不和你合作了吧？你口口声声说喜欢我的新方案，可是你都没来看过这片林子，你觉得我还会相信你吗？"他上前一步劈头盖脸就是一通暴击。

曹志军被李明哲怼得差一点立足不稳栽下楼梯，他慌忙扶住栏杆，诧异地看着李明哲，仿佛不认识他一样。李明哲看到他这副怂样，心中更加生气，"你睁开眼看看，这么多可爱的生灵，难道不是这里最宝贵的财富吗？难道不值得我们去珍惜吗？"他指着相思林里的白鹭，越说越激动，"你知道吗？有人为了它们，连死都不怕……"说到这里，李明哲声带哽咽，悲愤之情难以自抑。

曹志军怔住了，他呆呆地看着李明哲，良久，转头顺着李明哲手指的方向望去，刹那间，完全被眼前这从未见过的景象所震撼，"这么美啊……”他一边喃喃自语，一边不由自主地抬腿顺着楼梯走到台子上，目不转睛地，一步一步，缓缓地向那些美丽而优雅的精灵们靠近……

随着老樊的回归，李明哲的焦虑不但没有减轻，反而变得更加严重。

老樊不在的这几天，李明哲帮忙处理协会志愿者的工作，每天虽然杂事不断，但在忙忙碌碌之中，他反而觉得心情没那么沮丧，因为除了闲暇的时候会为自己的新方案无处投递而焦虑之外，忙起来之后他觉得自己始终在努力做事，虽然他内心知道，这种努力最终可能会于事无补。现在老樊已从医院回到村里，虽然罹患绝症，但看他那样子，已经将生死置之度外，他连夜就召集了志愿者开会，对“保卫相思林”的后续工作加强了部署，而对于李明哲一家，他的态度并没有改变，依旧劝说他们尽早离开这个是非之地。当然，李明哲代表家人当众表态要与大家“同仇敌忾”，但讨论的最终结果，依然是不让李明哲一家人参与到直接的保卫工作中，最多只能维持之前的工作，而且一旦有风吹草动，绝对不能像那天一样，冒冒失失地冲到前线去。

李明哲心里明白，老樊他们在试图保护自己和家人，但这种见外的做法，让他既心痛又感到十分不爽，无奈之下，他只得选择回归自己的专业领域，因为他始终对自己的方案信心满满，他坚持认为：新方案才是解决问题的终极武器，而老樊现在所为，最多只能起到延缓作用，最终的结果，只能是螳臂当车。

于是，他与之前那位好不容易才接上头的芗州规划部门的干部继续沟通，但没想到事隔寥寥数日，对方的态度却发生了一百八十度的转变，他明确拒绝了李明哲，甚至不肯接收李明哲发送新方案的请求，并隐晦地规劝他“好自为之”。深受打击之后，李明哲并不死心，他亲自跑去找之前合作过的那个芗州本地开发商，采用了自己能忍受的最大限度的央求手段，接近“死缠烂打”地恳请他推荐认识规划部门领导，然而，结果除了得到酒宴邀请和真诚劝告之外，同样是一无所获。

李明哲没有接受他们的盛情宴请，当他回到何厝的时候，正午的太阳，把他炙烤得垂头丧气，他心事重重地走到大门前，刚要推门进去，蓦然发现门口停着的车有些眼熟，定睛一看，竟然是岳父的专属座驾，他心底一沉：这个时候，他来捣什么乱啊？

果然，当李明哲推开大门走进院子，老钱那张“土到掉渣”的脸直扑进他的眼眸，让他本已烦躁的心绪变得更加凌乱，“你们怎么来了……妈，爸。”他强迫自己装扮起笑意。

“怎么了？不欢迎啊？”老钱却并不计较，反而开起了玩笑，这很出乎李明哲的意外，他疑惑地看了看岳父，又看了看岳母，发现岳母看自己的神态也和以前不太一样。

钱丽君给丈夫递上一杯茶，嫣然一笑，娓娓道来：“明哲，你不是一直想找芗州规划部门的领导吗？我想来想去，抱着试试看的想法打电话去问我爸，没想到，他还真认识，而且还很熟，我就请他们过来帮忙了。”李明哲听完，真是又惊又喜，瞬间就把以前与岳父之间的芥蒂抛到了九霄云外，“真的呀？那太好了，你联系过他了吗？

我们什么时候能过去？”他转头就向老钱抛出了三连问。“明哲，这边的事情，丽君都和我说了，相思林我们也去看了，我和老余都觉得，这个事情，你们做得非常对，在这里，我先表个态，我们一定全力支持你。”

岳父这一席话，就像从船上丢下的一个救生圈，让身陷汪洋的李明哲又一次看到了生的希望，他拼命向它划去，那深埋心底的怨恨瞬间消散，他只想抓住它回到船上，向人们倾诉这些天所受的委屈，好好地哭一场。他捏着自己的手，努力控制着自己，想尽快将抵在嗓子眼的激动，暂时压一压，好让自己能够继续说话。

这时岳母说：“明哲啊，这个地方太好了，简直是世外桃源啊，刚刚亲家母和悦悦带我们去拍鸟，我才知道，原来这么有意思，我和亲家母都说好了，以后有空就跟着她一起去那个，怎么说啊？哦，对，‘打鸟’。”“就是就是，亲家母，别墅里虽然住得舒服，多出来走动走动，对身心都有好处呢。”李明哲母亲一席话引得亲家母连连点头称是。

李明哲见这两边平时都不怎么来往，甚至互相看不上眼的亲家，此时却表现得如此默契十足，既觉得很意外，又感到很欣慰，这大概就是这片美丽的树林和那群可爱的白鹭带来的好运吧。他发自内心地露出微笑，开口对两位母亲说道：“妈，老妈，等项目按照我最新的规划方案建好了，你们一定会舍不得离开这里的。”说完，他又认真地补充了一句，“我保证。”

“好，我相信你，明哲。”老钱看上去对眼前两家人的和睦相亲十分满意，他向女儿投去一个老父亲特有的“讨好”眼神，当得到女儿的积极回应之后，他转脸对女婿说，“我们马上就联系黄局。”

听说李明哲的岳父联系上了规划局局长，老樊也十分高兴，特意在美食街上最好的酒店定了一个大包间，准备给他们接风洗尘。李明哲的母亲却坚持要在住处做一顿家宴来迎接亲家，按她的话说是“结亲这么多年，还没有在家里请过客，这次机会难得，一定要露一手。”

母亲所言非虚。自从李明哲与老钱首次见面不欢而散，小两口结婚酒席都没在鹭城办，只是回李明哲家乡办了一场婚礼，当时李明哲父母几乎花光了所有的积蓄，在县城最豪华的酒店，风风光光地把儿媳娶进门，并发动亲戚哄儿媳开心，这让情绪低落的钱丽君十分感动，从此，婆媳关系十分融洽，虽然平时生活远隔千里，但只要一有机会，她就会让李明哲带她过去看望二老。本来这是一片好心，但却让老钱产生了很深的误会，他觉得亲家这是借机让女儿疏远自己，好帮儿子来报复他，再加上他本来就觉得门不当户不对，因此，这么多年来，两家从不来往，连电话都没打过一个，即使是李明哲把父母接到鹭城生活，老钱也假装不知道，没有尽到“地主之谊”和“亲家之礼”。另一方面，依着李明哲母亲的个性，她也绝对不会主动“巴结”这个有钱的亲家，两家始终没有时空交集，双方只是通过照片“认识”了彼此。

李明哲母亲的决定，让老樊只得取消了预订，也让老钱夫妇在羞愧之后十分感动，特别是老余，她本来就对老钱气跑女儿女婿十分不满，为此只要两人一吵架就会翻出这件事来埋怨老钱，亲家来鹭城的时候，她极力主张应该请到家中来做客，尽到最基本的礼数，但老钱始终解不开心结，放不下面子，这让老两口又多了不少闹别扭的时间。

这一次，应女儿和外孙女之约，老钱夫妇欣然来到何厝，除了对李明哲的所作所为表示支持，也希望能帮帮他，更重要的是，借此机会，完成这个迟到的会面。当他们怀着忐忑的心情与亲家相见时，没想到亲家表现得十分热情，几句肺腑之言过后，就消除了他们心中的隔阂，而当他们被带到相思林前的观鸟台上的时候，面对从未得见的美景，他们的心立刻就被融化，自此，两家人终于变成了一家人。

华灯初上，古老的红砖厝里充满着欢声笑语，凉爽的天井之中，大家的脸上写满了自在惬意。

“来了，赣江炒米粉。”李明哲母亲兴冲冲地端着一大盘颜色鲜艳的炒米粉，像她当年开炒粉店时一样高声吆喝着来到大家面前，在一阵欢呼声中，放到餐桌中间，神采飞扬地介绍道：“大家尝尝我们家乡特产，我炒了二十年的手艺，虽然不敢说是县里最好的，但在我们那一带，‘何嫂炒米粉’的名声，也是响当当的。”

“哎呀，亲家母，你这米粉一看就是专业水平，这样比起来，我做的鹭城炒面线实在上不了桌啊。”老余看着色香味俱佳的炒米粉和旁边显得有些干巴的炒面线，向刚刚在身边落座的亲家母发出由衷的赞叹。“哪里哪里，亲家母太谦虚了，你做的炒面线很有特色啊，里面放了这么多好料，我下次也要试试看，在炒米粉里多加点料，一定会更好吃。”李明哲母亲高兴地说着说着，情不自禁地拉起了亲家的手，就像一对一见如故的好姐妹。

这一幕，让在座的人都深受感动，特别是李明哲，他从母亲自信又自豪的言语中，再次感悟到一个人由内而外的自尊是如此动人，也正是从小的耳濡目染，让他也养成了不认输的秉性，这不就是传承的力量吗？

“来了，最后一个汤，苕州面线糊。”樊嫂小心地端着一盆汤，碎步走向餐桌。

“樊嫂辛苦了，不是你帮忙，我今天无论如何都忙不过来，来，赶紧坐下吧，我们开饭了。”李明哲母亲感激地对樊嫂说。樊嫂此时已是满脸是汗，她开心地在老樊身边坐下，接过老樊递上来的纸巾，笑着回应道：“哪里啊，这几天都是你在我家帮忙做饭，今天这个大喜的日子，我能来帮忙，高兴还来不及呢，就怕做的菜不好吃。”

“哪里会啊，”老余立刻接过话来，“这些菜都是我们爱吃的，有些菜做法不太一样，但一看就特别有食欲，谢谢你啊樊嫂。”

李明哲父亲眼见着“三个女人一台戏”，自然也不甘寂寞，他端起了做东男主人的架子，清清嗓子，开始开席致辞：“感谢三位伟大的女性为我们献上了这么一桌子美味佳肴，借此机会，我要向亲家的到来表示最衷心的欢迎，这是我们第一次聚在一起，这是一个良好的开端，希望我们以后常来常往，和和气气，有问题一起商量，有事情一起扛，大家说好不好？”

他的发言立刻博得满桌人热烈回应，老钱连忙表态道：“亲家讲得太对了，我们为人父母，辛苦一辈子，还不是为了子女后代。来，这杯酒，我先敬你们。一是为我以前的礼数不周抱歉，二来我也表个态，以后不管发生什么事，我们都要坦诚相待。我先干了。”说完，他豪爽地一饮而尽。这让老李立刻有了酒逢知己的豪情，他也高声应和着，端起酒杯一饮而尽，大家叫好连连。很快，男人们都加入了畅饮的行列，而女人们也没闲着，丢下各自的男人，凑到一起，开心地拉起了家常，熙悦也自然成为她们的开心果，时不时地引得大家放声大笑。

第二天一早，在家人们兴高采烈的簇拥之下，李明哲和老钱上了老钱的豪车，老钱坐上驾驶位亲自开车，李明哲坐在副驾驶位上，再一次把准备提交的资料放在腿上，一一检查。为了这个在他看来是"最后一战"的会晤，李明哲昨天又抓紧时间把新方案梳理了一遍，重点调整了演示的顺序，好让领导能在第一时间里找到新方案的亮点，同时重点介绍了这些亮点对规划局的绩效和形象有何裨益，等这一切确定无误之后，他特意找了一家专业的工程打印店，精心地将新方案打印装订成这本精美的图册。

这应该是他做过的最好的一本规划方案书了，李明哲捏了捏手里的方案书，顿时感觉信心满满，而当他拿起那张如约而至的"最美树林"的纸质证书时，他的信心又跟着翻了一番。在前几天的"观鸟台保卫战"中，这个证书虽然没起到作用，但李明哲始终认为那是因为那帮人没见过世面，他相信，这位即将见面的黄局，一定明白这张证书将成为芗州一张烫金的名片。真没想到，自己梦里寻了千百度的机会，最后却由自己最讨厌的人带来了，而那些曾经最信赖的人，却一个个给了自己"当头一棒"，这真是造化弄人啊。感慨之余，他转头看向专注开车的岳父，突然发现，在和煦阳光的映照之中，这个"土老头”其实还蛮可爱的。

芗州规划局的办公大院位于芗州市的市中心，是一栋不算起眼的五层楼建筑，没什么特点，方方正正的，就是那种常见的政府办公大楼的模样，离何厝也不远，开车半个小时就到了。李明哲对这里并不陌生，他还记得三年前，自己来过两次，当时最深的印象就是外来车辆随便进，虽然院子大门口有保安，但只要摇下车窗对他抬手示意一下，那个老保安就会热情地抬杆放行。

然而，这一次当老钱的车停在大院门口时，岗亭里的保安并没有出来，而是坐在里面，将一扇小得不能再小的窗户拉开一个口子，示意下车上前登记。“怎么改了？”李明哲嘟哝了一声，解开安全带准备下车过去登记，“我去吧，你说不清楚。”老钱拦住了他，打开车门向岗亭走了过去。老钱拿出身份证做完登记，保安拿起电话拨出号码，盖上电话后冲着老钱做了一个请进的手势。

“现在怎么这么麻烦了？以前都随便进的。”当老钱回到车上，李明哲忍不住抱怨起来。老钱笑道：“这很正常啊，城市大了，‘衙门’当然就难进了，二十年前，鹭城的也是随便进的，办公大楼比这还小，现在呢？”李明哲一时无言，心里突然没那么自信了。

老钱说：“你不用担心，黄局刚从省城调过来没多久，我和他认识有十多年了，他一定会买我这张老脸的。”经老钱这么一说，李明哲又重新鼓起了信心，毕竟，能在刚上班最忙的时候接见他们，这起码说明两人的交情不一般。

黄局的办公室在五楼最靠里边的位置，老钱站在门口神情笃定地敲了三声门，里面随即就传出一个洪亮的声音：“请进。”

两人刚一进屋，黄局立刻从办公椅里站了起来，就像见到了久别重逢的老朋友一样，伸手把老钱往门口的泡茶沙发上请，“老钱，你怎么有空来看我啊？”他高兴地说道，“来来来，我正好弄到一包好茶，你们快坐。”他一边指挥两人坐下，一边无比麻利地泡起了茶。他看上去接近花甲之年，但身材保持得很好，举手投足间透着干练和精明，此时的他根本看不出是一个身居要职的官员，倒更像是一位热爱生活的“茶痴”，这让李明哲感到很舒服。“黄局，尝尝我带来的茶怎么样。”老钱很随意地将手里拎着的一盒包装精美的茶叶递给黄局，黄局也不推辞，接过茶叶与老钱评头论足一番，就像是茶友见面。

“老钱，这位是谁啊？”三人坐定，黄局终于问起了坐在自己对面的李明哲，李明哲听完心里一惊，他原以为老钱来之前就向黄局说明了来意。他用询问的眼神看向老钱，老钱依然一副胸有成竹的模样，向黄局介绍：“这是我的女婿，今天和我一起过来见见你，他也正好有一件事想找你。”

黄局一听，瞄了一眼李明哲，对老钱说：“你真是好福气啊，女儿漂亮懂事，女婿又是这么一表人才。有什么事情，尽管说，只要不违反规定，都好说。”

“好，那我就不客气了。你们这边有个何厝旧村改造项目？是不是归你管？”

“是啊，怎么？你们也感兴趣啊？可惜你们来晚了，那个项目前期规划工作都快结束了，马上就要动工了。”

“不是我的事情，是我女婿找你有事。”老钱指着李明哲说，“他是这个项目的总规划师。”

黄局听完，再次打量着李明哲，问他：“你是李明哲？”

李明哲感觉终于轮到自己上场了，他正了正身形，微笑着回答：“是，黄局，我是李明哲。”他话音刚落，黄局就一拍大腿，兴奋地对他说道：“哎呀，你怎么不早说啊，你可是我们市的大功臣啊，昨天我们主管陈副市长还在夸你的规划方案好呢。来来来，喝茶，喝茶。”说着，他端起一杯茶，躬身推送到李明哲面前。

李明哲突然受到这样的礼遇，非但没感到高兴，反而微微皱起了眉头，在大脑中不停地组织着语言，看要如何推翻自己的“旧”方案，推介自己的“新”方案。坐在中间沙发上的老钱何尝不明白女婿的难处呢？他的大脑也在飞速地旋转着，脸上依然装扮着开心的笑容。黄局见李明哲没接话，以为他脸皮薄比较矜持，转过头又向老钱送上赞叹之词：“老钱啊，福气啊，你的女婿真是大人才啊，你知道吧，他可是我们陈副市长钦定的项目规划师，当时我们还以为他们之间有什么渊源，没想到他真是靠自己的真本事，不愧是我们省里的金牌规划师，这次果然出手不凡，提交上来的方案博得了满堂彩，让我这个快要退休的人都跟着沾光了。”老钱面对笑逐颜开的老朋友，跟着“尬笑”起来，同时，用眼神示意李明哲“我没办法了，你自己说吧”。

李明哲见状，不再迟疑，他轻轻清了清嗓子，探身向前，诚恳地说：“黄局，我这次来，是想向您提交一个更完美的规划方案。”

这句话让黄局的笑容瞬间僵化，不过，一眨眼的工夫他就恢复了镇定，把架子架了起来，打起了官腔：“哦，是吗？你应该知道，由于历史的原因，这次的项目规划，是我们局里牵头，由开发商来具体实施，也就是说，你的甲方是开发商，如果你有什么新的想法，可以先找他们，再由他们上报给我们，我们虽然是管理部门，但也不能越权啊。老钱，你说我说得对吗？”说完，黄局不再看李明哲，笑呵呵地看向老钱。

老钱当然明白这位老朋友的意思，但他来之前当着家人们的面给女婿打了包票，如果轻易就“鸣金收兵”，那以后这把老脸还要怎么在家里人面前放啊？他坐在两人中间，一会儿看看左边，一会儿看看右边，一时间没了主意。

李明哲没想到黄局的态度转变得如此之快，但他很快就作出了回应：“已经报给开发商许总了，但他不是很积极，所以，今天才来向您汇报。您看这是我的新规划书，比旧方案好了很多。我可以负责任地说，这是我做过最好的规划书，一定能像角池项目一样，为艿州再添一个省级，甚至国家级的示范项目。”李明哲说完，恭敬地把手边的资料双手递给黄局，但他发现离得太远，于是起身跨过老钱，坐到了黄局的身边，再次向他递交资料。

黄局将信将疑地接过规划书，低头认真地翻看起来，李明哲探身靠近黄局，跟着他翻看的页面，不失时机地指出新规划的亮点，进行现场解说。黄局的专注度只维持了刚开始的几页，后面草草地扫了几眼就很快把规划书合上，往后靠在沙发背上，用长辈的口吻说：“明哲啊，这个新规划啊，减少了很多商品房，这也难怪许总不积极啊。”

“是的，但整体的项目品质得到了大幅提升，从总的收益看，对开发商反而是有利的。这个我能保证，因为我之前有很多的项目都是这种情况，最后他们都反过来感谢我。”说到这一点，李明哲的回答显得十分有底气。

“哦？”黄局看上去不太相信，继续不紧不慢地说，“我相信你有这个信心，但开发商未必有啊，他们不愿冒险也是可以理解的嘛。”

李明哲见黄局的态度明显在开发商一边，说话变得有些着急起来：“黄局，请您一定好好看看，我在规划书里进行了翔实的计算和介绍，这个方案不仅对开发商有好处，而且更重要的，会大大提升我们芗州的形象，这也算是您和您单位的业绩啊……”

“好了，明哲，你的来意我知道了。”黄局似乎不想再听李明哲啰唆下去，他双手一拍沙发扶手坐直起来，以不可辩驳的语气说道，“这个项目的情况已经十分明朗了，何厝村的村民，镇政府，包括我们市级单位和市委、市政府，都对你的规划方案十分认可，都希望尽快动工，让村民们尽快安居乐业，这是我们作为主管单位，最想做的事情，也是最应该做的事情。”

“据我了解，很多村民是有不同意见的，黄局，您去村里调查过吗？”李明哲此刻很是着急，快速的言语中明显带着质疑，将黄局噎得瞪大双眼看着翁婿二人。

老钱心里明白这件事情已经板上钉钉，多说无益，他迟疑了片刻，对李明哲说：“明哲啊，黄局的话，讲得十分有道理，这样吧，你把规划书留在这里，他一定会好好研究的。”说完，他用询问中带着恳求的眼神看向黄局，黄局不耐烦地冲着他微微点点头，算是给他个面子敷衍一下。

李明哲心中一寒，满腔的希望在这一刻化为乌有，他实在不愿就此放弃，突然想起来还有那张证书，他赶忙拿起放在茶几上的证书，双手递给黄局，兴冲冲地对他说：“对了，黄局，那片相思林，刚刚获得了‘中国最美树林’称号，这是一个重大的荣誉啊，您看看，这是证书。”“哦？我看看。”黄局的兴致似乎被调动了一下，但他身子并没有动，只是单手接过证书，放到自己的眼前，仔细端详起来。

“这个证书是假的呀。”仅仅片刻之后，黄局就起身把证书放到沙发厚厚的皮质扶手上，指着证书上的红章子，教育起李明哲来，“你看啊，这个发证单位看上去是这个所谓部委主管的基金会，但其实啊，他就是一家注册在境外的公司，这个活动倒是真的，但只是假借部委名义骗钱的，他们和部委一点关系都没有。”

李明哲像听天书一样怔怔地看着黄局，黄局见状，更加得意地解释道：“几年前，我还在省城的时候，就有单位投诉到我这边，说被他们骗了钱，而且不止一家，但一来啊，被骗金额不大，二来呢，你可能也知道，这种名头大到吓死人的‘野鸡协会’，多的是，鬼也不知道他们背后有没有后台，后台有多硬，我们也就没去追究，只能发文下去，让大家小心防范。你要不相信啊，我可以把文件给你找出来。”

看着黄局笃定的神情，李明哲的脑袋嗡的一声就大了，他怎么也不敢相信自己会被如此简单的骗术给骗了，难怪在证书这件事上，老樊不支持自己，何会计他们会鄙夷地取笑自己，原来他们早就知道这是个骗局，而只有自己还傻乎乎地追着给别人送钱。

紧接着，他又联想到这段时间里自己接连被骗的经历，先是林老板和张小强，后来是许德彪和曹志军，这些人当中，除了许德彪，其他的都曾经是自己信赖的人，但面对利益，他们一个个选择了背信弃义。难道，这个世界上，只有自己是那个，还在自以为是地坚守着做人最基本原则的“笨蛋”吗？李明哲在心中一声哀叹，像泄了气的皮球一样，瘫坐进黑色的沙发里。

“明哲，损失大吗？”黄局看他如此落魄，关心地问。

在两位长辈的注视之下，李明哲渐渐缓过神来，他默默地点开手机屏幕，找出母亲和女儿特意为此次“汇报之行”制作的一个相思林的视频，按下播放键后放到黄局的眼前，用有些木讷的眼神盯着他，冷冷地问道：“黄局，您去现场看过那片相思林吗？这难道不是‘最美树林’吗？你们真的就忍心，让这些可爱的白鹭无家可归吗？”

黄局被李明哲这像是要“豁出去”的样子，给震住了，他的目光不由自主地聚焦到手机屏幕上，有那么一个瞬间，他的眼睛里闪过一丝光，显然是被那满树的白鹭给震撼了一下，但很快，他就把目光移到了李明哲脸上，“明哲啊，我理解你的心情，但你也要理解我们的苦衷啊，我年底就退休了，何厝这个项目，可能是我经手的最后一个项目，我现在最希望的，就是让这个项目顺利完成，不要出任何纰漏。”他斩钉截铁地说道，“这个事情，已经没有更改的余地了。”

李明哲此时已经完全豁了出去，他盯着黄局的眼睛，像是在弹尽粮绝的阵地里发起最后的“殉爆”：“如果是这样，我只能申请收回我以前的那个规划方案书了。”

老钱猛地拉了一下李明哲的手臂，大声呵斥道：“你疯了吗？你不要不知好歹啊，辜负了黄局的一片好意。”他十分清楚一个规划师这么做的后果会有多严重，这几乎是宣布了他在这个地方，甚至在这个行业的“死亡”。

黄局见老钱用这种方式保护自己的女婿，也语重心长地劝李明哲："明哲，这样做的后果，我想你应该也是知道的，你还年轻，偶尔冲动也正常，但你应该多听听你岳父的话，不要因为一时冲动，毁了自己的大好前程。"

来何厝之前，李明哲想得很简单，如果发现因为测绘图问题而造成不好的影响，大不了就发个声明，宣告自己的规划方案作废，但最近几天，随着保卫相思林的形势越来越糟糕，李明哲开始悄悄地向同行打听这种方式的可行性，但得到的反馈都是力劝他不能走上这条"绝路"。现在，面对黄局的好言相劝，说心里话，他也不是没动摇过，但他觉得事到如今，已经没有其他的办法可以兑现对女儿的庄重承诺，只能舍命一搏。

想到那夜，熙悦抱着"大红"出现在自己面前时，那楚楚可怜的眼神，还有那与自己拉钩时，欣喜万分的脸庞，李明哲的眼睛湿润了，此刻，他如坠入深渊般无助："如果一个规划师，连自己的原则都守不住，如果一个父亲，连对女儿的承诺都做不到，那这一切，还有什么意义？"

第九章 恩师出马

在回去的路上，李明哲目光呆滞地坐在副驾驶位上，窗外倒退的风景，就像一幕幕幻影，在他瞳孔表面飞速掠过，但并没有在他脑海中留下半点涟漪。那本精美而厚重的规划书，颓废地躺在他的手里，随着汽车的颠簸，上下抖动，瑟瑟发抖。老钱好几次转过头来想对他说些什么，但最后都选择了放弃，他那沟壑纵横的脸上，徒留一抹苦笑。

回到住处，面对围拢上来的家人们，李明哲逃也似的快步走进自己的卧室，反手把门重重地甩上，惊愕的人们，齐刷刷地将目光投向随后进门的老钱，老钱郁闷地摇摇头，自顾自地坐到了茶桌旁，低头摆弄着茶具，仿佛要在亮黄的茶汤之中，寻找一丝慰藉，找回自己的脸面。

紧接着，卧室里传出了李明哲的怒吼：“你还敢说是捐献，你们的身份是不是假的？你们胆子也太大了，敢冒充国家机关公然行骗，我不管你们有什么后台，我都会和你们死磕到底，我就不相信了，这个世界还会让骗子横行。”随后，院里的人们就听到了一声爆裂的脏话，和床脚被暴踢的声音。

钱丽君十分担心自己的丈夫，很想进屋去看个究竟，但被一旁的婆婆用眼神制止了，熙悦此时紧紧地抓住妈妈的手，惶恐地观察着院子里的大人们。突然，卧室大门被猛地打开，李明哲举着手机冲了出来，大声说道：“丽君，周教授晚上要过来，我们好好准备一下。”

正闷声泡茶的老钱，闻听此言，精神陡然一振，他抬起头像是自言自语又像是对着大家说道：“谢天谢地，救星来了。”他的这句话，结合着李明哲的兴奋表现，让院子里的人们重新看到了胜利的曙光。

是啊，老钱的话真的没错。李明哲心中也是一阵狂喜，就像在巨浪滔天的汪洋中看到了一座灯塔。现在想想，自己事业的每一步，都没有离开周教授的指导和扶持，如今自己跌到了这般田地，又是他及时出现，这不是“救星”是什么？如此大恩，真是无以为报啊！只能秉承他的教导，做一个“真诚，担当，创新”的城市规划工作者，成为令他骄傲的、真正的金牌规划师。想到这里，他大声招呼家人们：“来，我们来泡茶，跑了一上午，我都渴死了。”

下午时分，周教授就风尘仆仆地来到这个抬头能望见天的小院，李明哲见到他的第一眼，心头一热，眼泪差点夺眶而出。与上次在金牌规划师晚宴上相比，此时的老师，显得十分疲惫，仿佛苍老了许多，脸上虽然仍旧带着那熟悉的亲切笑容，但眼睛里似乎落了一层薄薄的灰尘，不再那么神采奕奕，让人感觉忧心忡忡。

“周老师，您这么快就赶过来了？我给您添麻烦了。”面对恩师，李明哲的声音有些颤抖。

“明哲啊。”周教授看着爱徒，内心似乎也很不平静，仿佛在斟酌着自己的言语，“我这次来啊，是受林老板之托，来看看怎么可以帮到你。”

李明哲从老师的话语中听出了关怀，但更多的是担心，甚至有些埋怨的味道。他知道周教授和林老板很熟悉，林老板十分擅长于结交业界大腕，德高望重的周教授自然是他卖力巴结的对象，李明哲还在读书的时候，他就出资与周教授共建了一个创新研究所，专门研究和实践国内外最前沿的规划理念，李明哲就有幸成为过这个研究所的实习生，毕业的时候，也正是因为这层关系，他才选择进入林老板公司，一路成长为金牌规划师中的王牌。这也是李明哲一直隐忍林老板的原因之一，他怕林老板向老师告状，让老师为难。

自从上次林老板带着张小强来兴师问罪被李明哲反呛回去之后，林老板就再也没有和他联系过，其间，李明哲给他发过一次微信，告知要请一段时间的长假，他也没回，当然，李明哲也没管。没想到，今天自己刚刚在黄局那边说要收回规划方案，他就请周教授出马，把自己陷于不义之地，这实在让人恼怒。

“明哲，我觉得你和林老板之间可能有些误会。”周教授说，“你们之间的事情，他都告诉我了。他还是很关心你的，只是知道你的脾气，才一直没联系你，想让你在项目现场多了解了解情况，慢慢冷静下来。来之前，他也向我保证了，只要你愿意回去，他张开双臂欢迎你，他还跟我说了，他现在年纪大了，想多留点时间给自己的家人，想把公司交给你管理。明哲，我觉得他说这话的时候，是真心实意的。”

李明哲听老师的话语之中，满是对林老板的赞赏之情，心中不禁一声哀叹：这条老狐狸，又一次画了个大饼，又一次站在了道德制高点上，真是让人百口莫辩啊。“周老师……”李明哲表情无奈又痛苦地说，“事情不是他说的那样的……”

“这都不重要了，重要的是不要毁掉你的职业生涯啊，这也是我着急赶过来的原因啊。”周教授语重心长地对爱徒说。

李明哲见老师如此动情，心里更加难受，他很想进一步揭露林老板的“画皮”，但又不知从何说起，只能懊恼地低下头去。

“明哲，周教授的意思，你还没明白吗？”坐在主位负责泡茶的老钱坐不住了，提醒着这个从不听话的女婿。李明哲抬头看了一眼老钱，又把头低了回去。他何尝不明白周老师为什么会急匆匆地赶过来，一定是黄局把他最后的表态告诉了许德彪，许德彪转身就让林老板想对策，而林老板自然就想到周教授了，因为目前他手里只有这一张“王牌”能压过自己。现在情况弄清楚了，但周老师会跟我说什么呢？或者说，他要怎么帮我呢？这才是李明哲低头不语的根本原因。

“明哲，听说你去找了芗州规划部门领导。”周教授见李明哲始终不说话，只得把话挑明，“我不知道现场发生了什么，但我相信，你一定是在不冷静的情况下，才说出那样的话。”

“还是周教授了解明哲，当时我听到他说要收回规划方案，差一点当场昏倒，这孩子什么都好，就是太任性。”老钱顺着周教授的话，帮腔教训李明哲，李明哲甚至开始怀疑老钱之前所说的“救星”，其实是指——终于有人过来帮他教育这个不听话的女婿了。

“周老师，不是这样的。”李明哲认真地对周教授说，“我是经过深思熟虑后，才做的这个决定。”

听到这话，老钱气得嘴都歪了，看他那样子，恨不得抬手就给李明哲一个大耳光。反观周教授，却要镇静得多，他仿佛早有预料，笑了一笑，和蔼地对他说：“明哲，你的新方案，我看了，刚刚进屋之前，我也特意先去看了一下那片树林，看得出来，你在新方案上，下了很多功夫，设计思路也十分前卫，从我们专业的角度来说，是一个堪称典范的规划方案。”

“谢谢周老师……”周教授这一席话，让李明哲感动得热泪盈眶，自己这么久的付出和抗争，在这一刻，得到了在他看来最重要的认可。“这对我很重要……”他一时凝噎，不能自已。

周教授站起身来，拍了拍李明哲的肩膀，爽朗地对他说：“走，明哲，我带你去一个地方。”

李明哲怎么也不会想到，周教授带他去的地方，竟是他在芗州赖以成名的地方——角池项目。说到这个项目，李明哲一样要感谢周教授。

那时，李明哲正因为升职加薪的事和林老板闹得很不愉快，一度准备跳槽，周教授知道后，亲自出面找林老板交涉，李明哲清楚地记得老师的原话是“务必不能亏待我最喜欢的学生”，听到这句话，他那时深刻地体会到了“恩师”这个字眼的含义。而且，老师的恩情还远不止这些，在林老板挤牙膏般地给李明哲加了一些薪水之后不久，周教授正好接到了芗州角池项目的盛情邀请，他在第一时间就向项目方推荐李明哲来担纲规划师一角，起初，芗州方面担心李明哲太过年轻，但架不住周教授用自己的声誉担保，最终让李明哲在众多竞争者中脱颖而出，顺利夺标。

当然，为了不给老师抹黑，李明哲在这个项目上投入了最大的热情和精力，事无巨细都力求完美。这其中，他最满意的，也是后来最为人称道的，是他对新能源的实践。经过翔实的现场调研，他发现当地有十分丰富的地热资源，于是他依照国际前沿的绿色建筑标准，规划了地源热泵系统，让楼宇和住宅实现了空调入户，同时，他又充分利用项目所在地风大和日照充足的特点，规划了风力发电和光伏发电系统，让居民享受到了既舒适又省钱的居住环境。正是凭借这些创新性的绿色设计，他为自己增添了一座分量不轻的奖杯，让芗州在国内甚至国际上都声名远播，也让他在芗州声名鹊起。

周教授和李明哲漫步在环境优美的小区内，一边回忆着当时的情形，一边讨论着规划的亮点和得失，李明哲从老师的现场点评中受益匪浅，频频点头。当他们来到小区中心广场，正是黄昏时分，暑气渐消，广场上热闹非凡，带小孩的、运动的、纳凉的、在海风的轻抚之中，每个人的脸上都洋溢着幸福的笑容。

“明哲，你看人们多开心啊，”周教授双手叉腰，一脸满足地对李明哲感叹道，“这大概，就是我们作为规划工作者，最大的动力来源吧。”

“是啊，周老师，您一直教育我们说，社区是给人住的，我们的规划一定要最大程度地满足居住人的需求，您的教诲，我一刻都不敢忘。”李明哲看着斜阳下，周教授那花白的头发和深深的眼袋，十分认真地回道。

周教授满意地对李明哲点点头，动情地说道：“我一直对人说，你是我最放心的学生，其实，明哲，你知道吗？在我心中，最放心不下的，就是你。”

李明哲不解地望着老师。

“追求完美，是你的优点，但有的时候，过于追求完美，也会给你带来不必要的麻烦。”周教授帮他分析，“就拿这个何厝的项目来说，我来之前仔细地对比了你的两个方案，我和你一样，觉得第二个方案更符合当今世界的潮流，践行了‘人与自然和谐共处’的先进理念，但是，我们在进行规划设计时，也要时刻记住结合实际才行啊。明哲，你说对吗？”

刚刚还心存感激的李明哲，立刻听出周教授的言外之意，顿时像被兜头浇了一盆凉水，呆呆地看着老师。周教授对李明哲的反应仿佛早有准备，他抬手指着小区广场上的人们，继续说道：“就拿这个项目来说，做规划时，首先要能让这么多人住得下，而且要住得舒服，你之前的规划就做得非常好。但如果我们不切实际地求新求好，过分减少住宅的数量，无法保障所有的住房需求，或者让开发商无利可图，我们现在看到的，可能还是一片空地，就像何厝现在的情况一样。”

“周老师，这里的情况和何厝不一样。”李明哲等周教授说完，迫不及待地解释，“您也看到了，何厝那一片规模很大的白鹭栖息林，在芗州是很少见的，它出现在城市边缘更是极其罕见，这是得天独厚的生态资源，如果我不以此为亮点，打造出一个引领生态潮流的典范项目，简直就是暴殄天物。我相信，如果是老师您来规划，也一定不会浪费这么好的原生素材。”

“那片林子确实是很好的素材。”周教授面对略显激动的学生，沉吟片刻，继续不紧不慢地说，“我登上那个临时搭的台子，确实很震撼，那壮观的景象，就算是在早期的鹭城，我也没见过。”他说到这里，发现李明哲眼里闪过一道亮光，于是继续劝说：“我当然也希望把这片林子完整地保留下来，并空出一个缓冲区，像你的第二个方案那样。但是，我仔细算了一下，那将减少近两成的商品住宅数量，这是任何一个开发商都不会同意的。何况，现在所有人都希望尽快动工，现在的情况对你相当不利，我实在不愿意看到我最好的学生，因为走不出这个死结，毁掉自己的大好前途。明哲，我的一片苦心，你能理解吗？”

李明哲刚刚点燃的希望之火，又一次被吹灭，他理解老师的良苦用心，但不能理解老师为什么会像其他人一样，用所谓“前途”来劝说自己。难道，老师忘了他一直谆谆教诲学生们的“坚持原则”吗？难道，这一次，自己的坚持真的错了吗？李明哲低头沉思。

周教授看李明哲的表情，以为自己的话打动了他，接着“加上一根柴火”：“这就对了嘛，明哲。我相信在我之前，一定有很多人劝过你了，你现在可能会觉得很烦，但若干年后，你一定会理解的，你要知道，只有真心对你好的人，才会不厌其烦地提醒你，包括林老板……”

周教授不提林老板还好，李明哲一听到这个名字，心中的无名之火被“这根柴火”烧得噼啪作响，“周老师，林老板把我们都骗了！”他像被点燃的爆竹一样接过老师的话，语速飞快，“我在做第一个方案的时候，林老板指示张小强给我提供了错误的测绘图，把那片林子标成了苗圃，害得我现在想推翻自己的方案都十分困难。还有啊，他当面一套背地一套，在您面前，说得天花乱坠，兑现承诺的时候，又出尔反尔，我现在算是把他看透了，不会再上他的当了。”一口气说完，他胸中的怒火非但没有停歇，反而越烧越旺。

李明哲突然爆发出这么一长串的“炮火”，虽然炮火是轰向林老板，但周老师的脸色看上去相当难看，他缓了好一阵子，才喃喃地说道：“或许，你们之间的误会，太深了。”说完，他失望地摇摇头，再一次把目光看向广场上的人们，这时的广场上，正享受着平静生活的人，比刚才显得多了一些……

周教授没有和李明哲一起回何厝，他选择直接从角池开车赶回鹭城，李明哲对周老师的这个决定感到十分失落，但老师告别时的一番话，又让他精神为之一振。周教授告诉他：如果在第二个方案的基础上修改一下，将商品住宅的数量提升到开发商能接受的水平，他可以试着说服林老板向上重报，他还特别强调一定要快，因为据他了解的情况，终审流程正在加速推进，随时都有可能召开终审会议。

李明哲几乎是以他能达到的最快速度，开车返回了住处，他风风火火地冲进院子里，像旋风一般，伸手打开放在桌子上的笔记本电脑，同时，垫步拧腰高抬腿，左腿划了一个完美的弧线，眨眼之间，已经稳稳地坐定在电脑面前，手握鼠标，飞快地点击起来。

院子里的一大家人，刚才看到只有李明哲一个人跑进来，就已经觉得有点奇怪，现在又见他如此魔怔的表现，一个个“丈二和尚摸不着头脑”。老钱手里端着茶杯刚要开口问话，被坐在厨房门口洗菜的钱丽君用手势和眼神给生生地“顶”了回去，坐在一旁的熙悦一通比划，终于让他明白：李明哲进入了忘我的工作状态，不希望被外界打扰。这是他第一次见到女婿这样，以前总听熙悦抱怨，他还有些不相信，今日一见，这气场果然强大，仿佛只要有人发出任何声响，都会立刻被这股“真气”击伤，一时间，老钱看着李明哲，像被他隔空点穴了一般。

此时的李明哲，根本没有注意到老钱和其他家人的反应，他的脑海里只有周教授的临别叮嘱。

可是，谈何容易啊？李明哲在做第二个方案时，就一直在相思林和商品住宅数量之间找寻最完美的平衡点，但要确保白鹭们不受到打扰，目前的木栅栏位置是间距的底线，李明哲为此沿着木栅栏的位置规划了一条水系作为隔断，完美地解决了居民与白鹭和谐共处的问题。这却带来了另一个问题，那就是可供开发商拿来销售的商品房占地被大幅缩减，而且受限于容积率、建筑密度和建筑高度等硬性指标的制约，他动足了脑筋也无法将可售住宅面积维持在第一个方案的水平。在权衡良久之后，他选择的解决之道，是提升房屋的品质，用他平生所学，将房屋的舒适性提高到前所未有的水准，再结合相思林这个有示范意义的点，在他看来，用品质来弥补损失的面积，简直是水到渠成的事情，这也是他之前信心满满的原因。

然而，现在周教授说要进一步提高商品房销售面积，这已经“势比登天还难”，况且他只是说拿着新方案去试试看，那么，这样做的成功率到底有多高呢？现如今，除了这条路，还有什么路可供自己选择呢？李明哲的脑海里，仿佛有一艘找不准方向的小船，正在痛苦地左右摇摆，而此时在家人们的眼里，他正陷入冥想状态，就像一位入定的高僧。

突然，一个画面闯进了李明哲的脑海中，画面里，老樊正在有说有笑地用热水冲洗碗碟，那冒着热气的水就像一股清流，在白色的瓷器上汩汩流淌……“Yes!”李明哲兴奋地大喊一声，猛地盖上笔记本，拔腿就朝门口冲去。“啊!”老钱端起茶杯放在嘴边正要喝，被李明哲这突如其来的举动惊得手一颤，热茶溅到嘴角，被烫得喊出声来。

老樊家的院子里，又恢复了以往的热闹，协会志愿者们进进出出，樊嫂和女儿正在准备晚饭而忙忙碌碌，老樊和老沈坐在茶桌旁热烈地商量着什么，老樊依然声如洪钟，丝毫看不出和生病前有什么改变。

李明哲快步走进院子，径直来到老樊的面前，问道：“老樊，你洗碗是不是用温泉水？”

老樊被突然闯到眼前的李明哲吓了一跳，疑惑地回答：“是啊，怎么了？”

李明哲正要继续说话，突然发现那个曾经让自己有过心理阴影的领头阿伯赫然坐在老樊身边，他不禁一顿。老樊见状立刻笑着介绍道：“这是我一个远亲表哥，以前被何主任他们迷惑了，现在算是弃暗投明了，哈哈，我正在安排他们去挨家挨户联系，给乡亲们解释，让他们不要再被骗了，你看，现在很多乡亲都加入我们的队伍了。”老樊说完指了指领头阿伯身后。李明哲这才发现，有几个以前反对老樊的乡亲也在场，他们冲着李明哲露出带着些许尴尬意味的憨笑，李明哲马上对他们点头示意，也挤出几分笑容。

“你刚刚问温泉水，怎么了？有什么问题吗？”老樊问他。

李明哲两眼放光地反问：“这个温泉水是从哪里来的？”

“从地下引出的呀。”

“这么说，这边有温泉资源？”

“一直都有啊，我们村东还有一个加压房，将温泉水引到每家每户的厨房，是几年前我们集资弄的。”

“那为什么没引到浴室啊？”李明哲此时心中隐隐作痛，如果引到浴室，自己早就发现了这个宝贵的资源，那能免去多少烦恼啊。

“原本是有的，但压力不够，浴室的不能用。我们本来是想再集资升级加压和管线系统，这样在家就能泡上温泉澡，可那个时候正好赶上旧村改造项目立项，这个事情就搁浅了。”

“那为什么之前的规划方案里没提温泉的事呢？”李明哲还是不能理解。

“那我们就不知道了，这是你们规划师的事情啊。”一旁的老沈似乎对规划师有着天然的成见，趁机表达自己的不满。

李明哲听完脸一红，心想自己何尝不是那个应该被抱怨的规划师。“我明白了，谢谢你，老樊……还有你，老沈。”他说完一个转身，又像风一样离去，只留下一院子的人，愣愣地看着门口，仿佛在怀疑李明哲刚刚是不是来过。

李明哲此时的心情，就像他的脚步一样轻快，他终于又找到了一个能完善规划方案的思路，而且，就在刚刚被老沈抱怨的那一瞬间，他灵机一动，突然想到了另一个可以大大提升项目品质的先进理念，但他需要赶紧回去查资料确认一下。

李明哲三步并作两步，风驰电掣般冲进自己的院子，这一次，大家对他的怪异举止已经有了“免疫力”，都停下了手里的活，看向李明哲，特别是老钱，老远听到“蹬蹬蹬”的脚步声，就早早地把茶杯放回到茶盘上，静待疯疯癫癫的女婿王者归来。

李明哲进院之后，又是直扑桌上的电脑，将全部注意力放在电脑屏幕上，丝毫顾不上从四周投来的关注目光。少顷，李明哲的脸上露出了欣慰的笑容，他双手用力击了一下掌，口中连连说道：“太好了，太好了。”

“爸爸，什么太好了呀？”熙悦见爸爸终于开心了起来，不再等待，一边期待地问道，一边朝他靠近。

“悦悦，你快来看，我找到办法了。”李明哲兴冲冲地朝女儿招手，等她走到身边，他指着屏幕里一张规划示意图，和蔼地说，“你看，这个是我上次去北京参观的一个示范项目，采用了目前最先进的社区规划方案，叫作‘海绵城市’。”

“海绵？是吸水的意思吗？”熙悦盯着示意图里的海绵图案，猜想着它的含义。

李明哲看着聪慧的女儿，仿佛看到了自己的影子，不由得心花怒放：“你说得太对了，就是吸水的意思。”

爸爸的夸赞，同样让熙悦十分开心。”

“明哲，你说的这个‘海绵城市’，对我们有什么用啊？”老钱不解地问。

“海绵城市应用到社区规划中的核心理念，是尽可能地收集雨水，重复利用，这样可减少内涝，更可以节约用水和减少水污染。海绵城市在发达国家很流行，目前国内也开始了试点工作。”李明哲饶有兴趣地给岳父上起了“科普课”。

“你说得天花乱坠，到底有什么用呢？现在的症结卡在商品房数量上，这些花里胡哨的东西，开发商不会买账的。”老钱对女婿的态度多有不爽，不动声色地反驳道。

李明哲不甘示弱地争辩道：“据我了解，目前国内对海绵城市的试点项目有补贴政策，只要设计到位，补贴的金额足以抵消工程建设费，交付后省下的水费不就归开发商了吗？开发商不就是在意赚钱吗？怎么就不会买账了？”

“……”老钱被最后一句话噎得不轻，憋了半天，接不上话，对着李明哲怒目圆睁。

眼看着一场“内战”又要发生，钱丽君连忙对丈夫说：“明哲，爸也是为你着急，在给你出主意，要不然他也不会赶过来，而且，我觉得呀，他的担心也不是完全没道理的，我们还是需要找到更多的点才行啊。”

“这个点，我刚刚在老樊那里找到了。”妻子的提醒让李明哲冷静了下来，但他还是难掩心中的兴奋，“你知道吗？这个地方有温泉资源，这是多大的利好消息啊。”

“是吗？那挺好啊。”老钱为女儿刚刚的力挺激动不已，抓住机会向女儿和女婿示好，但想想又觉得不对，问道，“不应该啊，这么重要的事，最早的规划里为什么没有啊？”

“规划师也要看是谁吧。”李明哲不失时机地在岳父面前展现自己的实力，但话一出口就后悔了，连忙补充道，“当然，这也得感谢老樊，不认识他的话，我还真的不知道。”

钱丽君读懂了丈夫的心意，老钱也感觉到了他的善意，来了个一笑泯恩仇，直把一旁的老余看得笑脸盈盈。

李明哲母亲见一家人化干戈为玉帛，也是相当高兴，爽朗地帮腔道：“那太好了，这下房子就值钱了，开发商也该满意了。”

“是啊，周老师今天让我尽快完善一下方案，他答应帮忙报上去。”李明哲见亲人们不约而同地认同自己提到的这两个利益点，这才敢把这个好消息告诉大家。

“是吗？明哲，你怎么不早说啊，有他出面，这些白鹭就算是有救了。”老钱对这个重磅好消息反应最快。

“那太好了，这真是功夫不负有心人啊。”李明哲父亲一改往日的沉稳作风，紧跟着兴奋起来。

“樊伯伯有救了，白鹭宝宝有救了，爸爸，你真了不起!”熙悦仰着头大声欢呼着，一双大眼睛里，满是崇拜，李明哲感觉肩上的担子，突然变得无比沉重。

第十章

女儿的歌

找到两大亮点之后，李明哲重新找回了工作的动力，他进入忘我的工作状态，成为一个“与时间赛跑的人”。

同样在与时间赛跑的，还有老樊。在得知身患绝症之后，只用了一天一夜，他就强迫自己从恐惧和不甘中走出来，决心将全部身心都扑到保护相思林上。很多时候，他甚至觉得，除了照顾家庭和养育女儿，这可能是他人生中做过的最有意义的事情。在经历了几场战役之后，老樊悲观地发现，自己手里的“牌”都打光了，观鸟协会目前在做的事情，充其量只能起到延缓的作用，甚至只是一种“安慰剂”，而且，还要让这么多好兄弟姐妹身处险境。在这当中，最让他觉得于心不忍的，就是李明哲，这个有些自负但十分正直的金牌规划师，已经做了他可以做的所有事情，绝对不能再让他为此冒险，断送自己美好的前程，甚至因此惹上不必要的麻烦。再三考虑后，老樊说服妻女，作出了一个重大的决定……

只花了两天时间，严格来说是一个下午加一个晚上再加一个上午，李明哲把自己关在厨房旁边的一个原本放杂物的小房间里，奋战了整整二十个小时，终于完成了新方案的完善工作。当他一脸憔悴地拉开简易的房门，晃晃悠悠地出现在家人们的面前时，他的母亲与妻子上前扶住他的手臂，把他搀扶着坐到了桌子边，帮他把双手紧紧攥着的电脑，轻轻地放到了桌子上。

“明哲，你也太拼命了。”老钱这一次是真的佩服女婿。

“是啊，这样身体会垮掉的。”李明哲父亲更是心疼儿子。

“爸爸，你还好吗？我们这两天都很担心你。”熙悦心中的父亲总是这么不要命，但当她感觉到这一次很不一样的时候，她也跟着担心起来，眼圈很快就红了。

面对亲人们的关心，李明哲十分感动。从前自己拼命干活，是为了实现自己的抱负，为了让自己的家庭过上体面的生活，不被别人瞧不起，但那时的他并没有得到女儿如此发自内心的关心，而现在，自己有些稀里糊涂地来到这里，为了一群原本不怎么在乎的鸟儿拼死拼活，却得到所有家人们的关爱，甚至包括那个曾经互相嫌弃的岳父，这不得不说是一件很神奇的事情。

“悦悦，爸爸没事。”李明哲露出最灿烂的笑容对女儿说道，随后告诉大家："我已经把完善后的方案发给周老师了。真奇怪，现在怎么一点都不困啊？"

面对李明哲这一波"神操作"，家人们完全没跟上他的节奏，一个个愣愣地看着他，似乎都在怀疑，他是不是熬夜把脑袋熬坏了，李明哲见状，只好尴尬地收起笑声，无奈地挠了挠头，自嘲地撇了撇嘴，突然觉得一股困意袭来……

当李明哲醒来的时候，已是晚上十点多，确切地说，他是被外面嘈杂的叫喊声吵醒的，他艰难地睁开眼，发现熙悦香甜地睡在自己身边，钱丽君也是刚刚被吵醒，一脸狐疑的样子。

"是老樊。"李明哲轻呼一声，一个翻身下了床，抓起放在床边的长裤，一边穿一边压低声音急促地对妻子说："你就在家里，别让爸妈出门，我去看看。"

走到门外，老樊的喊叫声听得更加真切了，李明哲赶忙定睛望去，只见老樊站在自家大门口的台阶上激动地喊着："你们不要欺人太甚，我犯了什么罪了？你们要堵在我家门口？"但李明哲看来看去，只看到樊嫂焦虑地站在老樊身边，老樊对面的地方并没有一个人，只有一辆面包车，停在不远处的街边。

李明哲感到十分诧异，他朝老樊走去："老樊，你在和谁说话啊？"

正在气头上的老樊见是李明哲，着急地对他挥手喊道："明哲，你快回去，这边的事情和你无关。"

李明哲走近后才发现，那辆面包车的正副驾驶位上坐了两个人，他们正若无其事地看向别处，仿佛听不到车外的声音，也不知道外面发生了什么事情。

李明哲不认识这两个人，但确定他们不正常，按常理，外面这么大的声音，他们至少应该打开车窗，看看外面发生的事情。李明哲并没有听老樊的话，他走到老樊身边，问道："这是怎么回事啊？"

老樊厌恶地盯了一眼面包车，对李明哲说："进去再说。"

三人刚一进院，押后的老樊就转身把门闩插上，责备起李明哲来："明哲，我和你说过多少遍了，不要一有动静就凑上来。"

"到底怎么回事啊？面包车里是什么人？"李明哲没有理会他的责备，着急地问。

"应该是镇里派来的人。"老樊向茶桌走去。

"镇里派来的？什么情况啊？"李明哲心里一"咯噔"，在老樊身边坐下来。

老樊低头摆弄着茶具，似乎在盘算着要不要把这件事告诉他，站在一旁的樊嫂实在忍不住了，她告诉李明哲："老樊昨天去了省城，没想到今天就被盯上了。"

"去省城做什么？"李明哲的心中不由得一紧。

"明哲啊，我昨天去了一趟省信访办。"

"你去上访了？……"李明哲太清楚"信访办"这三个字意味着什么了，这在他接触的项目里也偶有发生，如果是正常信访倒还好，反映的问题能不能得到解决另说，但一般不会对信访者造成多大的影响，但如果是像老樊这样跨过镇级市级信访单位，直接去省里越级上访，那后果将十分严重，像今晚这样派人监视，只是地方上的常规操作。

老樊淡定地笑道："我想了很久，才作出这个决定，我们现在已经没有更多的办法了，留给我们的时间也所剩无几，这个时候再不搏一把，就算是进了棺材，我也没法闭眼啊。"

李明哲强压住心头涌动的酸楚，对老樊说："老樊，前两天我的老师来找过我，他让我将新方案完善一下，答应帮我向上提交，我今天已经把完善后的方案发给他了，加上了你说的温泉入户。我相信，这次机会很大，我的老师是业界的权威，既然他答应帮忙，一定能转变局势。"自从"最美树林"认证被骗后，李明哲感觉颜面丢尽，为保险起见，他本来想等事成之后才将这个好消息告诉老樊，但此情此景之下，他真的很想为老樊分忧。

"哦，是吗？"老樊眼前一亮，但很快就黯淡下去，他面带感激，但语气十分平淡，"明哲，你为我们的付出，我心里都装着的，我还是那句话，我不能影响你的前程，更不能让你和你的家人身处危险之中。"

"那你就忍心让你的家人身处危险之中吗？"李明哲深切地感受到老樊不相信自己和老师，情急之下反问道。

这一次，老樊显然被问住了，他望了一眼妻子，愧疚地低下头。樊嫂见状，为丈夫解围："明哲，老樊去省城之前和我们商量过，我和琪琪都同意了的。你们来之前，我们已经把市里的信访流程都走了一遍，现在实在是没办法了，这也不能怪老樊。"

樊嫂平平淡淡的一席话，再次打动了李明哲，这是多好的一对夫妻啊，面对如此凶险的局面，他们都能相互理解，相互支持，这真是患难见真情啊！他想到了自己的妻子，她何尝不是像樊嫂一样，默默地站在自己的身后，源源不断地给自己提供前进的动力。得妻如此，夫复何求?

老樊听完妻子的话对李明哲说："明哲，再次感谢你和你家人的信任和付出，接下去，就让我和我的家人，来面对这一切吧……"

稍稍让李明哲感到安心的是，第二天早上，面包车就离开了。据母亲打听来的消息，在上午的某个时候，镇长还带领一大队人马，亲自登门向老樊反馈了信访处理结果，告知这片树林属于待开发土地，任何个人没有权利决定它的去留，但他可以保证，在最终的规划方案确定之前，不会有任何人"动它一根手指"。在李明哲看来，镇长的反馈，更像是一种警告，警告老樊不要越级行动，当然，镇长的话里也传递出另外一个信号，那就是至少在规划终审会之前，相思林不会有危险，这也算是巨大冒险之下的一个小小的胜利，然而，这也让终审会变成了决战的焦点，李明哲感到压力倍增。整个一天里，他都在等待着周教授的电话或信息，但他的手机除了打进来几个骚扰电话，屏幕上一直没有显示那无比熟悉的数字和头像。

就这样，焦急忧虑间，终于捱到了晚饭后的家庭天井聚会时间。自从李明哲的父母过来之后，每天只要天气允许，又没出什么状况，一家人都会在天井里摆上瓜果茶点，尽享欢乐，这个聚会在李明哲岳父母增援之后，变得更加热闹。或许是家人们看到李明哲整天都焦躁不安，都想借机活跃活跃气氛，今天的天井聚会格外欢腾。

李明哲当然不想辜负亲人的美意，他强颜欢笑，尽力让自己融入其中，但无论他如何努力，思绪始终飘在空中，犹如灵魂出窍。“叮咚”，他放在桌子上的手机突然响起微信提示音，李明哲像触电一般瞬间就操起手机，但他点开一看，立刻又泄了气，“怎么是这个衰人？”他嘟哝道。

“谁啊？”坐在他身边的钱丽君紧张地问道。自从知道老樊去省城上访的事情，她这一天也是处于高度戒备之中，生怕有人找上门来。“是曹志军，不知道他又憋了什么坏。”李明哲一脸轻蔑地说道。

上次把曹志军吼回鹭城之后，李明哲以为他不说是“改邪归正”吧，最少也会收敛一些，可没想到他摇身一变成为许德彪的粉丝，时常在朋友圈里发出许德彪及其公司的动态，不是接见贵宾就是参加大会，搞得他的朋友圈像是许德彪公司的公众号，更可气的是，曹志军发这些朋友圈动态的时候，有时还会提到他，仿佛是故意要报复他似的。不过，生气归生气，李明哲也乐得能从中了解到许德彪的行踪，甚至于过段时间没看到他的动态，心里反而觉得不踏实。

“干，果然是个烂人，竟然说周老师的坏话。”李明哲打开信息，一看之下，忍不住爆了一句粗口，老钱仿佛突然找到了同道中人，居然笑了，“他说什么了？让你这么生气？”他问李明哲。

李明哲没搭老钱的腔，将手机递到钱丽君眼前：“丽君，你看，他竟然说周老师接受林老板的邀请，已经成为何厝项目的总规划师，还说他们此时此刻，就在芗州，正在和许德彪开会讨论规划终审会的事情。我现在才发现，一个人真的会为了达到自己的目的，不择手段，真是不要脸。”

“是吗？给我看看。”老钱已习惯了被女婿忽视，但他依旧显得兴趣盎然，站起身来，不由分说，半接半抢地从李明哲手里拿过手机，仔细地看起来。

“志军说的不像是造谣啊。”老钱和曹志军同样熟稔，相对于自己的女婿，他其实更欣赏女婿的这个老同学，此时说起他，语带亲切。这让李明哲更加反感，“爸，你快把手机还给我。”他不耐烦地对老钱说。

“咕，咕，咕……”正在这时，手机里传来一连串的微信提示音，刚要把手机递还给李明哲的老钱，立刻又把手机退回眼前，他一看之下，眼睛瞪得老大，他默默地把手机递给李明哲：“你赶快看看这些照片。”

李明哲立刻感受到了事态的严重性，他赶忙接过手机，仔细观看起来，随着手指不停滑动，他的脸色渐渐变得铁青，当终于看完最后一张照片，他双手无力地搭在桌面上，将手机重重地压在手下，“哎……”他深深地吐了一口气，然后手撑桌面，吃力地站起身来，颓然地说了一句，“我出去打个电话。”说完，他完全无视家人们担忧的目光，踉踉跄跄地走出大门。

此时的周教授，正坐在许德彪公司的豪华会议室里，被一张张笑脸簇拥着，与之前李明哲初到这个会议室时形成鲜明的对比。

“周教授，欢迎欢迎啊，您的到来，让我们这里蓬荜生辉啊。”与周教授隔着会议桌相对而坐的许德彪，脸上像开了花一样，他左右的众将官一个赛一个地展露谄媚之笑。

挨着周教授而坐的林老板抢先说道：“许总，你太客气了，来之前周教授还一直夸你呢，你可是我们业界公认的青年才俊啊，是我们客家人的骄傲啊。”

周教授侧脸看了一眼身边的林老板，敷衍了几句场面话：“久闻许总一表人才，今日一见，果然英气逼人，尽显我们闽商形象啊。”

在许德彪看来，周教授说话的语气虽然平淡，但这个评价已经相当高了，他继续恭维道：“久闻周教授乐于提携晚辈，今天有幸得见，果然名不虚传啊，让我们这些晚生倍感亲切啊。不像有的规划师，水平不怎么样，还狂妄地说要把甲方当成不懂事的孩子来教育，真是让人笑掉大牙啊。”他说完，仿佛出了一口恶气，终于可以在泰斗面前将对李明哲的不满发泄出来。周教授闻听此言，脸上的笑容瞬间变得僵硬，“时间不早了。”周教授面无表情地说，“我们开始工作吧，时间不等人啊。张小强，你把向终审会提交的规划方案给大家演示一下。”

“好的，周老师。”张小强应该是从来没有见过周教授如此严肃，诚惶诚恐地应道。

“丁零零……”人们准备听讲的时候，周教授的手机铃声大作，周教授眉头一皱，抓起手机一看，眉头皱得更紧了，他抬手把电话挂断，按下静音开关，随后，他转头向张小强示意继续演示。

李明哲站在院外的小街上，昏黄的路灯照着他半边脸庞，让他显得更加憔悴，仿佛来一阵风就能将他吹倒。在他的印象中，这应该是周老师第一次不接电话，而且过后也没有发信息回复自己。他举着手机呆立良久，最后决定给老师发微信询问，他反复斟酌，边输入边修改，终于写好了一段话，检查了几遍之后，才按下发送键，将内心实在无法理解和接受的疑惑发给自己最尊敬的老师：

“周老师，您一直教导我说，人与环境的和谐是规划中最需要关注的地方，这么多年来，我一直在践行您的这个理念，每当我取得一些成绩，欣喜之余，我都会在心底感激您的教导，可是在这次何厝项目中，我却陷入了前所未有的迷惑之中，明明您和我都觉得相思林应该保留，而且我也一直在完善方案以照顾甲方的关切，但现在的结果却是您站到了魔鬼的一方。敬爱的周老师，您能再一次帮我解惑吗？您永远的学生，李明哲，敬上。”

发完之后，李明哲陷入了更大的焦躁之中，他期盼得到老师的回复，又很怕曹志军所说的“谣言”被老师证实，如果是那样，他真的不知道要如何应对。是选择继续抗争吗？成功与否不说，以后要怎么面对恩师？或者，如老樊所劝，选择放弃回家，对自己来说是没有遗憾，毕竟该做的自己都做了，但是，要怎么面对熙悦呢？她能理解大人世界里的苦衷吗？

此时的李明哲，就像一头被布蒙上眼睛的驴子，围着一个并不存在的石磨，不停地转着圈，手里的手机，已经被他攥出汗水，仿佛只有这样，他才接不到周老师的回复信息。

“叮咚。”一声清脆的信息提示音，如一声惊雷，打破了李明哲的幻想，他身体一个哆嗦，条件反射般地将手机“弹”到眼前，周教授那熟悉的头像之下，只显示了一行文字：我做的一切，都是为你好。李明哲赶忙点开信息，他以为会看到周老师更多的解释，但出现在眼前的还是那几个“冷冰冰”的黑色文字。

“为什么？为什么每个人都说为我好？你们到底是为我好，还是为了你们自己好？”李明哲突然变成一条孤独的野狼，在这个少有人烟的小村落里，发出一声长长的嚎叫。

李明哲歇斯底里的喊叫声，引得院内的家人们打开大门站在门口，李明哲瞄了一眼正担心地看着自己的亲人们，低头僵硬地往院内走去，众人连忙上前，拥携着他走进家门。

“明哲，我们回家吧。”钱丽君看着失魂落魄地坐在茶桌边的丈夫，早已红了眼眶，她缓缓地坐下来，用手轻轻地抚摸着他的后背，用恳求的语气对他说。

“是啊，明哲，你该回家养养身体了。”岳母看着他深深的黑眼圈，心疼得快要落下眼泪。

“明哲，该做的，你都做了，没有什么可遗憾的了，我们都以你为荣。”老钱宽慰道。

李明哲的父亲没有说话，只是默默地将目光投向自己的老伴，他的老伴此刻显得十分纠结，同样说不出话，只好把全部目光放在自己儿子身上。

熙悦从此情此景中猜到了什么，她用牙齿咬着下嘴唇，脸憋得通红，乌黑的瞳孔微微地左右颤动，眼角闪着晶莹的亮光，仿佛是一只迷路的羔羊。

“悦悦……”李明哲不敢看熙悦的眼睛，轻声对她说，“我们回家，好吗？”

“那白鹭宝宝怎么办？”熙悦不加思索地问道，那坚毅的眼神出乎所有人的意料，正像一把利剑直插李明哲的心脏。他伸手抚着女儿的肩膀，声音颤抖着对她说："对不起……爸爸已经尽力了……"

"你们大人就知道骗人!"熙悦此刻完全爆发，她抬手打开爸爸的手掌，泪水如瀑布般飞流而下，大声地控诉着，"你们天天告诉我要坚持自己，不能半途而废，可是你们做到了吗？你们只知道要求小孩，你们……呜呜呜……"

熙悦说着说着，撕心裂肺地哭了起来，大人们不知所措地呆立在原地，只有奶奶轻轻地搂住她的肩膀，陪着她一起落泪，李明哲看了看妈妈和女儿，懊丧地垂下了他那颗曾经无比骄傲的头颅……

让李明哲更加痛苦的是，从这天开始，女儿就刻意躲着他。当天晚上，熙悦就搬到爷爷奶奶的卧室去住了，第二天一大早，早饭都没吃，就闹着让爷爷奶奶带她去老樊家里，一泡就是一天，中午也在那里吃饭，等到晚饭的时候回来，她也故意坐得远远的，只顾低头吃饭，三下两下吃完后就躲到爷爷奶奶的房间里，把门关得紧紧的，连窗帘都拉得死死的，一个晚上都不出来。当然，往常最快乐的天井聚会也就此取消，大人们在吃完饭后，都懒得寒暄就各自散去。老钱夫妇回美食街上的酒店，李明哲父母回卧室和孙女会合，只留下李明哲夫妻在院子里，空对一轮皓月，徒添两副愁肠。

眼下，李明哲处于进退维谷的窘迫境地。他已经确认曹志军的"谣言"非虚，周教授已经替代他成为何厝项目的总规划师，由此也就断了他选择殉爆的念想；如果想要撤退回家，妻子这一边没问题，但自己的父母，特别是母亲肯定是不情愿，更严峻的是，女儿这一关肯定过不了，现在她连解释的机会都不给自己，就更别说劝她回家了。唉，到底要怎么办呢？李明哲抬头望着像一块深蓝色幕布的天空，不由得一声哀叹，这是他怎么也没有预料到的情形：这个刚刚和睦起来的大家庭，突然变得四分五裂。

李明哲如此惆怅，还有另外一个原因。今天下午，曹志军又突然发来一个信息，告诉他终审会的日期已定，就在两天之后，地点就在规划局的大楼里，届时，主管副市长陈市长将出席，并宣布规划方案通过。其实，刚看到这个信息时，李明哲一点意外的感觉都没有，仿佛这就是自己一直在等的那个结果，不管你愿不愿意，它都会如期而至，而唯一让他心绪难平的是，这个消息是出自曹志军之口。

“丽君，我出去走走啊。”李明哲无精打采地对妻子说了一声，没等回音，就兀自走向门外，只留下钱丽君怅然若失地看着他渐渐消失的背影。

前段时间那场大雨过后，项目空地上生发出了更多的野草，让原本枯黄一片的土地，多了一些绿意，让人走在上面，不再担心会弄脏鞋子。李明哲借着月光，看着脚下顽强生长的野草，心生感慨：大自然的自我修复力量竟然如此强大，只要不被钢筋水泥完全封死，种子就一定能找到适合生存的土壤，这样想想，这些野草要比自己幸运得多啊，至少，它们还有地可投。

李明哲望向那片让自己又爱又恨的相思林。正是它的存在，让他找到了家庭的温馨感觉，也正是为了它，让他面对师友的背叛和家庭的分裂而无能为力。此刻，相思林在洁白的月光下，显得那么宁静与安详，仿佛正在用轻柔的双手，抚拍着白鹭们安然入睡，而对于他这个保护者正承受着的痛苦与无助，却没有丝毫的察觉。这让李明哲感到十分沮丧和不甘，他抬腿向着相思林走去，想从它的身上，找出自己曾经为之奋斗的意义和价值，虽然，直到几天之前，他还在为能保护它而高兴，甚至自豪，但此时此刻，他彻底迷惘了。

“是明哲吧。”从前方高处传来一个声音，把李明哲吓了一大跳，他定睛一看，才发现观鸟台上有个黑色的身影，正手扶栏杆盯着自己，手里似乎正夹着一根香烟，那微弱的火光，一闪一闪的，仿佛在大口喘着粗气。

“老樊啊，你怎么不在家休息啊？”李明哲认出是老樊，向前紧走几步，心中好像有很多话要向这位老大哥说。

“你不是也没休息吗？呵呵。”老樊对李明哲的到来，似乎也充满期待，看着这个小兄弟急步走上台来，他嘿嘿一笑道。

李明哲见老樊依然这么自如，好生敬佩，又心生悲切，“你知道吗？终审会后天举行。”他走到老樊身边，和他并排站立，手扶栏杆，望着相思林，将这个坏消息告诉老樊。

“知道啊。”老樊淡然一笑。

“你知道？你是怎么知道的？”

“你别忘了，我是在哪里上班的。”

李明哲恍然大悟，但接下去就不知道要对老樊说些什么，索性看向他等着他说话，这一看之下，他突然发现老樊的一头白发在银色的月光中，仿佛被镀上一圈“神之光环”，让人肃然起敬。

“怎么，不认识我了？我还没病得脱相吧？”老樊见李明哲眼睛一转不转地盯着自己，笑道。

李明哲把头转向到树林的方向，沉默片刻，幽幽地将困扰了自己很久的问题提向老樊：“老樊，你为什么能这么执着地保护相思林？”

老樊对他的提问没有表现出丝毫诧异，仿佛一直在等着他问自己这个问题，他抬手指向另一边的古厝村庄，反问道：“明哲，你觉得我们为什么要保护这片古厝？”

李明哲顺着老樊手指的方向，看到何厝村里，自己和老樊住的那一片红砖厝，在皎洁月光的映照之下，正散发着迷人的光芒，仿佛正在和月亮里的宫殿遥相呼应，与月宫里的嫦娥仙子共叙衷肠，一时间，他竟看得入了迷。

“这个村庄，承载了我们世代的记忆和文化，才会这样魅力十足，吸引世界的目光，”老樊从李明哲的神情中读出了共情，他动情地说，“但可能很多人都忘记了，这里的一草一木，一山一水，包括这些白鹭，都曾经是古厝的一部分，它们和我们的祖先一起，共同构成了这个生机勃勃的人类家园。”

“是啊……”李明哲何尝不明白这个道理，但心中的疑问并没有完全解开，他看着老樊，等待他进一步阐释。

“明哲啊，你能想象没有它们的世界吗？”老樊感慨道，“如果从始至终只有人类，我们的祖先怎么能建造出这么漂亮的燕尾式顶落？怎么能雕刻出那么动人的花鸟？正是它们，让我们活得有情趣、有意义啊！”

老樊充满睿智的语言，让李明哲茅塞顿开，他深刻地领悟到了周教授所说的“人与环境”的论述，但他一想到周教授，不由得心头一揪，露出了痛楚的表情。

“明哲啊，还有个事，一直藏在我心里，今天我想要告诉你。”老樊以为李明哲没有理解自己的意思，凑近了一些，缓缓说道。李明哲借着月光隐隐看到老樊眼角闪烁着泪光，不由得心头一颤，这是他第一次见到这位心目中的硬汉如此动容。

“说起来，那已经是二十多年前的事了。”老樊回忆道，“那个时候，我拉了一帮朋友来村里吃海鲜，其中有一个做家具的老板，在得知我们村里有想法把这片相思林换成果树时，十分高兴，当场拍板说愿意高价收购这些木材……”

老樊看到李明哲露出了疑惑的表情，解释道：“哦，那个时候，我还不懂这些，想的最多的是寻找资源，让大家多赚些钱，你可能不知道，当时村里人的收入来源实在是太少了，海鲜大排档的生意还没起步，除了打渔，大家能想到的就是种果树。”

“那你爷爷没反对吗？”

“那时，如果我爷爷还在就好了，我也不会鬼迷心窍，差一点成为历史的罪人啊。虽然从小就听爷爷说相思林的故事，但突然这么巧，来了这么好的事，我当晚就兴冲冲地去找了村长，村长一听十分高兴，连连夸我真不愧是村里的‘及时雨’，于是，这个事情很快就在村委里集体通过了。这件事情，我特意瞒着我父亲，就是怕他老古董思想，他得知此事后，勃然大怒，和我大吵一架，还找了几个老人去村委大闹一通，最终阻止了这个看似完美的脱贫计划。也就是从那个时候起，我才真正认识到相思林的分量。”

李明哲从老樊貌似轻松的话语中，明显感受到了他的那份忏悔之情，此刻内心也是翻江倒海一般，不禁想起了自己的父母。

妈妈下岗之后，看着妈妈一个人在小店里忙得精疲力尽，还要对食客笑脸相迎，哪怕是在遇到刁难的时候。他暗下决心，一定要出人头地，带着父母离开这个地方。当自己终于如愿逃离家乡，在历经千辛万苦之后，终于有能力将二老接到环境优美的城市生活时，却费了九牛二虎之力才说服他们离开故土。对此，李明哲一直无法完全理解，直到此时，从老樊的故事之中，他才明白了人生的价值并不是出人头地，它更是一种责任。首先是对现实的责任，勤奋努力，让自己的人生不虚度，让家人少一些忧虑，让生活多一些情趣和欢乐；其次是对未来的责任，给自己的子孙留下什么，给未来社会留下什么，决定了自己和同一代人在历史长河中的价值。老人们对于故乡的眷恋，正是因为他们有强烈的愿望，坚守住这片生于斯长于斯的家园，让这个世代养育他们的地方，可以继续养育自己的子孙后代。

自己憧憬更美好的地方，是一种对未来的选择，而他们的做法，何尝不是一种对未来的选择？想到这里，李明哲的眼角也湿润起来，“我们都是在选择未来啊。”他叹道。

老樊说：“是啊，未来是要靠我们去争取的。这就是我和老沈，还有你母亲为什么会拼命保护相思林的原因啊。它记载了我们的历史，让我们知道来时的道路，有时我甚至觉得，这些与我们心灵相通的白鹭，就是我堂叔公他们派来保佑我们的。”在得到李明哲的眼神响应之后，老樊转身手指向相思林，继续说道：“我真的不想看到我们的子孙，只能从照片中看到如此动人的美景啊。”说完，他的泪水已经打湿了眼眶，身体因为控制情绪而不停地抖动。

这是李明哲第二次看到老樊如此激动，第一次是他倒在了观鸟台上，那一次让李明哲觉得有义务帮他分担重任，而这一次，李明哲却突然感到自己以前的想法十分幼稚，真实的情况应该是，老樊他们用实际行动，把自己对于世界、对于规划专业的认知，提升到了一个全新的高度。所有的提升，往往伴随着痛苦和挣扎，甚至是苦难，这不正是自己以往努力提升自己时所获得的感悟吗？为什么这一次，自己只感受到了痛苦，而没有认识到这是成长的过程呢？

李明哲再一次看向相思林，心想，如果它也变成一片黄土空地，那若干年后，我们要怎么和后人解释，后人又会怎样评价我们？这不就是王羲之在《兰亭集序》中书写的人生感悟吗？“后之视今，亦犹今之视昔，悲夫！”古人尚有如此觉悟，我们怎能选择蒙昧？

“这么美的地方，不能轻易让给骗子啊……”李明哲自言自语道，继而，他转身向老樊伸出右手：“谢谢你，老樊。”老樊向李明哲微微一笑，同样认真地说了声：“谢谢你，明哲。”然后伸出他那只刚毅的大手，两只手第二次紧紧地握在了一起……

当李明哲回到红砖厝时，大厅的灯已经熄灭，院子里只留下月亮从天井投下的莹莹蓝光，他轻手轻脚地进到自己的卧室，发现床头灯还亮着，钱丽君正靠在床头，默默拭泪。“亲爱的，你怎么了？发生什么事了？”李明哲紧张地问道。

钱丽君没有接话，把手机递到他的眼前。

手机屏幕里，熙悦正在动情地唱着一首儿歌：

两岸情，一家亲
海边长出相思林
红砖墙，黄顶落
林前有个白鹭厝
花满树，鱼虾多
白鹭宝宝爱唱歌

我悄悄地问白鹭
我们能做朋友吗？
白鹭高兴地对我说
我一直是你朋友啊

我高兴地对白鹭说
欢迎来我家做客
白鹭悄悄告诉我
这里也是我的厝

伴着熙悦如泉水一样清澈的歌声，屏幕里切换着不同的画面，有相思林里白鹭喂食的视频，也有树冠之上白鹭幼鸟学飞的影像，还有熙悦画白鹭时发现被偷拍时的开心瞬间，更有熙悦和奶奶一起拍鸟时的欢快场景。在视频的最后，熙悦眼含泪水，面向全体大人们，发出乞求，乞求大家保护相思林，一起来保住“白鹭宝宝”的家。

“这首歌是我和妈一起写的。”等视频播完，钱丽君告诉丈夫。

早已泪流满面的李明哲这时才恍然大悟，难怪女儿和爷爷奶奶这两天都神神秘秘地待在一起，原来，他们正在用自己的方式来保卫相思林。刹那间，他感到羞愧难当，哽咽着问妻子：“你怎么不早告诉我啊？”“悦悦不让我告诉你……”

“看来……我们不能丢下他们一走了之。”

“是啊。”妻子连连点头，“但我们要怎么办呢？”

是啊，我们要怎么办呢？我们还能怎么办呢？李明哲和妻子一样，陷入了迷茫之中……

第十一章 海角寄相思

终审会的日子，如期而至。就像人生经历的那么多紧要关口，不管你愿不愿意，走到了这个节点，你都必须要选择一个关乎未来的方向。

这一天的天气，格外炎热，早上九点刚过，毒辣辣的太阳已经升得老高，空地上的黄土被晒得裂出一道道缝，村庄里的知了已经耐不住热浪，鼓噪着叫个不停，似乎知道今天注定是个难熬的日子。

此时此刻，热度更高的地方，是在观鸟台上。经过老樊组织的加紧施工，现在的观鸟台已经比最初的扩大了三倍以上，此时，台子上围了不下三十个人，他们一个个目不转睛地盯着相思林的方向，很多人手里都举着相机和手机，仿佛不想错过任何细节，人群的最前面，架着一台专业摄像机，一位身着正装的女记者正将话筒远远向前举着，她身边的摄像师正操持着机器，将镜头定焦在靠近栏杆的两个人的脸上。

这两个人，一个是李明哲母亲，一个是他的女儿熙悦。面对摄像机镜头和众人注视的目光，熙悦非但没有感到紧张，反而显得十分兴奋，“谢谢爷爷奶奶，叔叔阿姨，一起来为白鹭宝宝们加油助威……”她大声地对人们说道，但说至此处，突然发现自己很难讲好，于是她灵机一动，举手冲着奶奶做了个邀请的动作，“现在，请我的奶奶为大家介绍情况。”

熙悦机智过人的表现，让人群发出一片笑声，人们纷纷把目光投向奶奶，奶奶早有准备，她中气十足地说道：“感谢大家在这么热的天，大老远地赶过来，就像我们昨天在视频号里通知的，今天的规划终审会将决定相思林的命运，从目前的形势来看，最终的规划方案很有可能会毁掉白鹭们的家园，但我想告诉大家，只要有一分希望，我们都会抗争到底，因为，我们不想让我们的孩子，在长大之后，责怪我们为什么当时不保护好它。”

奶奶的慷慨陈词赢得现场雷鸣般的掌声，特别是老沈和其他的志愿者们，他们一个个使劲拍着手掌，表达着自己决不放弃的决心。

李明哲母亲继续说道：“其实，我自己也很惭愧，如果不是我的孙女悦悦一直不肯放弃，我也不会有这么大的勇气去面对这一切，而你们的到来，更是深深地鼓舞了我和我的朋友们，我坚信，只要我们像孩子们一样，保持着这颗珍贵的爱心，就一定有希望保住这片‘最美树林’，保住这些可爱的生灵……我们……一定可以的。”她说到这里，因为太过激动而变得哽咽，早已被相思林的景象深深震撼过的人们，也唏嘘不已。

“何女士您好，我听说，这个项目的规划师，正是您的儿子。”女记者上前一步，将长长的话筒伸到李明哲母亲的面前，笑盈盈地问道，“您能不能为我们解释一下？”

今天一大早，李明哲母亲就和熙悦等在观鸟台上，准备接待在“白鹭宝宝”视频号上报了名的，那些来自各地的鸟友和粉丝们过来助阵，当她看到有电视台记者来现场采访时，感到又惊又喜，特别是看台标应该是省电视台的，在与记者的聊天中，她热情地向记者介绍了事件的背景。但记者突然抛出这个尖锐问题，让她一时不知如何接话，正在这尴尬时分，熙悦拉住女记者的衣袖，将嘴巴凑近话筒，坚定地说道：“我爸爸是被坏人骗了，他一直在想办法改正自己的错误，我相信，他一定能做到。”

“那你爸爸在哪里啊？我们想当面采访一下他。”记者问熙悦，这个问题，也是此刻熙悦答不上来的问题，因为，她从昨天晚上开始，就再也没有见过爸爸，也没有见过樊伯伯，而在她的心中，这么重要的时刻，最应该出现在这里的，就是他们……

离相思林不到半个小时车程的市规划局的一间大会议室内，何厝旧村改造项目规划方案终审会正在严肃的气氛中举行。

主持人正在一一介绍与会嘉宾，前排就座的许德彪面露疑惑地盯着不远处的一个摄像机位，扭头朝后，坐在他后排的一个员工赶忙俯身凑到他面前，轻声问：“许总，您有什么吩咐？”“怎么会有省电视台的人过来？”许德彪皱眉问道。“听说是省电视台对这个项目很感兴趣，专门派了记者来做现场报道，市领导也十分欢迎，说是宣传市里的机会。”员工回答道。

“哦，这样啊。”许德彪思忖着慢慢转身将目光返回到主席台上。主管城建的陈副市长在主席台中央位置正襟危坐，紧挨着他就座的黄局显得踌躇满志，仿佛这是他退休之前的高光时刻。

“林总，今天之后，我们的合作就要翻开新篇章了。”许德彪将那颗心稳稳地放了回去，侧头低声对旁边的林老板笑道。林老板就像是等这句话等了一万年，“谢谢许总，谢谢许总信任，我们一定全体动员，全力以赴，助许总称霸东南。”他一番强力表态，让许德彪脸上放光，仿佛站在了高峰之上一览众山小。

“现在，让我们用最热烈的掌声，”主席台上传来主持人激昂的声音，“欢迎何厝项目的总规划师，国内著名的城市规划专家，鹭城大学资深教授，博士生导师，周方正教授为大家讲解规划方案。大家欢迎。”

主席台就座的周教授笑容可掬地起身向台下鞠躬示意，然后走到主席台中央，从陈副市长开始，与主席台上的领导们一一握手致意，之后才迈着稳健的步伐走到发言台前，尽显大家风范。

“尊敬的陈副市长，黄局长，各位领导，各位专家，各位嘉宾，大家早上好，很高兴有机会向大家展示何厝旧村改造项目的规划方案。”周教授一边微笑着致辞，一边在张小强的协助之下，熟练地将电脑里的演示文档投放到主席台后面的大屏幕上。等到一切妥当，他翩然走出发言台，用激光笔指着大屏幕上的一个重点标识区域，就像在给学生上课一样，声音洪亮地介绍道：“为了让何厝项目更具示范意义，在规划方案通过初审和专家审之后，我们团队又对方案进行了进一步的完善，除了增加休闲园林的面积，重点添加了两大亮点。如图所示，一个是我们通过深入走访和调研，发现何厝的温泉资源十分丰富，这对于居住和旅游都是一个重大利好，因此我们规划了温泉入户系统；另一个亮点就更突出了，就是图中所显示的‘海绵城市’系统，这个是目前国内外最前沿的系统，不仅可以申请国家专项资金支持，还能入选国家级示范项目名录。我可以负责任地告诉大家，到那个时候，不仅是何厝项目，整个芗州的知名度都会大大地提升。”

周教授话音刚落，现场顿时响起了雷鸣般的掌声。周教授并没有表现出过多的兴奋之情，他的脸上保持着微笑，等着现场安静下来，好继续介绍。

“你说谎！”突然，一声怒吼从会议室门口传来，将喜气洋洋的现场氛围击得粉碎，周教授闻听一惊，循声望去，是李明哲，他脸色一沉，眼睁睁地看着李明哲高举着一张大彩页，冲向自己，后面还跟着怒发冲冠的老樊。

“快抓住这两个捣乱的。”许德彪最先反应过来，他起身召唤手下，同时将身子挡向二人，那神情显得十分英勇，仿佛成败在此一举。

“去死吧！”说时迟那时快，老樊一个箭步就冲到李明哲前面，用尽全力对着许德彪双掌齐推，看那排山倒海的架势，分明是“仇人相见，分外眼红”，务必掌到人倒。“啊……”许德彪发出一声惊叫，连同他的两个手下，被推出老远，跌倒在地。与此同时，老樊也立足不稳，扑倒在许德彪身上，他顺势死死地抱住许德彪，让他动弹不得。

借着老樊的掩护，李明哲已经跳上了主席台，与周教授对面而立，眼中充满了怒火。

今天一早，李明哲就和老樊一起溜进了会场，之所以说是“溜”，是因为老樊提前和老同事打好了招呼，将两人的名字加到了媒体名单里，为了掩人耳目，老樊特意戴了一顶户外摄影帽，以遮住他那一头耀眼的银发，李明哲也装扮了一番，戴了一副茶色墨镜。进到会场之后，两人依照计划，找了一个靠近中门的位置坐了下来，按照老樊的说法，这个地方离主席台有一定距离，又人来人往，反而比躲在角落更不容易被人注意到。果然，李明哲和老樊在人们的眼皮子底下，一直安全地观察着台上台下的人和事，直到李明哲听到周教授神采飞扬地讲那“两大亮点”，他实在是忍无可忍，冲到了这个曾经无限崇拜的“恩师”面前，对他怒目而视。

这个时候，台下的两个保安已经回过神来，他们一前一后冲到李明哲身后，一把将他拉住，李明哲顾不上其他，不知道哪里来的力气，扭身就甩开了一左一右的缠绕，撤步跳开，重新高举起彩页纸，对着主席台大喊道：“陈副市长，我是何厝项目原来的总规划师，李明哲，我有重要的真相要报告……”

刚被挣脱的两名保安立刻又抓住了李明哲，与前来增援的工作人员一道，将李明哲团团围住，合力往台下推，而台下的老樊也被人牢牢控制住，虽一再挣扎但动弹不得。

此时的陈副市长已经弄明白了现场状况，特别是听到“李明哲”这个名字，他更加觉得事有蹊跷，他侧头望向黄局，黄局此时已经有些慌了手脚，他对着领导不置可否地摇摇头。陈副市长已经猜出一个大概，他狠狠地瞪了一眼黄局，回过头去看了一眼正将焦点对准李明哲的省台摄像机，气沉丹田，大喊了一声：“住手！”

这一声喊，不啻天降神灵，保安们呆立原地，齐刷刷地将脑袋转向场内的最高领导，双手像触了高压电一般，猛地从李明哲的身上弹开了去。

陈副市长看了一眼已经转向他的摄像机镜头，脸上重新露出了和蔼可亲的笑容，沉稳地对李明哲说：“李明哲，你怎么会出现在这里，你不是因家庭原因退出这个项目了吗？你不要急，慢慢说。”

李明哲闻听心中一痛，将目光打在周教授的脸上，此时的周教授表情复杂，向他一边轻轻摇头，一边恳切地说道：“明哲，你不要冲动，事情不是你想象的那样……”“那是怎样？”李明哲粗暴地打断周教授，仿佛要在这一刻，把深埋心底的愤懑当众全部发泄出去，喊完，他盯着周教授，眼神中充满了轻蔑。

周教授抬眼看着李明哲高昂的脸颊，嘴角动了几下，最终黯然垂下了眼睑。李明哲见状，不再看老师的眼睛，转向陈副市长的方向，再一次高高举起那张他准备了一天时间的大彩页，高声回应道：“陈副市长，我是被剥夺项目总规划师资格的，是因为有人想要隐瞒真相，有人想要毁掉这里最宝贵的生态资源。”

李明哲此言一出，现场一片哗然，林老板颓然地将身子靠在椅背上，许德彪面如土灰，惊恐地看向周教授这根心目中的“救命稻草”，但周教授明显还处于内心的纠结当中，这让许德彪感到万分失望，只得看向同样是目光呆滞的黄局，和那紧锁眉头的陈副市长。

“哦？”陈副市长严肃地问李明哲，“你这样说有什么根据吗？”

“有！”李明哲正待回复，台下的老樊已经振臂高呼，此时他用力摘下帽子，一头银发格外夺目，他轻蔑地看了一眼身边呆若木鸡的许德彪，高高举起手里精心准备好的几张放大的相思林照片，在主席台领导的注视和摄像机的追逐之下，一边轮换着展示照片一边大声讲解，讲到动情之处，他不禁潸然泪下，但他双手始终高举照片，任两行热泪在黝黑而刚毅的脸庞上流淌，好像一位不屈的勇士，正在耗尽生命最后的能量奋力一搏。

老樊的泪水，让现场变得一片沉寂，李明哲迅速调整好情绪，结合着那张大彩页，向领导们介绍他最新的规划方案。在那个大彩页上，相思林被放置在最显眼的位置上，一只只体态优雅的白鹭在各个建筑区块中自由徜徉，串起一副“人与自然和谐共生”的绮丽画卷，让所有的人都心驰神往。

“可是，就是这样一个对大家都有利的规划方案，却有可能永远无法实施。”介绍到最后，李明哲盯向周教授，悲愤地说道。

“周教授，您觉得这个规划方案怎么样？”陈副市长显然被这个方案所打动，但同时，他似乎正在努力推测李明哲和周教授之间的恩怨，语带客气地询问周教授。

此时，所有的目光，都聚焦在周教授脸上，特别是林老板和许德彪，他们双眼圆睁，嘴唇微颤，仿佛在乞求周教授能一锤定音，扭转战局。周教授并没有立即回答，他慢慢转过头，目不转睛地看着李明哲，李明哲同样盯着曾经的恩师，等待最后的结果。

“这个规划方案，是我见过最好的方案。”良久，周教授一字一句地说。

“啊……”现场一片哗然，林老板和许德彪绝望地闭上了双眼，老樊的脸上露出了欣慰的笑容，他长长地出了一口气，李明哲怔怔地看着周教授，心中涌起了万般滋味，泪水迸涌而出。

“好……”陈副市长仿佛松了一口气，脸上重新挂起职业笑容，大声宣布道，“同志们，基于现在有了两个规划方案，为了选出最有利于何厝村的方案，造福一方百姓，我宣布，我们将立刻成立专家组，在最短的时间内确定土地规划方案，并在第一时间公布，我们将加快推进项目动工，让人民早日安居乐业，尽快过上幸福美满的生活。”

现场随即响起了山呼海啸般的鼓掌声和欢呼声，每个人的眼里都迸发出闪亮的光芒。许德彪和林老板两人相视一笑，如中了头彩一般，高举双手，对着主席台拼命地鼓着掌，看那样子，恨不得将自己的双手拍肿，以表达自己的一片赤诚之心……

相思林前，原本在观鸟台上的人们已经下到了空地上，他们聚在一起，眼望村庄的方向，翘首以盼。李明哲母亲刚刚接到老樊的电话，说他和李明哲等下就到，有个重大消息要宣布，说完就直接挂了机，害得大家的心里忐忑不安。当然也有不紧张的，那就是曹志军，他此时正气定神闲地站在老钱身旁，悠闲地四处张望，他貌似不经意地看了一眼那个省台女记者，嘴角挂起一丝冷笑。

“爸爸去哪里了？怎么没和我们在一起？是不是生我的气了？”熙悦一手拉着妈妈，一手拉着奶奶，担心地问。

“哪里会！”妈妈对她说，“爸爸和樊伯伯在一起，他们和我们一样，都在保卫‘白鹭宝宝’。”

“是吗？”熙悦又转头看向奶奶。

“当然啦，你爸爸怎么可能当‘逃兵’呢！”奶奶用自豪的语气给孙女打气。

“我就说嘛，爸爸不会丢下我不管的。”熙悦一下子高兴起来，把与爸爸的冷战忘得一干二净。“这么快就不生爸爸的气了？”妈妈笑问。“哪有啊？我什么时候生爸爸气了？”“好好好，生没生气都是你说了算。”

“来了来了。”老钱的眼最尖，李明哲和老樊的车刚一拐过来，就被他牢牢锁定，他难以抑制自己内心的激动，大声叫道。

大家向前迎去，曹志军更是三步并着两步走，直扑李明哲而去，满脸堆笑地向李明哲伸出了右手，大声说道：“明哲，省台记者找你半天了，没想到你跑去大闹会场了，真是厉害。”他特意回头看了一眼省台记者，与她快速对了一下眼神，随后立即转回头，用以往惯用的玩笑语气对李明哲说：“老同学，这次我没骗你吧。”

李明哲冷冷地看了一眼曹志军，伸手与他握了握手，淡淡地说：“不管怎样，还是要谢谢你的帮忙。”

昨天晚上很晚的时候，李明哲收到了曹志军的信息，告知他已经请了省台的记者前来助阵，而且他已经把项目相关的内幕提前告诉了记者，他还让李明哲准备一下，到时接受记者采访。并说了一大堆解释的话，说自己发现受骗后果断终止了与许德彪的合作，并通过他的一个手下，随时掌握“敌人”的动向，他这么干是为了弥补自己的过失，希望能得到老同学的谅解云云，洋洋洒洒几百字，比李明哲发给周教授的信息要长得多。

其实当时李明哲已经和老樊做好了硬闯终审会的各项准备，得到这个消息，他第一反应是曹志军动机不纯，很可能是为了发泄私愤，同时在业界树立“有仇必报”的威信，至于他所说的帮助，那应该只是顺带的事情。说心里话，当这个念头跳进自己的大脑时，他都被自己吓了一跳，这要放在以前，他根本不会往如此阴暗的角度去想问题，“也许，这就是成长的代价吧。”他在心中给自己如此解释，而转念一想，他觉得这对自己和老樊来说不是什么坏事，也就没说什么，但也没放在心上。

刚刚经历的终审之战，虽然取得了预期的成果，让新方案有望得见天日，而且他也有信心能替代旧方案，但从陈副市长最后的表态来看，许德彪的位置很有可能无法撼动，因为，现在官方最大的压力，是项目烂尾造成的民怨沸腾，从这个意义上说，许德彪正在利用这点将各方“绑架”在自己的战车上，这应该是他如此胆大妄为的底气。

想到这里，李明哲幽幽地对曹志军补充了一句：“许德彪，没那么容易对付。”说完，他再没看曹志军一眼，和老樊一道，径直朝迎上来的人们走去，留下曹志军呆呆地看着他们走向欢迎人群。

“到底怎么样了？”看着两人一脸严肃地走近，李明哲母亲着急地问道。

“对啊，你们说话啊，真是急死人了。”一向以沉稳自居的老钱，此时显得像个孩子。

老沈和其他的志愿者们倒是没说话，但他们紧盯老樊的眼睛里，焦急地仿佛要冒出火星来。

整个场地上，此时只有钱丽君和熙悦，从李明哲熟悉的表情里看出了端倪，“爸爸。”熙悦欢快地扑向爸爸，李明哲见状，脸上的笑从心底升了上来，他蹲下身张开双手，将女儿稳稳抱起，“悦悦，爸爸终于兑现了承诺，保住了‘白鹭宝宝’的家……”刚一开口，李明哲已是激动得说不下去，他强忍住泪水，深情地注视着女儿那双没有一丝杂质的黑眼睛。

“爸爸，我的‘白鹭宝宝’视频号直播人数超过了十万。”熙悦快活得像一只刚刚学会飞行的小白鹭。“是吗？白鹭宝宝一定会感谢你的。”李明哲把最真心的赞美献给女儿。“我早就知道你不会丢下‘白鹭宝宝’的。”女儿的话语中，充满了对爸爸的崇拜和信任。

“明哲，你做到了……”钱丽君走到丈夫身边，已是泪眼婆娑。“丽君，是我们做到了……”李明哲一时找不到合适的语言来表达对妻子的爱。

“告诉大家一个好消息！”老樊已被小兄弟一家感动得不能自已，他偷偷抹了一把泪，高声宣布，“我们的白鹭和相思林，保住了！”

“好！……”现场爆发出震耳欲聋的欢呼声，人们纷纷与身边的人相互庆祝，有的击掌，有的拥抱，很多人留下了幸福的泪水……

这时，樊嫂从人群中走到老樊身边，她心疼地看着自己的丈夫，没有说话，只是任凭泪水顺着脸颊静静流下，老樊愧疚地看着自己的妻子，犹豫了一下，张开双臂，紧紧将她拥入怀中。

“爸爸，你都从来没有抱过妈妈。”坐在李明哲手臂上的熙悦，向爸爸提意见了。李明哲被女儿的童言无忌弄得满脸通红，他转脸看向相知相伴了十几年的妻子，忽然意识到女儿的话并不为虚。自从有了这个小宝贝，自己好像就没有在她面前抱过妻子，甚至没说过什么亲密的话语。他蓦然想起当初他们情定终身的那个小餐馆里，他与钱丽君借用服务员的点餐笔在餐巾纸上传情的美好场景，那种“我的眼里只有你”的甜蜜感觉，至今想起，是那么熟悉又是那么遥远。

想到这里，李明哲伸出另一只手，轻柔地将妻子揽入怀中，一家人亲密地拥在了一起。此刻，相思林里的白鹭们，似乎也感知到了人们的善意，它们和着从海角吹来的风，发出欢快的鸣叫声，仿佛正在祝福着这片土地上的人们……

在首都北京，京杭大运河的起点，波澜不惊的运河之滨，鳞次栉比的办公楼向世人昭示着现代文明的新高度，而四周公园环伺、蓝绿交织的生态美景，又仿佛要告诉人们，钢筋水泥，从来就不是人类的终极选择。

李明哲坐在略显局促的办公室里，隔着整块玻璃幕墙，眺望窗外的运河美景，脸上挂着那熟悉的自信微笑。

“相思林保卫战”之后，李明哲就举家来到京城，成立了自己的规划设计公司，现在已经有两个年头。当初之所以会选择这里作为办公地点，一是地处新兴开发之地而房租便宜，二是运河上时常有几只白鹭活动，它们的家，就在公司办公楼广场的一根高高的灯杆之上，李明哲随时都能看到它们，而他的公司，正是以“白鹭”命名。此刻，看着一只白鹭正舒展着修长的身形，惬意地飞翔在平静的运河上，李明哲不由得想念起那片“镶嵌”在海角的相思林，正是相思树花开正盛的时候，它们还好吗？栖身其中的白鹭们还好吗？那只被熙悦救起的白鹭宝宝应该有了自己的宝宝了吧？

正当李明哲遐想联翩的时候，办公室开着的玻璃门响起两下清脆的敲门声，老樊的女儿琪琪手里拿着一本记事本，款款而入，笑盈盈对他说："李叔叔，有几件事要向您汇报一下。"

李明哲见到琪琪格外高兴，亲切地对她说："琪琪，什么汇报不汇报的，你说吧。"

"这第一件事啊，李叔叔听完一定会很高兴。"琪琪卖了个关子，故意停顿片刻，才说道，"那个骗子基金会，在我们的一再投诉下，终于被取缔了，刚刚收到了相关部门的反馈结果，基金会的网站信息和公章都是假的。"

"耶！"李明哲用力挥了一下拳头，痛快地喊了一声，"这口恶气终于出了，我就不相信了，骗子还能活得跟王八一样长？"

琪琪被逗得掩口一笑。李明哲收起激愤，笑着对她说："琪琪，这个事情你做得很好。还有什么事啊？"

"鹭城市金牌规划师俱乐部发来邀请函，邀请您参加月底举行的招待晚宴，您要去吗？"琪琪接着说。

"不去，不去，哪儿有那么多闲工夫。"李明哲摆摆手，说话间不自觉地带出一些京腔。

琪琪会心地一笑，似乎早就料到了李明哲的回复，但接下来，她脸上的表情变得黯淡下来，幽幽地说："李叔叔，下面这个邀请，相信您一定会去。"

李明哲察觉到琪琪的神情变化，关心地问："琪琪，什么邀请啊？你没事吧？"

琪琪默默地拿出一张制作精美的邀请函，上前一步轻轻地放在李明哲的办公桌上，李明哲抬头看她，发现她的眼圈已经泛红，他似乎有些明白这张邀请函的特别意义，低头慢慢地拿起它，缓缓地打开一看，一股暖流立刻涌上心头，“老大哥，我要去看你了。”李明哲喃喃自语道。窗外，不知何时多出一只白鹭来，两只白鹭正舒展着它们美丽的身形，优雅地飞翔在粼粼水波之上。

当李明哲站在改造完成的何厝村社区休闲广场上时，这里已经聚集了很多人，现场早已被布置成一个露天庆典会场，主席台上还没有贵宾入座，台下摆了不下两百个座椅，基本上坐满了人，落座的每个人都拿着一个小红旗，眼睛却没有盯着主席台，而是都转向广场一角的那个大戏台上，这个被保留下来并装饰一新的老戏台上，正在上演一出闽南地方戏剧“歌仔戏”，那高亢的唱腔和铿锵的乐器，让人们如痴如醉，好像忘了那只是热场表演，今天的重头戏还在等待贵宾们上场。

“我们就坐这边吧。”李明哲指着最后一排一长串的空座位，对身边的一大家人说，一旁的老钱显得十分不爽，他一边不情不愿地在李明哲身边坐下，一边忿忿不平地嘟哝着：“明哲，你功劳那么大，连主席台都没安排上，真是一群‘白眼狼’。”“对啊，这样太不给面子了。”寸步不离老钱的钱小川更是一副忍无可忍的样子，发泄着自己的不满。老钱看了看女婿的脸色，表情严肃地示意儿子坐下：“小川，你说话声音小一点。”一句话让钱小川看着自己的亲爸，像不认识一样。

“爸，我们本来就没指望什么，只是借此机会与大家聚一聚，上了主席台反而不自在。”李明哲现在看岳父是越来越顺眼，笑着安抚他。

“对啊，爸，悦悦听说要回来见大家，昨晚高兴得一直不肯睡呢，是不是啊？悦悦。”带着熙悦坐在李明哲另一边的钱丽君也帮着哄老父亲。熙悦这两年长了不少身高，原来胖嘟嘟的小圆脸变得修长起来，那双会说话的大眼睛也长开了一些，颇有“邻家有女初长成”的样子，但那对乌黑的瞳孔依然是那么灵气十足。此时听到妈妈的话，立刻说：“外公外婆，我可想你们了呢，北京一点都不好玩，都没人会讲闽南话。”熙悦一番“表白”让老钱夫妇喜笑颜开，不停地夸自己的外孙女长大了。

“悦悦，有没有想白鹭宝宝啊？”坐在熙悦身边的奶奶见缝插针地和孙女搭上了话。“当然想啦，现在我们班同学还叫我‘白鹭宝宝’呢，老师还夸过我为保护白鹭做过的事情呢。”熙悦得意地说道，随即又问道：“奶奶，爷爷，我们现在能去看它们吗？”奶奶说：“现在看到的可能是‘白鹭宝宝’们的宝宝了。”没想到，熙悦听完这话，忽然低下了头，眼泪在眼睛里打着转。大家一下子好像明白了什么，一时间，都伤感地垂下眼帘。李明哲看着眼前这个按照自己的规划建好的漂亮社区，眼睛变得湿润。

两年前的差不多这个时间，“终极之战”结束之后，芗州市立即成立了有李明哲加入的专家团队，依照李明哲的方案，用最短的时间整理出了新的一版规划方案并通过了终审。相思林不仅得到了完整保留，而且还被申请为公益林，正式命名为“海角相思林”，取“天涯海角共相思”之意。同时，何厝更名为“白鹭厝”，以彰显市里建设生态文明的决心。不过有件事情让李明哲始终觉得无比别扭，“白鹭厝”的开发商依旧定为许德彪公司，规划公司还是林老板公司，只是把总规划师由周教授改为张小强，官方给出的理由是，因为历史原因，这个项目不能再拖，如果更换项目实施方，将存在“烂尾”的风险。还有一件事情刷新了他的认知，那就是省电视台现场录制的“大闹终审会”视频，没有播出，而在规划方案落定项目准备要开工时，电视台播出了一则新闻，庆祝这个“老大难”问题在新一届领导班子的关怀下，取得了阶段性和决定性的胜利。

“明哲，你们来了，好久不见啊。”一个熟悉的声音在耳畔响起。李明哲扭头一看，原来是老沈，他的身后还跟着那个领头阿伯。他立刻站起身来，紧紧握住老沈的手，高兴地说：“老沈啊，听说你当选村主任了，恭喜你啊。”老沈的出现，也让李明哲父母开心异常，他们迅速起身向“老战友”表达祝贺和思念之情。

“这有什么好恭喜的啊？简直不值一提。”老沈见到老朋友也相当高兴，爽朗地摆了摆手，与大家一一打着招呼。

“何主任和何会计怎么样了？”李明哲好奇地问老沈。

“他们啊，还能怎么样？”老沈一脸不屑地回答，“还不是老老实实地在村里待着，现在村里人都清楚了他们以前玩的把戏，他们在村里走路都要低三分头呢。”“他们以前把我们骗得团团转，差一点就耽误了这么好的事情，真是衰人。”领头阿伯用生硬的普通话说道，说完向李明哲友善地咧了咧嘴，露出那熟悉的一口黄牙。

李明哲对领头阿伯还以礼貌的微笑，连忙把目光放回到老沈的眼睛上，老沈突然眼圈一红，说道："老樊知道你们来，一定也会很高兴的。"

老沈这句话，让刚刚还笑容满面的人们，都沉默了下来。

"明哲，你终于肯露面了，你真难请啊，哈哈。"又一个熟悉的声音让李明哲重新抬起头来，只见曹志军正一脸笑意地站在自己面前。

"哦，是你啊，你怎么会在这边？"李明哲眉头微蹙，冷冷地回道。他离开鹭城不久，就得知周教授向学校提出了退休申请，据说不久也离开了鹭城，至于他的去向，众说纷纭，说什么的都有，但有一件事情是确定的，那就是他主动辞去了鹭城市金牌规划师俱乐部的主席职位，而接任者，竟然就是曹志军。

曹志军对于李明哲的冷漠态度毫不在意，他继续说道："明哲，两年多了，你还不肯原谅我啊？我是专门来见你的，就是为了解开我们之间的误会。"

"是吗？该说的不是都说了吗？还有什么是我不知道的？"李明哲不为所动，冷酷到底。

"明哲，你知道周教授为什么要离开鹭城吗？"曹志军继续微笑以对，但眼神中有了些许落寞。

"为什么啊？"李明哲开始好奇。

"还不是因为你啊。"曹志军缓缓地说道，"你知道周老师为了你的新方案，终审会前去找过陈副市长吗？"

听闻此言，李明哲惊呆了："真的吗？"

"千真万确。"曹志军说，"这是周老师决定把金牌俱乐部主席位置传给我的时候，亲口告诉我的，他还特意交代我不要告诉你，我本来不想说，但你这几年不回来参加活动，电话不接，连信息也不回，我实在忍不住了，不能让你再误会我们的恩师了……”说到此处，他十分动容，声音变得颤抖起来。

这一次，李明哲确定曹志军不是在说谎，但他依然想不明白这其中的原委，问道：“那他为什么要取代我的位置，还盗用我的方案？”

“你还不明白吗？明哲，他都是为了你啊！”曹志军激动地说，“你口口声声说要发声明作废自己的方案，你知道这么做的后果有多严重吗？你不知道，但老师心里最清楚啊。他一直劝你，你又不听，他只好豁出面子求人带他去找陈副市长，但陈副市长也有难处啊，他同样面临着多方压力，这一点，相信你后来也知道一些。没办法，周老师只能退而求其次，答应林老板的要求，先把你保护下来再说。至于你说的盗用你的方案，那两个亮点是他用来交换的筹码啊，这样才能说服领导，在他上报的方案里，最大限度地保留相思林的主体部分，当时你也在终审会现场，你应该注意到了啊。”

经他这么一提醒，李明哲这才想起来，周老师投影到屏幕上的规划方案是如曹志军所说，只是当时自己完全沉浸在两个亮点被“剽窃”的气愤之中，没完全看清楚就冲向了主席台。现在想想，那天晚上老师回复过来的微信，是他面对决绝的学生发出的最后忠告。“周老师现在在哪里？”李明哲问曹志军，语带悔恨。

“他在国外一所大学做访问学者，师娘也跟过去了。”曹志军神情落寞。

哎……李明哲在心中深深地一声叹息，周老师没做错，自己当时的选择也没错啊，那错的一方，到底是谁呢？李明哲的内心，再一次陷入了痛苦的挣扎。

“明哲，你这样放弃前程，背井离乡，难道就没有一点后悔吗？”曹志军痛惜地问道，但在李明哲的眼里，他更像是想从自己的口中听到一些慰藉的话。李明哲淡然一笑，并没有回答。

“其实，我这两年也一直在反思自己。”曹志军仿佛此刻才理解了这位曾经朝夕相处的老同学，说道，“哎，我当然也知道生态文明建设很重要，但它不是光靠喊口号就能实现的，这其中牵扯到各方利益博弈，还有理念的冲突，很多时候，你认为自己在做好事，但人们并不会领情，反过来还会仇视你，攻击你。就算像周老师这么强大，面对现实也不得不低头，不得不逃离，何况我们呢？”

李明哲面对曹志军询问的眼神，回想起那个令他终生难忘的暑假时光，一时间，竟无言以对，陷入无尽的困惑之中。在北京的这两年，李明哲更加真切地感受到了生态文明建设的热潮，有很多媒体在为之摇旗呐喊，同时也有很多机构和企业参与其中，无论从理论还是实践上，都有了质的提升。然而，正如这片“海角相思林”一样，李明哲在实际接手的规划项目中，同样会遇到来自多方的压力，这大概就应了那句名言吧，“触动利益比触动灵魂还要难”。不过，现在的李明哲，相较以前，显得更加坚定和从容，因为他渐渐明白，对于未来规划，应该坚持的原则是什么。

这时，现场突然响起了雄壮的背景音乐声，在主持人的介绍中，主席台上，各路嘉宾昂首入场，首先出场的是一位主管副市长，但并不是陈副市长，跟着他后面的一群领导，李明哲同样不认识，听高音喇叭里传出的声音，知道是新任的规划局局长以及各级地方行政长官。李明哲将询问的目光投向老钱，老钱仿佛早就在等李明哲转头望他，马上露出见怪不怪的笑容作为回应，李明哲瞬间明白，心中不由得微微一酸。

在加入专家团队重新确定规划方案的那段日子里，李明哲发现陈副市长对何厝项目十分上心，过一段时间就会亲自会晤专家团队，听取进度汇报和参与讨论，李明哲能感觉到他是真心想要将“生态”打造成艿州的一张“名片”，也正因此，他在考察过角池项目之后，拍板找李明哲来规划何厝项目。然而，接触多了以后，李明哲渐渐知道陈副市长面临着来自各方的压力，这其中有观念转变的问题，更多的是利益纠葛的问题。虽然在正式会议场合，陈副市长总是精神饱满地鼓励大家，但在最后结项的庆功宴上，在酒过五巡之后，他拉着李明哲的手，说了一句让李明哲至今难忘的心里话：“明哲，真的很羡慕你啊，能做自己想做的事情。”

主席台上，嘉宾席前，跟在官员屁股后面上台的是许德彪、林老板和张小强，他们一个个昂首挺胸，阔步耸肩，仿佛自己最有资格享受这个光荣时刻。

李明哲看到这个阵容，眉头一皱，对家人们说道：“我们去相思林吧。”说完，他率先起身，与大家一起撤离这个他心中永远不想看懂的“名利场”，只留下曹志军左顾右盼，进退两难，彻底失去了以前那种左右逢源的风采。

新的“白鹭厝”最边上靠近相思林的地方，就是以前老樊搭观鸟台的位置，树立起了一个三层楼高的永久观鸟台，占地面积大了很多，第一层被建成一个类似会所的接待中心，里面摆放了多套造型各异的座椅，不仅能泡茶，还提供咖啡茶点服务，也许是人们都在庆祝现场的缘故，此时接待中心里并没有人。

李明哲看着此情此景，不解地问老沈："搞这么豪华，这是要准备收费吗？"

老沈一听十分生气："这个观鸟台刚建好的时候，很多村干部想对外收费，所以布置成这样，我当选后，第一件事就是取消收费，向广大鸟友和游客开放。哎，有些人就是鼠目寸光，改不了的。"

"对啊，这才对嘛。"李明哲赞赏地对老沈说，然后与大家一道，拾阶而上来到第二层。第二层是个观鸟平台，对着相思林的一面设置了多个拍摄点位，三面墙上放置了很多优秀的拍鸟照片，定格的鸟儿一个个活灵活现，十分招人喜爱。李明哲放眼向相思林望去，他惊喜地发现，两年多不见，相思林又茂密了一些，在海天一色的背景下，高大的树冠连成一片，郁郁葱葱，布满枝头的黄花开得更甚，在海风的吹拂中，前后摇曳，仿佛正在和大家愉快地打着招呼。树林下，李明哲精心规划的那条环绕小溪里，落了许多黄色的花蕊，完美呈现出他梦寐以求的"落花流水"的意境。林中白鹭似乎感知到他们的到来，一个个精神百倍，发出悦耳的鸣叫声。"真好……"李明哲看了看身边的妻女和家人，动情地感叹道，引得大家都把最温柔的目光投向这些可爱的生灵。

"我们上去吧，老樊在上面等我们。"老沈低声地对大家说道，说完他率先踏上台阶，李明哲紧走两步，超过老沈，快步来到第三层的楼梯口，他刚一抬头，立刻停住了脚步，鼻子一酸，眼前变得模糊一片。樊嫂和琪琪正站在一个装在墙上的相框面前，等待着他们。

“樊嫂……”李明哲刚一声呼唤，喉咙就被噎住，说不出话来。

“明哲，你们来了……”樊嫂看着李明哲和他身后的亲人们，同样说不出话来。钱丽君走到樊嫂身边，默默地搂住她的肩膀，缓缓转头看向那个相框。

相框里，老樊正手扶着最心爱的镜头和相机，俯身将头靠近目镜，他的脸上露出满足的笑容，任那满头白发迎风挺立，而他那一双炯炯有神的眼睛，正紧盯前方，仿佛已经找到了幸福的地方。相框的右下方，写着一行小字：鸟友老樊（1965—2018）。

李明哲看着老樊的遗像，强忍着汹涌的泪水，身体因此而轻轻抖动。这时，樊嫂从琪琪手里接过一个精美的相框，捧到他的面前，凄然说道：“明哲，这是老樊留给你的礼物。”

李明哲颤抖着接过相框，只见相片里，自己正抱着熙悦，两人各伸出一只手臂，指向前方，忘情地大笑着，两人的身后，是彩霞中那迷人的大海一角，和那海角之上，美丽的相思林。

李明哲想起，这是观鸟台刚搭好的第二天清晨，他和熙悦赶去看白鹭时，老樊兴致勃勃地拉着他们拍下的。照片里的女儿笑得那么甜美，仿佛正在拥抱着整个世界。他转身把相框递到女儿的眼前，蹲下身，强作振奋地对她说：“悦悦，这是樊伯伯给我们拍的，你看，那时你笑得多甜啊。”熙悦看着照片，“哇”地一声哭了，她仰头看向墙上照片中的老樊，哭诉道：“樊伯伯，您不是说以后每年都要一起看白鹭宝宝和它们的宝宝们吗？你们大人为什么总是说话不算数呢？”说话间，她的泪水就像荷花上的水珠一样，一颗一颗掉在相框的玻璃上，模糊了她和爸爸的笑脸。

“明哲啊。”樊嫂这时擦干了泪水，她转头看了看自己女儿，欣慰地对李明哲说，“没事的，现在琪琪也长大成人了，老樊在天上看到你们在北京过得挺好的，一定会感到很欣慰。老樊走的时候，把角膜捐献给了一个小男孩，我相信，他一定还在看着这个世界，一定还在保佑着我们大家，保佑着这群白鹭，保佑着这片相思林。”

琪琪早已是泪流满面，但她的眼神里满是坚毅，让李明哲恍惚间看到了老樊的影子。

“啾……”一声长鸣，把大家的眼睛吸引到窗台之上，只见一只矫健的白鹭正伸展着洁白的翅膀，扭动着细长的脖颈，不停地发出啼鸣，仿佛在向人们诉说着衷肠。惊奇之余，李明哲转头望向相片中的老樊，看着看着，他忽然觉得老樊把头转向了自己，脸上的笑容也变得灿烂无比，正在对着自己说：嘿，小兄弟，不管这个世界未来会变得怎样，只要你选好了自己的方向，那就走下去吧，路上的风景，都够你看一辈子了，而且，你还有机会让世界变得更美，别忘了，你可是金牌规划师啊……